# Der Eisenbahner Franz

Eine Fortsetzung der Familiengeschichte

über

meinen Urgroßvater

von

Siegfried Diller

Bibliografische Information der Deutschen Nationalbibliothek:
Die Deutsche Nationalbibliothek verzeichnet diese Publikation
in der Deutschen Nationalbibliografie; detaillierte bibliografische
Daten sind im Internet über http://dnb.dnb.de abrufbar.

© 2019 Siegfried Diller
Herstellung und Verlag:
BoD – Books on Demand, Norderstedt

ISBN: 9783741281402

Inhaltsverzeichnis

Vorwort .................. 8

Ein Wiederseh'n in der Nagelschmiede zu Taufkirchen .................. 10

Tröstende Worte und gute Ratschläge .................. 12

Begegnung mit der kranken Wöchnerin Therese .................. 15

Ruperts wehmütiger Abschied vom Nagelschmiedhaus .................. 17

Schwer zu verkraftender Schicksalsschlag .................. 19

Auf dem Weg in eine neue Zukunft .................. 21

Unterbrechung in Massing .................. 23

Steffi – eine Versuchung zum Bleiben .................. 25

Verständnisvolle Aussprache und Festhalten am Traumziel .................. 28

Rettungstat und Aufenthalt in Neumarkt an der Rott .................. 30

Schlimmeres abgewendet .................. 33

Aufenthalt und Arbeitseinsatz in St. Wolfgang .................. 35

Beschwerlicher Fußmarsch nach München .................. 37

Lebensbedrohliche Situation im Ebersberger Forst .................. 41

Unfreiwilliger Aufenthalt beim ‚Wirt von Trudering' .................. 43

Ankunft in München .................. 47

Vorstellung und Bewerbung bei der Königl. Bay. Eisenbahn .................. 49

Lehrreicher Erkundungsspaziergang in den Englischen Garten .................. 51

Arbeitersuchen bei der Lokomotivenfabrik Maffei .................. 52

Bewerbung und Anstellung bei der Bayerischen Ostbahn .................. 55

Endlich am Ziel .................. 56

Begegnung mit Franziska anlässlich der Bahnhofseinweihung .................. 58

Ein Funke springt über ................. 61

Enttäuschendes Wiederseh'n ................. 63

Weihnachten – das Fest der Liebe ................. 65

Neues Jahr – neues Glück ................. 69

Der lachende Engel ................. 71

Der geplatzte Hochzeitstraum ................. 73

Beiderseitiges Einverständnis ................. 75

Die Hochzeitsnacht ................. 77

Der Alltag ................. 80

Jahrmarktsbelustigung ................. 81

Erfreulicher Arztbesuch ................. 83

Geburt und Taufe des ersten Kindes ................. 85

Kindergeschrei und Wohnungswechsel ................. 88

Freude über die Geburt von Anna ................. 90

Briefwechsel ................. 92

Ende der Schulzeit von Maria ................. 93

Visitation in der Taufkirchener Schule ................. 95

Christenlehre ................. 97

Aufklärung ................. 100

Zeugnisverteilung und Arbeitsstellenantritt ................. 101

Trauer und Schmerz ................. 103

Kriegskind ................. 104

Ein nasses, gefährliches Spielvergnügen ................. 107

Ängstliche Schwimmversuche ................. 110

Sprüche, Märchen und Weisheiten ................ 111

Zwistl'n ................ 115

Geburt der Schwester Franziska ................ 117

Weihnachten 1867 ................ 119

Franzls Einschulung ................ 121

Eheschließung und Legitimierung der Kinder ................ 123

Der Deutsch-Französische Krieg ................ 125

Verletzte Gefühle ................ 127

Friedensschluss und Tod des neugeborenen Sohnes ................ 130

Trauer über den Tod der Ehefrau und Mutter ................ 132

Das Leben danach ................ 136

Brandbrief ................ 139

Anonymus ................ 141

Krisenstimmung ................ 143

Illegitim ................ 144

Eintritt in den Ruhestand ................ 146

Nachtrag ................ 146

Anhang ................ 147

*Vorwort*

Auch den zweiten Teil meines Familienromans könnte man unter das Motto stellen: So könnte es gewesen sein ... oder so ähnlich oder auch ganz anders. Und so ist auch diese Familiengeschichte eine fiktive, also erdachte und angenommene, Erzählung über meinen bereits im ersten Teil beschriebenen Urgroßvater väterlicherseits, mit historischen Daten und geschichtlichem Hintergrund. War der „Nagler Franz" mit seinem Beruf als Nagelschmied noch ein typischer Vertreter der ‚alten', vorindustriellen Zeit, so erlebte der „Eisenbahner Franz" den Niedergang seines Handwerks und das Aufblühen neuer Berufe wie bei der Eisenbahn. Als Maschinist und Nachtfeuermann bei der Ostbahn fand er in Regensburg eine neue berufliche Existenz und hängte seine alte im wahrsten Sinne des Wortes an den Nagel. Zudem wurde für ihn die Stadt Regensburg seine bleibende Heimat bis zu seinem Tod. Hier fand er auch seine zweite Ehefrau Franziska, die ihm viele Kinder schenkte, u.a. meinen Großvater Franziskus Seraph Diller.

In einigen Kapiteln streift der Roman zudem das entbehrungsreiche Leben seiner Tochter Maria aus erster Ehe. In der Landwirtschaft war sie als Magd den Bauern und Knechten ausgeliefert. Ohne Aussicht auf eine bessere Zukunft, arm und rechtlos, war sie den Repressalien der besitzenden Herrschaftsklasse ausgesetzt. Hinzu kamen die brutalen, demütigenden, damals nicht unüblichen sexuellen Übergriffe der Männerwelt. Frauen niederen Standes wurden oft als Freiwild angesehen und in vielerlei Hinsicht schamlos ausgenutzt.

Am Romanende ist der Stammbaum meiner Vorfahren angefügt – so wie ich ihn in den Archiven der Diözesen Regensburg und Bamberg sowie im Stadtarchiv Regensburg erforschen konnte. Die Geburts-, Hochzeits- und Sterbedaten sind dabei auf meinen Urgroßvater, dessen erste Ehefrau, seine Kinder aus erster Ehe, dessen zweite Ehefrau sowie seine Kinder aus zweiter Ehe begrenzt. Weitere Angaben über die Nachkommen bis in unsere Zeit sind – auch aus datenschutzrechtlichen Gründen – nicht aufgeführt. Im Anhang ist auch Wissenswertes zu Personen, Orten, geschichtlichen Vorkommnissen und Gegebenheiten zu finden.

Leider haben meine Vorfahren über ihr Leben, Wirken und ihre Erfahrungen keine schriftlichen Zeugnisse hinterlassen. Ich habe, mit den wenigen Daten, die mir zur Verfügung standen, versucht, weiter die Vergangenheit meines Urgroßvaters ein wenig zu erhellen und nachzuzeichnen. Wenn sein Lebensweg, seine Einstellungen und seine Erlebnisse anderer Art gewesen sein sollten, so möge er mir meine literarische Abhandlung über ihn verzeihen.

## *Ein Wiederseh'n in der Nagelschmiede zu Taufkirchen*

Trotz der ersten wärmenden Sonnenstrahlen war es frühmorgens auch noch im Mai recht frisch auf dem Kutschbock. Doch Rupert war auf seinen wochenlangen Händlerreisen mit allen Unbilden des Wetters des Jahres 1851 vertraut. Ein langer Fellledermantel, eine gestrickte Wollmütze und Handschuhe schützten ihn vor der Kälte und dem zugigen Fahrtwind. Über die Witterung machte sich Rupert jedoch keine Gedanken, als er beim Angelusläuten der Kirchenglocken von der nahen Pfarrkirche in Eggenfelden seine beiden Rösser vor das Fuhrwerk einspannte. Es fröstelte ihn auch nicht, als er sich auf den Kutschbock schwang, denn innerlich wärmte ihn der freudige Gedanke auf das bevorstehende Wiederseh'n mit seinem einstigen Fahrgast, den Nagelschmied Franz. Schon oft hatte er sich vorgenommen, sein Fuhrwerk über Taufkirchen zu lenken, wenn er dort in der Nähe wegen der Auslieferung bestellter Transportgüter weilte. Doch immer vereitelten unvorhergesehene Umstände dieses Vorhaben. „Ein oder gar zwei Tage würde ihn der Umweg über Taufkirchen schon kosten, aber das war es ihm nach so vielen Jahren schon wert", dachte sich Rupert. Neben der Vorfreude auf das bevorstehende Wiederseh'n beschlich ihn aber auch ein mulmiges Gefühl. Keine guten Nachrichten über den Nagelschmied Franz hatte er erst gestern aus dem Mund des Vorbesitzers der Nagelschmiede, dem Albanbauern, gehört. Zufällig hatte er ihn am Vortag auf dem Kirchenvorplatz der Stadtpfarrkirche St. Nikolaus in Eggenfelden getroffen. Nachdem sie sich freudig begrüßt hatten, kamen sie auf seinen Nachfolger zu sprechen: Der frühere Besitzer der Taufkirchener Nagelschmiede erzählte ihm, dass Franz nach der Übernahme derselben eine gute Bauerstochter ehelichte, diese ihm schon drei Kinder gebar, von denen zwei allerdings bereits im Kleinkindalter verstorben seien. Das eheliche Glück wäre dadurch dem Paar abhanden gekommen und die Sorge über das erst kürzlich geborene dritte Kind belaste zudem das Zusammenleben. Außerdem sei es mit der Gesundheit der Ehefrau nicht zum Besten bestellt. Umso besser war es, dass Rupert dem Albanbauern versprechen konnte, dass er auf der Rückfahrt den Franz und dessen Familie aufsuchen werde, um ihnen Trost und Zuversicht zu vermitteln. Gesagt, getan: Nach einer Nächtigung beim ‚Unteren Wirt' fuhr Rupert weiter nach Taufkirchen. Dort angekommen lenkte er seine beiden Rösser vor das Nagelschmiedhaus und brachte das Pferdefuhrwerk mit einem „Brr, brr!" zum Stehen. Schnell sprang er vom Kutschbock herab, band die Zügel fest und legte unter die Hinterräder noch die Bremsklötze. Die Pferde wollte er erst später ausspannen und versorgen, wenn er sich vergewissert hatte, dass er Franz auch antreffen würde. Sollte niemand im Nagelschmiedhaus sein oder sein Besuch gar ungelegen kommen, dann könnte er sofort wieder die Weiterreise antreten.

Zunächst betrat er die Nagelschmiedewerkstatt, weil er hier als Allererstes den Gesuchten vermutete. Doch kein Hämmern drang an sein Ohr und im Arbeitsraum war niemand zu sehen. Auch in der Esse waren keine glühenden Kohlen; vielmehr deutete alles darauf hin, dass schon seit geraumer Zeit hier keine Nägel mehr angefertigt wurden. Dieser Umstand beunruhigte ihn, und er konnte sich keinen Reim darauf machen. Deshalb verließ er sofort die Schmiede und begab sich in das daran angebaute Wohnhaus. Die Haustüre war, wie damals üblich, unverschlossen, und so öffnete er mit einem kräftigen Ruck die schwere Holztüre und rief laut in den Hausgang hinein: „Hallo! Grüß Gott! Ist jemand zuhause!" Als er auf sein Rufen keine Antwort bekam, ging er einige Schritte weiter und öffnete vorsichtig die Tür zur Wohnstube. Darin erblickte er den Franz, der auf einem Stuhl sitzend, den Kopf vorneübergebeugt auf der Tischplatte liegend, scheinbar eingedöst war. Er ging auf Franz zu, rüttelte ihn an der Schulter und rief: „Hallo, Franz, ich bin's, der Rupert, der Dich vor vielen Jahren nach Taufkirchen gefahren hat!" Franz schaute den Ankömmling mit schlaftrunkenen, feuchten Augen an. Er war für einen Moment sprachlos, dann stammelte er doch: „Wer bist?" „Erkennst Du mich nicht mehr, Franz? Ich bin's, der Rupert, der Händler, der Dich einst von Straubing auf dem Fuhrwerk nach Taufkirchen gebracht hat", gab er ihm zur Antwort. „Ja, gibt's denn so was, der Rupert! Fast hätte ich Dich im ersten Augenblick nicht erkannt! Das freut mich aber, dass Du bei mir vorbeischaust. Komm', setz' Dich zu mir und erzähl', was Dein Begehr ist." Rupert nahm einen Stuhl, setzte sich ihm gegenüber an den Tisch und sprach: „Schon öfter wollte ich Dich besuchen, aber es hat sich halt nicht ergeben. Immer kam etwas dazwischen. Aber damals, das dürfte ja immerhin schon sieben Jahre her sein, als ich Dich zur Nagelschmiede gebracht habe, habe ich Dir ja versprochen, Dich einmal aufzusuchen und nach Dir zu schauen. Und gestern traf ich zufällig in Eggenfelden Deinen Vorgänger, den Albanbauern, und wir kamen auf vergangene Zeiten zu sprechen. Da erzählte er mir, dass Du die Nagelschmiede übernommen und eine Familie gegründet hast. Dieses Gespräch gab den Anstoß, um Dich heute endlich einmal aufzusuchen." „Bin Dir ja immer noch zu Dank verpflichtet! Da wäre es nicht nur unhöflich, sondern sogar sträflich, Dich nicht zu empfangen. Du bist mein, ja was sage ich, natürlich unser Gast!", erwiderte Franz.

*Tröstende Worte und gute Ratschläge*

Nachdem Rupert die Rösser ausgespannt und jedes an einen Eisenring, die an der Hauswand angebracht waren, angebunden hatte, ging er wieder in die Wohnstube hinein. Franz hatte inzwischen Brot, einen Krug Brunnenwasser und geräucherten Schinken auf den Tisch gestellt. „Setz' Dich nur her und iss; eine kleine Brotzeit wird Dir gut tun." Rupert tat wie geheißen. „Es ist zwar erst Vormittag, aber zu so einer kleinen Stärkung sage ich nicht Nein. Aber nun erzähl' mir, wie es Dir in den letzten Jahren so ergangen ist. Hast Du das bildhübsche Mädchen, mit der Du am Kirchweihfest getanzt hast, wiedergetroffen oder gar geheiratet?" „Ja, Rupert, ich habe sie tatsächlich wieder gefunden; und nachdem ich die Nagelschmiede 1846 übertragen bekam, hatten ihre Eltern auch zugestimmt und wir sind vor den Traualtar getreten und haben geheiratet. Da war unser Glück noch perfekt. Doch leider ist unser erstgeborenes Mädchen, Anna Maria hat sie geheißen, bereits nach einem halben Jahr und der ersehnte Sohn, Franziskus Xaverius, nach eineinhalb Jahren verstorben. Das waren für meine Therese und mich schwere Schicksalsschläge. Nun haben wir vor zwei Monaten ein drittes Kind bekommen; wir haben das Mädchen Maria getauft und somit der himmlischen Mutter geweiht. Hoffentlich hat diesmal der Herrgott ein Einsehen und nimmt sie uns nicht wieder." „Ich kann mir vorstellen, lieber Franz, welch' schwere Zeiten hinter Euch liegen und wie belastend das für Eure Ehe war. Doch jetzt könnt Ihr doch mit Zuversicht den kommenden Zeiten entgegen sehen. Der Herrgott hat Euch wieder ein Kind geschenkt. Dafür müsst Ihr doch dankbar sein und für den kleinen Wurm liebevoll sorgen." „Da hast Du schon recht, Rupert, und ich bin Dir auch dankbar für die aufmunternden Worte und will sie mir zu Herzen nehmen. Allerdings plagen mich noch andere Sorgen, denn mein Eheweib liegt auch nach zwei Monaten immer noch im Wochenbett. Der Geburtsvorgang hat sich über zwei Tage hingezogen, schwere Nachblutungen stellten sich ein und sie ist deshalb immer noch sehr geschwächt. Sie ist nicht die Stabilste und kränkelt schon seit unserer Hochzeit. Die Hebamme kommt täglich zur Versorgung von Mutter und Kind – stillen kann meine Therese die kleine Maria auch nicht." Rupert hörte sich mitfühlend die sorgenvollen Worte an, wiegte nachdenklich seinen Kopf und versuchte dann, bedächtige Worte wählend, den Franz aufzumuntern. „Ich fühle mit Dir, Franz, und kann mir gut denken, wie verzweifelt Du im Augenblick bist. Aber Du darfst die Hoffnung nicht aufgeben. Es kommen bestimmt wieder bessere Zeiten. Du musst jetzt stark sein, für Frau und Kind sorgen und diese Durststrecke in Eurem Leben durchstehen." „Du hast leicht reden, Rupert, denn Du brauchst für keine Familie aufkommen, bist zeitlebens Junggeselle geblieben und hast diese Sorgen nicht, die ich jetzt am Hals hab'." „Das mag schon sein, Franz, doch alles hat zwei Seiten im Leben. Freud und Leid liegen nun einmal nah beieinander. Es gab sicherlich lustvolle Stunden mit Deiner Ehefrau, die ich in meinem ledigen Dasein vermissen musste. Schließlich hast Du am Traualtar auch vor Gott und Deiner Frau versprochen, ‚in guten, wie in schlechten Tagen füreinander da zu sein'." Schweigend hörte sich Franz die gutgemeinten Worte seines Bekannten an. Mit dem Handrücken wischte er sich einige Tränen aus dem Gesicht. Nach einigen lähmenden Minuten der Stille fuhr Rupert fort: „Wieso bist Du nicht in der Werkstatt und warum ist die Esse kalt? Hast Du keine Aufträge oder fehlt Dir im Augenblick der nötige Arbeitseifer?" „Da sprichst Du ein weiteres Problem an, das schwer auf mir lastet: Die Dorfbevölkerung boykottiert zur Zeit meine Nagelschmiede. Im Dorfwirtshaus haben mich einige Bauernlümmel wegen der neuerlichen Geburt einer ‚Bix'n' derbleckt. Da bin ich halt wütend geworden und hab' weder Bier noch Schnaps zur Geburt meiner Tochter ausgegeben. Das hat sich natürlich rumgesprochen und seitdem machen die Taufkirchener einen Bogen um die Nagelschmiede. Seit einigen Wochen fehlen mir die dringend benötigten Einnahmen. Ich weiß nicht, wie es weitergehen soll. Alles ist nur schwer zu verkraften." „Franz, ich komm' ja mit meinen Transporten viel in Bayern herum und muss feststellen, dass es vielen kleinen Handwerkern so ergeht. Durch die Industrialisierung werden viele Erzeugnisse in Fabriken hergestellt und dazu zählen auch die Nägel. Die maschinell gefertigten Nägel sind erstens billiger, und zweitens können sie in viel größeren Stückzahlen produziert werden. Glaub' mir, Dein Berufszweig wird sowieso über kurz oder lang aussterben. Auch ohne Boykott hast Du in Zukunft keine

Chance, Dich und Deine Familie von Deiner Hände Arbeit zu ernähren." Franz hörte den Ausführungen Ruperts geduldig zu und wurde dabei immer verzagter und mutloser. „Jetzt lass' den Kopf nicht hängen, es gibt immer einen Ausweg. Such' Dir eine neue Nagelschmiede in einer größeren Stadt, denn da kannst Du noch einige Jahre vom Erlös Deiner Arbeit überleben. Oder aber Du hängst Deinen Beruf an den Nagel und suchst Dir eine andere Tätigkeit in einem neuen Berufszweig. Eine große Zukunft sehe ich bei der Eisenbahn. Überall im Land werden Pläne zum Bau neuer Eisenbahnstrecken geschmiedet; jede Stadt versucht einen Anschluss an das Eisenbahnnetz zu bekommen, und an vielen Orten werden Eisenbahnkomitees zum Bau privater Bahnanbindungen gegründet. Schon vor elf Jahren wurde eine Zugverbindung zwischen München und Augsburg eröffnet. Und noch heuer im Juli, so habe ich gehört, soll die Strecke zwischen Hof und Leipzig durchgehend befahrbar sein. Und auch die Ludwig-Süd-Nord-Bahn soll in zwei, drei Jahren von Lindau über Kempten, Augsburg, Nürnberg, Bamberg bis nach Hof fertiggestellt sein. Schon bald wird es auch eine Verbindung von München nach Rosenheim geben, und auch Ostbayern wird in einigen Jahren angeschlossen. Den Siegeszug der Eisenbahn hält keiner mehr auf – und auf diesen Zug solltest Du aufspringen. Du als geschickter Handwerker und vertraut mit der Bearbeitung von Metall hast sicher gute Chancen, bei der Eisenbahn unterzukommen. Die suchen immer mehr Arbeiter für den Ausbau der Strecken und für den Betrieb und die Wartung der Lokomotiven und Waggons. Du bist dann zwar nicht mehr Dein eigener Herr, trägst aber auch kein Risiko mehr. Bei der Eisenbahn bist Du angestellt und bekommst regelmäßig Deinen monatlichen Lohn. Natürlich müsstest Du dafür dann einen Ortswechsel vornehmen. Aber das dürfte Dir nicht schwerfallen, wenn es Dich schon damals wegen der Walz von Deiner oberfränkischen Heimat Merkendorf ins tiefste Niederbayern verschlagen hat. Überstürzen musst Du sowieso nichts; alles muss gut überlegt sein, und Deine Frau muss auch einverstanden sein. Ich wollte Dir nur einen Weg aus Deiner Misere aufzeigen und einen guten Rat geben." „Dank' Dir, Rupert. Nach Deinen Worten schau' ich jetzt etwas zuversichtlicher in die Zukunft. Allerdings muss zuerst meine Theres gesund werden und das Kleine aus dem Gröbsten heraus sein. Solange sie von der Amme gestillt wird und keine Kuhmilch verträgt, können wir nichts Neues anfangen. Aber der Tipp von der Eisenbahn ist eine Überlegung wert. Ich werde mich auf jeden Fall umhören, wo neue Strecken gebaut und Arbeiter gesucht werden. Vielleicht liegt tatsächlich mein Glück bei der Eisenbahn."

*Begegnung mit der kranken Wöchnerin Therese*

Nachdem Rupert die kredenzte Brotzeit eingenommen hatte und es auf Mittag zuging, wollte er sich verabschieden. Doch Franz überredete ihn zum Bleiben: „Du kannst gerne bei uns übernachten und zeitig am Morgen die Weiterreise antreten. Ich lass' Dich jetzt noch nicht gehen. Außerdem hast Du noch gar nicht meine Theres begrüßt und die kleine Maria in Augenschein genommen. Jetzt wird gleich die Hebamme kommen und die beiden versorgen. Anschließend führ' ich Dich in die Schlafkammer. Theres wird sich sicherlich über Deinen Besuch freuen. Auch wenn sie Dich damals beim Kirchweihtanz nur flüchtig gesehen hat, so kann sie sich doch an Dich erinnern. Ich hab' ihr auch oft erzählt von der Mitfahrgelegenheit und den Erlebnissen auf der Fahrt von Straubing nach Taufkirchen auf Deinem Kutschbock." „Vergelt's Gott, Franz, für das Angebot. Ich nehme es dankend an, weil ich denke, dass es bei Eurer derzeitigen Lage ganz gut ist, wenn ich noch bis morgen bei Euch bleibe." Ein wenig außer Atem betrat tatsächlich kurz darauf die Hebamme die Wohnstube. Rupert erhob sich vom Stuhl, reichte ihr die Hand und stellte sich vor: „Ich bin der Rupert, ein Händler und guter Bekannter vom Nagelschmied Franz. Will nach vielen Jahren wieder einmal meine Aufwartung machen." „Und ich bin die Hebamme Kufmiller Kunigund und versorge das schwache Geschlecht in diesem Haus, sprich Mutter und Kind. Weil sich der Hausherr keine Dienstmagd leisten kann, koche ich auch hin und wieder, damit keiner hier verhungert. Damit dies nicht geschieht, muss ich jetzt schleunigst in die Schlafkammer und die Maria an die Brust nehmen." Nachdem die Hebamme den Nachwuchs gestillt, gewickelt und wieder in die Wiege gelegt hatte, konnte Franz seinen Gast in die Schlafkammer führen. „Schau', Theres, wen ich Dir heute mitgebracht habe! Der Rupert, bei dem ich einst auf dem Fuhrwerk mitfahren durfte, hat uns heute aufgesucht und will Dir ‚Grüß Gott' sagen." Die Wöchnerin richtete sich mühsam in ihrer Schlafstatt auf und betrachtete den Neuankömmling mit hohlen Augen. Rupert erkannte auf den ersten Blick, dass Therese krank und bei schlechter Gesundheit war. „Tut mir leid, Rupert, dass ich Dich in keinem besseren Zustand empfangen kann. Die Geburt war nicht leicht und ich komm' ein-

fach nicht auf die Beine." „Brauchst Dich nicht zu entschuldigen, Therese! Nur die Zeit heilt Wunden. Bist ja noch jung und wirst sicherlich bald wieder gesund. Hab' dem Franz gut zugeredet und ihm Mut gemacht. Ihr dürft die Hoffnung nicht verlieren. Alles wird gut und unser Herrgott wird's schon richten. Und außerdem hast Du ein ganz liebes, süßes Mädchen zur Welt gebracht. Dazu gratuliere ich Dir von ganzem Herzen und wünsche Eurer Tochter alles erdenklich Gute." „Danke, Rupert, für Deine aufmunternden Worte und die Glückwünsche. Gute Wünsche sollen ja manchmal in Erfüllung gehen. Ich werde mein Bestes geben, damit ich bald selbst die Maria versorgen und dem Haushalt vorstehen kann. Leider kann ich momentan noch nicht nach unten kommen und Dich bewirten. Die Kunigund und der Franz werden für mich einspringen und Dir noch eine warme Mahlzeit auftischen." „Keine Sorge, Therese, ich verhungere schon nicht – bin ja gut genährt. Aber jetzt geh' ich besser wieder in die Wohnstube und gönn' Dir Deine Ruhe. Ich wünsche Dir alles erdenklich Gute, und wenn ich in einigen Monaten wieder in der Nähe bin, dann schau' ich selbstverständlich auch bei Dir vorbei. Bis dahin ‚Behüt' Dich Gott'."
Rupert drückte der Kranken noch fest die Hand, dann drehte er sich um und verließ eilenden Schrittes die Kammer. Keiner der Anwesenden sollte seine feuchten Augen sehen. Die missliche Lage, in der sich die ganze Familie befand, bedrückte ihn sehr und schlug sich auf sein Gemüt. Deswegen benötigte er jetzt unbedingt eine Ablenkung: Er verließ das Haus und ging zu seinen Rössern. In einen Holztrog schüttete er Haferkörner, dazu einige Äpfel, gab es den Schimmeln zum Fressen und tätschelte noch mit der Hand den Pferdehals der beiden. Dabei murmelte er leise vor sich hin: „Ihr Tiere wisst nichts vom Elend und Leid, kennt keinen Kummer und habt keine Sorgen." Dann schritt er wieder in die Wohnstatt der Nagelschmiedfamilie. Mittlerweile hantierte die Kunigund in der kargen Küche, um für alle eine warme, bescheidene Mahlzeit zuzubereiten. Über der offenen Feuerstelle hing an einer Kette befestigt ein großer kupferner Topf, in dem Kartoffel und Würste vor sich hinkochten. Kunigund nahm ein paar Kartoffel aus dem heißen Wasser, schälte sie, legte sie in einen Holzteller und zerdrückte sie mit einer Holzgabel zu einem Brei. Dann stieg sie die Treppe nach oben, um die Kranke mit dem Brei zu füttern. Nach einiger Zeit kam sie wieder zurück, holte die Speisen aus dem Topf, schälte die restlichen Kartoffel, gab diese mit den zerkleinerten Wurstbrocken in eine große Schüssel und stell-

te diese auf den Holztisch. Kunigund, Franz und Rupert setzten sich, sprachen ein Tischgebet und löffelten dann gemeinsam die Holzschüssel leer. Während anschließend die Hebamme den Abwasch erledigte, legten sich die beiden Männer auf die Eckbank zu einem Mittagsschläfchen hin. Ausgeruht setzten sie danach das Gespräch fort: „Weißt, Rupert, zeitweise ging es der Theres so schlecht, dass wir einmal sogar nach dem Pfarrer schickten. Der Pfarrherr Mathias Steckermeier ist aber seit einigen Monaten auch schwer erkrankt und ans Bett gefesselt. Im Dorf rechnet man jeden Tag mit seinem Ableben. An seiner Stelle kam der Kooperator Stephan Reger, der unsere Maria getauft hatte, zum Versehgang vorbei. Die Tröstung mit der Wegzehrung und der Krankensalbung haben die Theres tatsächlich wieder aufgerichtet und sie sich wieder einigermaßen erholen lassen. Ihren jetzigen Zustand hast Du ja selber gesehen. Wie kommt sie Dir als Außenstehendem, der sie zum ersten Mal so sieht, vor?" „Ja, Franz, um ehrlich zu sein, ich war ein wenig erschrocken, als ich Deine Theres so kränklich liegen sah. Da kann man nur hoffen, dass der Herrgott ein Einsehen hat und sie wieder zu Kräften kommt. Ein Mann mit einem kleinen Kind ohne Frau – kaum auszudenken."

*Ruperts wehmütiger Abschied vom Nagelschmiedhaus*

Franz richtete am Abend für Rupert noch eine Schlafgelegenheit in der Wohnstube her. Dann gingen beide frühzeitig zu Bett. Für Rupert war es keine erholsame Nacht. Immer wieder schreckten ihn schauerliche Alpträume auf. In seinen Träumen kamen furchterregende Geister und Dämonen auf ihn zu und wollten ihn verschlingen. Schreckliche Gestalten wie die unheimliche Lucia mit Hörnern auf dem Kopf und blutigen Händen sowie der Krampus mit Kettengerassel, vor denen er sich schon als Kind in der Adventszeit gefürchtet hatte. Tote aus der Verwandtschaft winkten mit knöchernen Fingern ihm zu. Einer Umklammerung wehrte er sich mit Händen und Füßen. Auch Therese erschien, in ein weißes Totenhemd gekleidet, schleppte sich ihm entgegen und stieß markerschütternde Schreie aus. Der Spuk war erst vorbei, als er von dem Kindergeschrei der kleinen Maria, schweißgebadet, schlaftrunken, wie gerädert, frühmorgens aufwachte. Schnell schlüpfte er in seine wollene Hose und stopfte das lange Hemd hinein. Franz hatte währenddessen schon in der Küche das Feuer angeschürt und in dem Kessel die Milch heiß gemacht. In zwei Holztellern

brockte er Brotstücke und übergoss diese mit der Milch. „Komm' her, Rupert, und stärk' Dich mit einer Milchsupp'n. Dein heutiger Reisetag ist lang und da brauchst Du was ‚Anständiges' im Magen."
Nach dem Frühstück ging Rupert zu seinen Rössern hinaus und versorgte diese mit Wasser und Hafer. Dann legte er ihnen das Zaumzeug an und spannte sie vor seinen Wagen. Aufgeschreckt wurde er durch das plötzlich einsetzende Geläute der Kirchenglocken. Für das morgendliche Angelusläuten war das ‚Bim, bam' vom nahen Kirchturm zu spät und für das sonntägliche Hochamt zu früh. Auch Franz kam das außergewöhnliche Läuten merkwürdig vor und trat aus dem Haus. Beide Männer blickten gleichzeitig zum Turm empor und sahen, wie gerade der Mesner aus dem oberen Kirchturmfenster die gelb-weiße Kirchenfahne entrollte, an der ein schwarzes Stoffband im Wind flatterte. Franz und Rupert blickten sich schweigend an, denn sie verstanden sofort deren Bedeutung. Auch einige Nachbarn der umliegenden Häuser liefen auf die Straße und alle umringten den Kooperator Hinterwimmer, der aus dem Pfarrhaus trat und ihnen die traurige Nachricht vom Ableben des Pfarrherrn verkündete. Einige Frauen bekreuzigten sich und blickten verlegen zu Boden. Der Hilfsgeistliche beteuerte, dass der hochwürdige Herr Pfarrer in den Morgenstunden des Sonntags friedlich entschlafen sei und es ein gutes Zeichen wäre, wenn der Herrgott seinen Diener am Tag des Herrn und im Marienmonat Mai zu sich geholt habe. Der Kooperator rief anschließend die Anwesenden dazu auf, alle Dorfbewohner, auch jene in den angrenzenden Weilern und Gehöften, unverzüglich über den Tod des Pfarrherrn zu unterrichten. Zum Hochamt um zehn Uhr sollten sich alle Gläubigen einfinden, um beim Gottesdienst nach dem Segen die Sterbegebete und den Totenrosenkranz mitzubeten. „Rupert, ich denke, Du solltest schleunigst mit Deinem Fuhrwerk das Dorf verlassen. Bei den Kooperatoren und bei den Nachbarn kommen wir noch ins Gerede, da sie annehmen könnten, Du würdest heute, am Sonntag, Geschäfte mit mir machen." „Ich mach' mich sofort vom Acker. Hier hast Du noch einen Gulden für Kost und Logis." „Nein, Rupert, Du bist mir doch nichts schuldig. Steck' Dein Geld wieder ein, Du warst doch unser Gast." „Franz, Du kannst in Deiner Lage jeden Gulden gebrauchen und darum behalte das Geldstück'l. Grüß mir noch die Therese und wünsch' ihr von mir gute Besserung. Wenn mich in einigen Wochen oder Monaten die Geschäfte wieder in die Gegend führen, dann komme ich selbstver-

ständlich wieder bei Euch vorbei, um nach dem Rechten zu sehen. Behüt' Euch Gott!" Mit diesen Worten schwang sich Rupert auf den Kutschbock, nahm die Zügel in die Hand, schnalzte mit der Zunge und trieb mit einem ‚Hü, hü' die Pferde an und mit ‚Hott, hott' lenkte er das Gespann nach rechts auf die Fahrstraße hinaus. Franz winkte seinem Gast noch nach, doch dieser schaute nicht zurück, sondern schwang heftig die vorwärtstreibende Peitsche, denn er wollte eilends das Dorf und die traurige Stimmung im Hause des Nagelschmieds verlassen.

*Schwer zu verkraftender Schicksalsschlag*

Die Monate vergingen, seit Rupert der Nagelschmiedfamilie in Taufkirchen einen Besuch abgestattet hatte. Er hatte ihnen ein baldiges Wiedersehen versprochen, doch seine Geschäfte führten ihn nicht in die Gegend. Erst im Spätsommer 1852 brachte ihn eine Geschäftsreise wieder Richtung Eggenfelden. Sodann wollte er sein gegebenes Wort einlösen und lenkte sein Gespann, nachdem er Falkenberg durchfahren hatte, ins nahe Taufkirchen. Eine gewisse Spannung lag in der Luft und eine Beklemmung spürte er in der Brust. Nichts Gutes ahnend stoppte er sein Fuhrwerk schließlich vor dem Nagelschmiedanwesen. Als er vom Kutschbock herabkletterte, erhellte sich seine Stimmungslage, denn er vernahm Hammerschläge aus der Schmiedewerkstatt. Deshalb schüttelte er das ursprüngliche mulmige Gefühl ab und betrat mit frohem Herzen die Werkstatt. Doch seine Wiedersehensfreude wurde sofort getrübt, denn nicht Franz stand am Amboss, sondern ein Fremder. Dieser legte den Hammer beiseite und fragte den Ankömmling nach seinem Begehr: „Grüß Gott, womit kann ich dienen?" „Entschuldigen Sie die Störung. Ich suche den Nagelschmied Franz Diller. Ist er etwa noch im Wohnhaus?" „Nein, tut mir leid, aber der Franz ist nicht mehr in Taufkirchen. Mein Name ist Gerhartsreiter und ich habe die Nagelschmiede dieses Jahr vom Franz übernommen. Er musste die Werkstatt aufgeben, weil er den Pachtzins nicht mehr bezahlen konnte. Mehr weiß ich auch nicht. Wenn Sie einen Auftrag für mich haben, dann stehe ich Ihnen ab jetzt gerne zur Verfügung." „Ich habe mich noch gar nicht vorgestellt: Mein Name ist Rupert, ich bin ein alter Bekannter vom Franz. Einen Besuch wollte ich ihm nach langer Zeit abstatten und bin jetzt doch mehr als überrascht, von Ihnen diese Auskunft zu bekommen. Können Sie mir vielleicht noch mehr über seinen Verbleib sagen?" „Nein, tut mir aufrichtig leid, aber ich weiß den neuen Aufenthaltsort nicht. Fragen Sie am besten bei der Hebamme Kunigund nach, denn die hat sich um den Haushalt gekümmert und versorgt nach wie vor das kleine Kind. Vielleicht kann sie Ihre Fragen zufriedenstellend beantworten." Rupert war sichtlich betroffen von den Neuigkeiten, verabschiedete sich vom neuen Nagelschmiedebesitzer und fuhr mit einem unruhigen Gefühl zum Haus der Hebamme. Diese bestätigte ihm die traurige Auskunft: „Ja, es stimmt. Der Franz musste die Nagelschmiede aufgeben, weil es finanziell durch den Boykott einiger Dörfler zum Lebensunterhalt nicht mehr reichte. Das ist allerdings nur die halbe Wahrheit. Seine Frau, die Therese, die Du ja im letzten Jahr noch im Krankenbett gesehen hast, hat sich leider nicht mehr erholt und ist verstorben. Für Franz war dieser Schicksalsschlag nur schwer zu verkraften. Wochenlang war er wie gelähmt und konnte keinen Handstrich verrichten. Er konnte und wollte nicht mehr in Taufkirchen bleiben. Hier hätte ihn alles an seine Theres erinnert. Deshalb ist er weggezogen, um sich woanders eine neue Arbeit zu suchen und eine sichere Existenz aufzubauen. Er hat davon gesprochen, bei der Eisenbahn anzuheuern. Bisher hat er sich jedoch noch nicht bei mir gemeldet und deshalb kann ich Dir auch seine neue Anschrift nicht geben. Sein Kind, die Maria, hat er bei mir gelassen, da er sich als Witwer nicht um die Kleine kümmern kann. Ich war sofort bereit, das Kind bei mir aufzunehmen. Monatelang hatte ich ja die Maria gestillt und war ihre Ersatzmutter. Sie ist mir ans Herz gewachsen und ich möchte sie nicht mehr hergeben. Der Franz ist über diese Lösung erleichtert, weil er weiß, dass sein Mädchen bei mir gut versorgt ist. Irgendwann wird er sich schon bei mir melden. Und wenn Du wieder vorbeikommst, dann kann ich Dir die neue Adresse geben." „Ich bin Dir sehr dankbar für Deine Auskunft, auch wenn sie nicht von erfreulicher Natur ist. Das kommt ja einer Tragödie gleich. Dem Franz hatte ich noch im letzten Jahr bei meinem Besuch den Hinweis gegeben, sich nach einem neuen Beruf umzusehen und es bei der Bahn zu versuchen. Nun scheint er das vielleicht gemacht zu haben." Als Rupert sich gerade von der Hebamme verabschieden wollte, tippelte auf noch unsicheren Beinchen die kleine Maria in die Stube herein. Mit ausgebreiteten Ärmchen ging das kleine Mädchen auf Rupert zu und babbelte: „Papa, Papa!" Rupert beugte sich zu dem Kind herab und nahm es auf den Arm. „Ja, Du süße Maus, kannst schon laufen und reden. Aber ich bin nicht Dein Papa, sondern der Onkel Rupert. Dein Papi kommt irgendwann auch wieder bei Dir vorbei und wird Dich dann knuddeln und mit Dir spielen. Komm' mit, wir gehen nach draußen und dann zeige ich Dir meine Rösser. Brauchst keine Angst zu haben, die tun Dir nichts, wenn Du schön brav auf meinem Arm bleibst." Rupert ging mit Maria zu seinen beiden Pferden, nahm das kleine Händchen des Mädchens und streichelte damit über die Nüstern. „Schau, wie sie an Dir schnuppern! Sie können Dich ganz gut riechen." Als die Pferde unruhig wurden und zu schnauben begannen, nahm die Pflegemutter die Kleine wieder in ihre Arme. Rupert verabschiedete sich, tippte mit dem Finger noch auf die Stupsnase von Maria und stieg mit Schwung auf den Kutschbock. Mit „Hü, hü!" trieb er die Pferde an und mit einem lauten „Hüst, hüst!" lenkte er das Pferdefuhrwerk links auf die Schotterstraße. Es war schlimmer gekommen, als er sich das bei seinem letzten Besuch gedacht hatte.

### *Auf dem Weg in eine neue Zukunft*

Als Franz nach einigen Monaten der Trauer und Verzweiflung endlich ‚aufwachte', gab er sich einen Ruck und sprach zur Hebamme: „So kann es wirklich nicht weitergehen. Es muss sich was ändern in meinem Leben. Ich werde die Nagelschmiede aufgeben und mir eine neue Arbeitsstelle suchen. Die Kleine kann ich allerdings nicht mitnehmen. Bei einem 10- oder 12-Stundentag kann ich mich unmöglich um mein Mädchen kümmern. Kannst Du sie nicht zu Dir nehmen? Du hast doch eh schon seit Monaten die Mutterrolle übernommen." Die Hebamme Kunigund Kufmiller schaute ihn zunächst verdutzt an und wollte zu einer Gegenrede ansetzen. Doch dann besann sie sich und meinte: „Das ist zwar keine leichte Aufgabe, die Du mir da aufbürdest, aber mit Gottes Hilfe werde ich es schaffen; und wenn Du irgendwann wieder eine passende Frau findest, dann kannst Du die Maria ja wieder zu Dir holen." „Ich glaube kaum, dass mir noch einmal das Glück in Gestalt einer lieben Frau über den Weg laufen wird. Außerdem, so eine wie die Therese werde ich sicherlich nicht noch einmal finden. Meine Trauer ist noch viel zu groß und deshalb verschwende ich vorläufig keinen Gedanken an eine neue Beziehung. Ich danke Dir für Deine Bereitschaft, die Pflege für meine Tochter zu übernehmen. Wenn ich einmal von meinem Lohn etwas abzweigen kann, dann werde ich es Dir zukommen lassen."
Kaum hatte sich 1852 ein Nachfolger für die Nagelschmiede gefunden, packte

Franz sein Bündel und verließ Taufkirchen. Er schaute weder rechts noch links, damit niemand seine Abschiedstränen sehen konnte. Er schaute, besser gesagt ‚stierte', nur vorwärts, mit dem Ziel eine neue, bessere Arbeit zu finden. Jetzt war er also wieder unterwegs, wie einst auf der Walz von Merkendorf nach Taufkirchen. Waren seine Füße zuerst noch schwer und lahm, so wurden sie nach einigen Kilometern zusehends kräftiger und schneller. Er hatte ein lohnendes Ziel vor Augen: „Franz, die Zukunft liegt bei der Eisenbahn!", hatte ihm sein Freund Rupert schon vor über einem Jahr ins Ohr geflüstert. Genau das wollte er in Angriff nehmen. Er wollte sich deswegen bei der königlich bayerischen Eisenbahn bewerben. Dafür musste er nun nach München, denn in der Landeshauptstadt war die Zentrale derselben. Vor dem Bewerbungsgespräch hatte er allerdings jetzt schon Bammel. Im Selbstgespräch, vor sich hinredend, murmelte er auf dem Weg: „Ob die mich wohl nehmen, einen Nagelschmied? Die werden sicherlich keine handgeschmiedeten Nägel mehr verwenden, sondern schon die industriell gefertigten. Aber als gelernter Handwerker, mit Metallarbeiten vertraut – da muss man doch eine Chance haben." Franz erschrak, als plötzlich eine rauhe Stimme zu ihm sprach: „He, was murmelst Du da in Deinen Bart hinein?" Ein Tippelbruder überholte ihn auf seiner Wanderung und redete weiter auf ihn ein: „Wohin des Weges und was redest Du da von Eisen und Nägeln? Ich habe noch einige Wortfetzen von Deinen Selbstgesprächen gehört. Erzähl mir', was Dich bedrückt! Bist Du etwa auf der Walz in Deinem Beruf?" Und sofort sich selbst korrigierend redete er schnippisch weiter: „Das kann ja nicht sein, bei Deinem Alter. Bist wohl arbeitslos wie ich und auf der Suche nach einer Stelle? Nun red' schon und lass' Dir nicht jedes Wort aus der Nase ziehen." „Ja, ich bin nicht auf der Walz, und ja, ich bin arbeitslos. Ich war Nagelschmied, aber mein Handwerk ist im Aussterben begriffen. Jetzt will ich nach München und mich bei der Eisenbahn bewerben. Vielleicht habe ich Glück und sie nehmen mich." „Du willst doch nicht etwa Lokomotivführer auf so einem stinkenden, rauchenden Dampfross werden? Solche Maschinen sind nicht ungefährlich. Erst kürzlich hat mir ein Wandergeselle von einem furchtbaren Unglück erzählt: Ein Dampfkessel hat Überdruck bekommen und ist explodiert. Die Lokomotive ist in mehrere Teile zerrissen worden und in die Luft geflogen. Es gab etliche Tote, darunter auch der Lokomotivführer und der Heizer. Überleg' Dir das gut! Such' Dir lieber einen ungefährlicheren Arbeitsplatz." „Ich weiß ja noch gar nicht, ob und als was sie mich einstellen werden. Vorsprechen und bewerben heißt noch lange nicht, die Arbeitsstelle schon in der Tasche haben. Es gibt sicherlich mehrere Möglichkeiten bei der Bahn; muss nicht unbedingt Lokomotivführer werden." „Da hast Du recht. Schau' Dir den Laden erst einmal gut an und dann entscheide Dich. Bevor sie Dich an eine so gefährliche und teure Maschine lassen, wirst Du eh erst ausgebildet werden müssen." Franz stimmte den Ausführungen des Tippelbruders zu und ergänzte: „Du hast in vielen Punkten recht. In einem Wochenblatt habe ich auch erst kürzlich von einem Eisenbahnunglück gelesen. Ein Bauer trieb seine Kuhherde abends von der Weide über ein Bahngleis zu seinem Stall. Ein herannahender Zug konnte von den Bremsern nicht mehr rechtzeitig zum Halten gebracht werden. Es kam zu einem Zusammenstoß mit den Viechern. Eine Kuh war sofort tot und eine andere musste an Ort und Stelle notgeschlachtet werden. Doch damit nicht genug: Die Räder der Lok sprangen aus den Gleisen und fraßen sich im Schotterbett fest. Das Bahnpersonal und die Fahrgäste kamen mit dem Schrecken davon, und Gott sei Dank gab es keine Verletzten." „Siehst Du, ich habe recht mit meiner Meinung. Viel zu gefährlich; lass' die Finger davon!" „Aber das sind doch nur einige wenige Unglücksfälle, gemessen an den vielen Zugfahrten. Überleg' einmal, wie oft hört man täglich von durchgehenden Pferden mit Kutschen, umgekippten Fuhrwerken und Radbrüchen bei den Postkutschen. Da hat es schon mehr Verletzte und Tote gegeben als bei der Bahn. Das schreckt mich nicht ab. 1835 habe ich die erste Eisenbahnfahrt zwischen Nürnberg und Fürth als Zuschauer miterleben dürfen und das hat mich so fasziniert, dass mich seitdem der Gedanke, selber auf so einer Lok zu stehen, nicht mehr losgelassen hat." „Trotzdem", erwiderte der Wanderbursche, „sei vorsichtig, denn sogar von den Pfaffen hört man, dass sie die Eisenbahn für Teufelszeug halten. Und die müssen es ja wissen, denn sie haben einen direkten Draht nach oben." Noch lange hätten sie ihren Diskurs weiterführen können, doch der altkluge Tippelbruder wollte in Richtung Landshut weitergehen, und so trennten sich ihre Wege.

### *Unterbrechung in Massing*

Als Franz sich am späten Nachmittag Gedanken um einen Nächtigungsplatz machte, fuhr gerade langsam ein Pferdegespann an ihm vorbei. Der Kutscher rief ihm zu: „He, wohin des Wegs? Willst ein Stück mitfahren bis nach Massing, oder bist auf der Walz und darfst es nicht?" „Nein, nein, bin nicht auf der Walz, sondern bin auf dem Marsch nach München. Will mich dort nach einer Arbeitsstelle umsehen." „Dann komm', steig' auf, ich nehm' Dich gerne mit. Kann Gesellschaft gebrauchen, denn stundenlang ohne Ansprache auf dem Kutschbock, da wirst langsam trübsinnig." Franz nahm das Angebot gerne an und setzte sich neben dem Kutscher auf die Sitzbank. Sie kamen beide sofort ins Gespräch: „Ich fahr' nicht mehr weit – wie gesagt, nur noch bis Massing. Da bin ich daheim; dann hab' ich mein Tagwerk geschafft. Und Du kannst dann auch nicht mehr weiter, denn die Dunkelheit bricht bald herein. Hast Du schon ein Nachtquartier?" „Nein, hab' ich noch nicht. Wird sich schon was ergeben. Hab' keine großen Ansprüche. Kann auch in einem Heustadel nächtigen. Bin nicht verwöhnt. War früher einmal jahrelang auf der Walz und kann mit Entbehrungen gut umgehen." „Wenn das so ist, dann kannst Du gerne bei mir im Stall übernachten. Hab' in Massing ein Fuhrunternehmen mit mehreren Gespannen und Pferden. Als Dank kannst mir gerne beim Abladen und Ausspannen der Pferde helfen." Dazu war Franz gerne bereit, denn er freute sich über die günstige Gelegenheit, so schnell eine Unterkunft gefunden zu haben. Xaver, der Fuhrunternehmer, merkte beim gemeinsamen Arbeiten im Stall, dass Franz ein gutwilliger und fleißiger Geselle ist. „Komm' mit ins Haus, bekommst noch ein Nachtmahl; hast es Dir verdient. Das ließ sich Franz nicht zweimal sagen und nahm gerne die angebotene Brotzeit an. Bei Tisch führten sie die angefangene Diskussion weiter: „Was suchst Du denn für eine Arbeit? Was hast Du gelernt und bisher getan?" „War bisher Nagelschmied und jetzt will ich mich in der Landeshauptstadt bei der Eisenbahn bewerben. Als Nagelschmied habe ich keine Zukunft mehr; der Beruf stirbt über kurz oder lang aus. Aber die Dampfeisenbahn ist eine großartige Erfindung und wird sich immer mehr durchsetzen. Überall im Königreich Bayern entstehen neue Bahnstrecken und jeder Markt möchte einen Bahnanschluss. Da werden sicherlich viele Arbeitskräfte gebraucht, und deshalb will ich mein Glück bei der Bahn versuchen." Xaver wiegte bedenklich seinen Kopf hin und her, denn er war mit der Euphorie von Franz nicht ganz einverstanden. „Das Eisenbahnwesen, mein lieber Franz, bringt nicht nur Glück und Segen. Nicht in allen Orten ist ein Bahnanschluss willkommen, und auch mir als Fuhrunternehmer bereitet es Kopfzerbrechen. Überleg' einmal: Bisher habe ich und alle anderen Fuhrunternehmer im Lande die Güter transportiert. Wenn in Zukunft die Eisenbahn den Güterverkehr übernimmt, wo bleiben dann ich und meine Kollegen? Meinen Laden kann ich dann wohl auch zusperren. Meine Existenz ist gefährdet. Und nicht zu vergessen: Wenn keine Pferdefuhrwerke mehr gebraucht werden, dann verlieren auch die Hufschmiede, die Sattler und Wagner, die mit dem Fuhrwerksbetrieb ihr Auskommen hatten, ihren Lebensunterhalt." „Jetzt mal' den Teufel nicht an die Wand, Xaver. So schlimm wird es nicht kommen. Erstens wird es noch Jahrzehnte dauern, bis alle Bahnstrecken gebaut sind, und zweitens werden trotzdem die Pferdefuhrwerke gebraucht. An allen Bahnhöfen und Entladestationen müssen die Waren abgeholt und zu den Kunden transportiert werden. Das kann die Bahn nicht leisten. Da hast Du mit Deinem Unternehmen noch genug zu tun. Du brauchst dann keine so weiten Strecken mehr zurücklegen; das kommt Dir doch zugute." „Vielleicht hast Du recht, Franz, und wer weiß, ob die Eisenbahn überhaupt in das entlegene Rottal kommt? Bisher habe ich noch von keinen Plänen diesbezüglich gehört." Nach diesem Meinungsaustausch legte sich Xaver in seine Bettstatt und Franz ins Heulager. Am nächsten Morgen wollte Franz sich frühzeitig verabschieden, doch der Fuhrunternehmer machte ihm ein Angebot: „Willst nicht einige Wochen oder Monate bleiben? In meinem Unternehmen lässt es sich gut arbeiten, bin ein verträglicher Chef. Hast mich ja gestern kennengelernt. Komm', bleib'; die Eisenbahn fährt noch länger und kann auf Dich warten. Bezahl' Dich gut, Kost und Logis inbegriffen. Überleg' nicht lange, schlag' ein!" Franz musste nur kurz überlegen und willigte spontan in den Vorschlag ein: „Also gut, ich schlag' ein und bleibe, aber nur für eine gewisse Zeit, denn den Traum von der Eisenbahn gebe ich nicht auf!"

*Steffi – eine Versuchung zum Bleiben*

An seiner neuen Wirkungsstätte, beim Fuhrunternehmer in Massing, war Franz für alle möglichen Arbeiten zuständig: Pferde striegeln und füttern, die Pferdeboxen ausmisten, die Wägen be- und entladen, die Wartung des Fuhrparks, ja sogar das Anwesen sauber halten, sprich den Hof kehren. Das entsprach zwar nicht seinem erlernten Beruf und auch nicht dem angestrebten Traumziel bei der Eisenbahn, aber er hatte für einige Zeit sein Auskommen und das war für's Erste beruhigend. Außerdem versprach ihm Xaver, dass er in den strengen Wintermonaten im Haus schlafen kann. Auch dies war ein zweiter Pluspunkt in seinen Überlegungen, weswegen er bis ins Frühjahr 1853 blieb. Franz nutzte auch die Zeit, um seine Trauer zu überwinden und das weitere Vorgehen zu planen. Zwei Wochen nach seiner Ankunft beim Xaver hatte sich nämlich eine Situation ergeben, die seine Gefühle und Gedanken durcheinanderwirbelten. Und da musste er sich erst im Klaren sein, was er überhaupt wollte. Als er nämlich gerade ein Wagenrad von der Achse genommen und die Nabe eingefettet hatte, stand plötzlich eine junge Frau neben ihm. Er hatte ihr Hereinkommen nicht bemerkt, da sie einer Katze ähnlich, leise, wie auf Samtpfoten, in die Wagenhalle geschlichen war. Neugierig hatte sie Franz angesprochen: „He, Franz, was machst Du da?" Er hatte seinen Kopf schräg nach oben zu der vor ihm stehenden Person gedreht: „Siehst doch, ich bin beschäftigt mit dem Rad. Woher weißt Du überhaupt meinen Namen?" „Der Vater hat es mir gesagt. Bin nämlich die Tochter vom Xaver und heiße Stephanie. Kannst aber ruhig Steffi zu mir sagen." „Freut mich, Deine Bekanntschaft zu machen. Dann sag' ich Steffi zu Dir, denn wir werden uns wohl jetzt öfter sehen. Hast einen schönen Vornamen, Steffi." „Der Vor- und Taufname Stephanie gefällt mir eigentlich nicht, aber mein Vater wollte unbedingt einen Sohn, einen männlichen Nachfolger für sein Geschäft. Und weil unsere Kirche im Ort den Stephanus als Patron hat, wollte er seinen Sohn nach ihm benennen. Nachdem aber ein Mädchen in meiner Person herauskam, wurde eben aus dem Stephanus eine Stephanie." „Wenn's nach den Vätern ginge, dann müsste das erstgeborene Kind immer ein Bub sein. Wie heißt es so treffend: Der Mensch denkt und Gott lenkt. Dein Vater soll froh sein, so ein gesundes und hübsches weibliches Wesen im Haus zu haben." „Danke für Dein Kompliment, Du gefällst mir auch. Wer weiß, vielleicht kommen wir uns näher. Bin schon im heiratsfähigen Alter und mein Vater sucht schon seit geraumer Zeit nach einem passenden Hochzeiter. Wie wär's mit uns beiden?" „Na, Du gehst aber ran und kennst wohl keine Scheu vor den Mannsbildern?" Kaum hatte Franz seine letzte Bemerkung ausgesprochen, war Steffi so schnell verschwunden, wie sie gekommen war. Erst später erfuhr er, dass Stephanie zu Besuch bei einer Tante gewesen war und er sie deshalb bei seiner Ankunft nicht gesehen hatte. Aber von nun an ließ sie ihm keine Ruhe mehr. Fast täglich suchte sie Franz entweder im Stall oder in der Remise auf. Steffi begann meist das Gespräch mit einer unverfänglichen Frage nach den Arbeitsvorgängen, um dann doch auf das Thema der Liebe und Ehe zu kommen. „Franz, was sagst Du zu meinem neuen Dirndl? Gefällt Dir der Ausschnitt oder ist es zu gewagt? Was meinst Du? Schließlich bist Du ein Mann und den Reizen einer Frau nicht abgeneigt. Nun sag' schon: Gefall' ich Dir?" „Was soll ich dazu sagen? Schön ist es schon, das neue Dirndl." „Ja, und was sagst Du zu dem Dirndl unter dem Dirndl?" Franz lächelte verschmitzt und antwortete mit einem Lächeln auf dem Gesicht: „Da will und kann ich nichts dazu sagen, denn ich habe ja das Dirndl ohne das Dirndl noch nicht gesehen." „Das können wir ja ändern", gab Steffi zur Antwort. „Du brauchst nur Ja sagen, das Aufgebot bestellen, in zwei Wochen vor den Traualtar mit mir treten, und schon siehst Du das Dirndl unter dem Dirndl im ehelichen Schlafgemach." „Dagegen gibt es Einiges von meiner Seite einzuwenden: Es gehören zu einer Eheschließung immer noch zwei dazu! Und ich habe nicht vor, Dich zu ehelichen." „Aber was hast Du gegen meinen Vorschlag einzuwenden; der ist doch sehr vernünftig." „Es fehlt die Liebe zwischen uns beiden, und ohne sie ist für mich eine Ehe nicht vorstellbar", erwiderte Franz. „Viele Ehen wurden früher und auch noch heute von den Eltern der Brautleute arrangiert, und die Liebe kam dann schon im Laufe der Beziehung. Meine Eltern kannten sich vor ihrer Eheschließung kaum und trotzdem sind sie bis heute ein Paar und ich die Frucht ihrer Liebe." „Schau, Steffi, ich als Mann müsste mich in Dich verlieben und um Dich werben, nicht umgekehrt. Mir gefällt es nicht, dass Du die Initiative ergreifst und Dich mir anbietest. Außerdem würde Dein Vater nie einem Ehebund zwischen uns zustimmen. Ich kann in eine Ehe mit Dir nichts einbringen, weil ich keinen Besitz habe. Dein Vater wird einmal sein Unternehmen Dir überschreiben, dann wärst Du mein Chef und ich immer nur Dein Arbeiter, Dein Lakai. Bei einer Einheirat wäre ich als Mann der Verlierer. Eine Frau, die über mir steht, möchte ich auf keinen Fall. Sie muss zu mir aufschauen. In jeder Ehe wird es einmal einen Streit und einen Krach geben und dann rutscht Dir aus Deinem Mund, wenn auch unbedacht, das Wort ‚Habenichts' heraus und Du wirst es mir an den Kopf werfen oder es Dir zumindest denken." „Du kannst Dir ja eine Verbindung mit mir noch überlegen; noch steht kein anderer Hochzeiter vor der Tür. Aber warte nicht zu lange, es könnte leicht einmal zu spät sein und dann hast Du das Nachsehen. Ich bin Dir nicht beleidigt, weil Du mir jetzt einen Korb gegeben hast, schließlich kenne ich meine Vorzüge und brauch' mich deshalb nicht zu verstecken. Deine Absage wirst Du irgendwann bereuen, aber dann ist es zu spät." Steffi versuchte zwar in den kommenden Wochen noch mehrmals ihre Reize auszuspielen, aber sie konnte damit bei Franz nicht landen. Er ließ sich nicht irritieren und ablenken von ihren Verführungskünsten.

*Verständnisvolle Aussprache und Festhalten am Traumziel*

Das Problem löste sich ohnehin von selbst, als Xaver eines Tages sagte: „Franz, ich habe eine wichtige Fracht nach Straubing zu transportieren. Diese kann ich keinem meiner Kutscher übertragen. Zudem treffe ich dort einen Geschäftspartner, mit dem ich zukünftige Handelsbeziehungen aufbauen möchte. Alleine will ich die weite Strecke aber nicht fahren. Komm' mit, dann fühle ich mich sicherer." Franz kannte die Strecke aus seiner Walzzeit, als er von Straubing auf einem Fuhrwerk bis nach Taufkirchen mitfahren konnte. Seine Begeisterung hielt sich demnach in Grenzen; er kannte die Strapazen der Fahrt – sein Sitzfleisch tat ihm jetzt schon weh. Andererseits lockte ihn die Aussicht, alte Bekannte in der Gäubodenstadt wieder zu treffen und den Nachstellungen von Steffi für einige Zeit zu entkommen. „Gut, Xaver, ich mach' Deinen Begleiter, auch wenn ich darüber nicht in begeisternde Jubelrufe ausbreche. Gemütlicher hätte ich es hier auf Deinem Anwesen, aber Du bestimmst, was ich tun soll. Schließlich bezahlst Du mich auch dafür – und das nicht schlecht. Darum beiße ich in diesen sauren Apfel und sage Ja." „Danke, Franz, für Deine Zusage. Bist ein feiner Kerl. Soll nicht zu Deinem Schaden sein. Zieh' Dich warm an, damit Du nicht zu einem Eiszapfen erstarrst und Dir eine Erkältung holst – es ist noch nicht Frühjahr."

Kurz nach der Abfahrt eröffnete Xaver das Gespräch über Steffi: „Hab' schon mitbekommen, dass Dich meine Tochter bedrängt hat. Sie hat mir vom Versuch erzählt, Dich um den Finger zu wickeln und auch von Deiner Standhaftigkeit. Du hast meinen vollen Respekt. Wusste von Anfang an, dass Du ein anständiger Kerl bist. Deine Argumente gegen diese Heirat finden mein vollstes Verständnis. Ich mag Dich wirklich und Du wärst von Deinem Charakter her ein guter Ehemann für meine Tochter, aber da Du nichts einbringst, bist und bleibst Du eben ein armer Schlucker. Eine Frau muss Achtung und Respekt vor ihrem Mann haben. Sie muss sich ihm unterordnen und gehorchen – nicht umgekehrt!" „Da sind wir der gleichen Meinung. Deine Tochter hätte mir schon gefallen, aber der Standesunterschied spricht gegen diese Verbindung. Man hört

zwar hin und wieder von einer Liebschaft eines reichen Mannes zu einem einfachen Mädchen, aber wenn sich eine bessere Partie ergibt, lassen sie die Arme fallen wie eine heiße Kartoffel. Nur im Märchen ergibt sich für die beiden ein gutes Ende. Im wahren Leben heißt es: Gleich und gleich gesellt sich gern."
„Franz, aus Dir spricht ein wahrer Menschenkenner und Du stehst mit beiden Beinen auf dem harten Boden der Realität. Du gefällst mir immer mehr. Bleib' doch für immer bei mir im Unternehmen. Könntest gar mein Vorarbeiter oder Verwalter werden. Brauchst nur einschlagen, meine Hand ist ausgestreckt."
Fast hätte Franz dem Angebot seine Zustimmung gegeben. Doch als sie nach tagelanger Kutschfahrt in die Nähe von Straubing kamen, begegneten sie einem Vermessungstrupp. Xaver musste das Fuhrwerk stoppen, denn die Arbeiter legten gerade zur Längenmessung ein Maßband über die Straße. „He", rief Xaver, „was soll der Schmarrn? Hab' keine Zeit zu verlieren. Was macht Ihr denn da?" Ein Vermessungsingenieur murrte ungehalten zurück: „Siehst doch an den Messlatten und am Maßband, dass wir hier eine Längenmessung vornehmen. Warte, damit die Pferde oder Räder Deines Fuhrwerkes nicht das Maßband zerreißen!" „Soll wohl eine neue Straße gebaut werden oder eine neue Stadtmauer", wandte sich Xaver wieder Franz zu. Korrigierend mischte sich der Ingenieur ein: „Es ist kein großes Geheimnis: Seit Mai letzten Jahres vermessen wir die Strecke von Straubing aufwärts nach Regensburg und jetzt abwärts Richtung Vilshofen. Das sind Vorbereitungsarbeiten für eine künftige Eisenbahnstrecke. Bis zum Bau und zur Fertigstellung werden aber noch Jahre vergehen."
Wie vom Blitz getroffen sprang Franz von seinem Sitz herunter und gesellte sich zu den Vermessungsleuten. „Könnt Ihr mir noch mehr darüber sagen – das interessiert mich brennend. Trage mich mit dem Gedanken, einen Beruf bei der Eisenbahn anzunehmen." „Ja, da wünschen wir Dir viel Glück bei Deinem Vorhaben. Nicht nur Ostbayern soll vom Anschluss an das Eisenbahnnetz profitieren, sondern auch die angrenzenden böhmischen Gebiete. Schon vor zwei Jahren, 1851, haben sich Bayern und Österreich in einem Staatsvertrag verpflichtet, Vorarbeiten für eine grenzüberschreitende Verbindung des Eisenbahnsystems zwischen beiden Ländern zu leisten. Bis an die Grenze bei Passau soll einmal die Linie reichen und sich mit der österreichischen Bahn verbinden. Ganz Bayern wird einmal mit Bahnlinien vernetzt sein. Dann könnten in allen Landstrichen unseres Heimatlandes die gleichen Lebensbedingungen herrschen."

„Danke für die Auskunft! Das sind ja tolle Neuigkeiten. Da werde ich mein Traumziel vehement weiter verfolgen und nicht aus den Augen verlieren."
„Hast Du gehört, Xaver, die Eisenbahn kommt nach Ostbayern! Jetzt gibt es für mich kein Halten und Zögern mehr. Kann leider Dein Angebot, für immer in Deinem Unternehmen zu arbeiten, nicht annehmen. Tut mir leid! Ich glaube, ich werde noch im Frühjahr wieder weiterziehen nach München."

### *Rettungstat und Aufenthalt in Neumarkt an der Rott*

Im Frühjahr 1853 packte Franz die wenigen Habseligkeiten zusammen und verknotete sie zu einem Bündel. Mit einem lachenden und einem weinenden Auge marschierte er mit seinem Bündel in Richtung Neumarkt an der Rott. Vor ihm lag kein weiter Weg – nur eine Tagesetappe. Wenn unterwegs nichts Unvorhergesehenes passierte, dann würde er bis zum Sonnenuntergang die kleine Ortschaft locker erreichen können. Der Weg dahin war außerdem nicht zu verfehlen – er führte immer am Flüsschen Rott entlang. Unterwegs spürte Franz jedoch einen zunehmenden stechenden Schmerz an der Ferse. Kurz vor Neumarkt humpelte er ans Ufer und zog seine Stiefel aus: Eine großflächige Blase hatte sich an seiner rechten Ferse gebildet, und am linken Fuß blutete er an einigen Druckstellen. Er setzte sich an den Uferrand und steckte seine Füße in das kühle Nass, um den Schmerz zu lindern. Ein kleiner streunender Hund gesellte sich zu ihm und tollte umher. Dabei rutschte er die Böschung hinab und fiel ins Wasser. Trotz aller Anstrengung gelang es dem Vierbeiner nicht, das Ufer zu erreichen und wieder hinaufzuklettern. Vielmehr trieb er immer weiter flussabwärts und drohte zu ertrinken. Franz, der zuerst gelangweilt dem Treiben zuschaute, erkannte bald die drohende Gefahr. Der schwarze Kläffer tat ihm leid; deshalb humpelte er ihm am Ufer entlang nach. Auf gleicher Höhe angelangt stieg Franz in den nicht zu tiefen Fluss hinein. Er packte den Hund und nahm ihn auf den Arm. Dabei rutschte er auf den glitschigen Steinen aus und fiel selbst in das Wasser. Von Kopf bis Fuß tropfnass stieg er mit dem Hund aus der Rott heraus, der sogleich auf den Erdboden sprang und die Nässe aus seinem Fell schüttelte. Dann schaute er Franz mit schief geneigtem Kopf treuherzig an. „Na, Du hast es gut, brauchst Dich nur abzuschütteln und schon bist Du fast wieder trocken. Aber was mache ich? Bei mir funktioniert das nicht. Bald wird es Nacht und da trocknen meine Kleider nicht mehr am Leib. Jetzt muss ich mich schleunigst in den Marktflecken hinein begeben, um eine Unterkunft zu finden und meine Kleider aufzuhängen, damit sie bis morgen trocken sind." Während er so zum Hund gewandt vor sich hinredete, schlüpfte er mit schmerzverzerrtem Gesicht in die Stiefel hinein. Er schlürfte, mehr schlecht als recht, die restliche Wegstrecke nach Neumarkt auf den gestreckten Marktplatz mit seinen Wohnhäusern im Inn-Salzach-Stil. Der kleine Hund lief neben ihm her, als wäre sein Lebensretter sein Herrchen.

Die Eingangstüre eines Kramerladens stand noch offen und so schritt Franz mit dem Hund im Schlepptau hinein. Bevor er sein Anliegen der Krämerin hinter der Theke vorbringen konnte, rief diese entzückt aus: „Da bist Du ja, mein kleines Hunderl. Vormittags ist er ausgebüxt und seither verschwunden. Wo haben Sie ihn denn gefunden? Aber, wie schauen Sie denn aus? Sie sind ja ganz durchnässt!" Jetzt erzählte ihr Franz die Geschichte von der Rettung des Streuners und dem unfreiwilligen Bad in der Rott. „In diesem Fall bleibt mir gar nichts anderes übrig, als Ihnen für diese Nacht bei mir ein Quartier anzubieten. Sie müssen schleunigst aus den nassen Sachen heraus; Sie holen sich ja noch eine Lungenentzündung! Warten Sie, ich sperre nur die Ladentüre zu, und dann kommen Sie mit nach hinten in die Wohnstube." Franz ging mit der Krämerin in die Stube, die durch den Kachelofen wohlig warm geheizt war. „Ziehen Sie Ihre nassen Sachen aus und setzen Sie sich auf die Ofenbank. Ich hole derweil passende Kleidung von meinem verstorbenen Mann. Hier haben Sie ein Handtuch." Sprach die Frau und verschwand in das angrenzende Schlafzimmer. Währenddessen tat Franz wie befohlen und entledigte sich seiner Kleidung: Er hängte den nass-feuchten Janker, das triefende Hemd, die klamme Hose und die wollenen Socken über eine dafür vorgesehene Holzstange am Kachelofen. Seine feuchten Stiefel stellte er unter die Holzbank. Dann setzte er sich auf die Kachelofenbank und wartete geduldig, bis die gute Frau mit einigen Kleidungsstücken wieder in die Stube herein kam. Franz schämte sich ein wenig, denn er war splitternackt. Die Witfrau bemerkte sein Verhalten und meinte: „Brauchen'S nicht so g'schamig sein. War 40 Jahre mit meinem Karl verheiratet, hab' also schon einmal ein nackertes Mannsbild gesehen. Ich schau' Ihnen nichts ab und auch nicht beim Anziehen zu; ich hole inzwischen Holz zum Nachlegen für den Ofen." Dies war dem Franz ganz recht, denn er schämte sich tatsächlich vor der älteren, ihm unbekannten Frau. Angezogen setzte er sich an den Holztisch unter dem Herrgottswinkel. Die Kramerin legte die Holzscheite auf die Glut im Ofen und kredenzte anschließend dem Franz ein Nachtmahl. Während er das Dargereichte verzehrte, richtete sie ein Kissen und eine Wolldecke zur Nacht her. Franz war angenehm überrascht von der Fürsorge der Frau. Er durfte sogar auf der Ofenbank nächtigen. Am nächsten Morgen wollte sich Franz mit Dank verabschieden, doch die Gastgeberin redete unermüdlich auf ihn ein. „Mit diesen lädierten Füßen kann man unmöglich weitergehen. Zuerst müssen die Wunden abgeheilt sein. Die Blas'n an der Ferse steche ich mit einer Nadel auf. Ich denke dabei auch an mich: Ich bin eine alleinstehende, kinderlose Frau und die Arbeit wird mir immer beschwerlicher. Das Rheumatische plagt mich zeitweise sehr heftig. Die schweren Holzkisten und die Fässer mit Sauerkraut, Rotkohl, Essig und Öl kann ich kaum noch schleppen. Da täte mir eine helfende männliche Hand sehr gut. Bleiben Sie doch einige Tage bei freier Kost und Logis!" Franz konnte die Bitte nicht abschlagen und sagte zu, einige Tage oder Wochen zu bleiben. Doch bald bereute er seine Zusage, denn er wurde aus dieser Frau nicht schlau. War er für sie nur eine billige Arbeitskraft oder steckte dahinter das Kalkül, ihn durch eine Heirat zu binden? Ihr Verhalten und ihr Gerede bestärkten ihn in seiner Vermutung. „Mir fehlt halt ein Mann im Haus", begann sie eines Abends bei Tisch das Gespräch. „So einer wie Du! Schaust sicherlich nach einer jungen Frau aus. Aber die bringen nichts mit. Ältere Frauen haben dagegen Besitz und einiges Vermögen. Ich wäre also eine gute Partie. Und bedenke auch: Ich werde einmal mit meinem Alter vor Dir in die Ewigkeit abberufen und dann wär' all mein Besitz Deiner. Kannst dann immer noch nach einem jungen Ding Ausschau halten. Überleg's Dir!" Franz wusste: Er musste schleunigst das Weite suchen, ehe es zu spät war. Jetzt hieß es nur, den richtigen Augenblick abzuwarten und sich aus dem Staub zu machen. Sich in ein warmes Nest setzen bedeutete nicht unbedingt weich liegen. Heimlich erkundigte er sich bei Passanten nach dem weiteren Weg nach München. Bei seinem Abschied zeigte sich die wahre und boshafte Seite der Kramersfrau: „Geh' nur, wirst es sicherlich bald bereuen. Keinen Kreuzer Lohn bekommst Du für Deine Gefälligkeiten. Hast Dich bei mir nur durchgefressen und Dir ein angenehmes Leben gemacht. Das habe ich nun von meiner Gutmütigkeit, bist genauso ein Lump, dumm und einfältig wie alle anderen Mannsbilder. Hau' ab und lass' Dich nie wieder bei mir blicken!" Nach dieser Schimpftirade wandte sie sich von ihm ab und ließ ihn wie einen begossenen Hund stehen.

## *Schlimmeres abgewendet*

Erleichtert und frei fühlte sich Franz, als er Neumarkt an der Rott und die raffinierte, zänkische Witfrau hinter sich ließ. Nach Dorfen, seiner nächsten Station, benötigte er jedoch einige Tage. Unterwegs konnte er hie und da in einem Heustadel übernachten, sich an Waldbeeren laben und von Weidekühen heimlich Milch aus den Zitzen direkt in seinen Mund melken. Frei war er, innerlich – schmerzfrei allerdings nicht. Blasen, Druckstellen und blutende Schürfwunden bildeten sich wieder an seinen Füßen. Irgendwas passte an seinem Schuhwerk nicht. Doch alles Jammern half nichts; er musste seine Tagesetappen absolvieren, ob er konnte oder nicht. Und so schleppte er sich mit seinen stärker werdenden Beschwerden über die hügelige Landschaft in den Markt Dorfen. Den Marktplatz dort säumten stattliche Bürgerhäuser mit barocken Fassaden. Hier suchte er sogleich einen Bader auf – einen Arzt konnte er sich nicht leisten –, der sich seine lädierten Füße ansah: „Deine Verletzungen sind nicht auf die leichte Schulter zu nehmen; es sieht schlimm aus. Eigentlich müssten sie von einem Arzt behandelt werden! Will mein Bestes geben. Versprechen kann ich aber nichts. Deine Stiefel sind Dir wohl zu eng und zu kurz. Die beiden großen Zehen sind vorne an die Kappe gestoßen und so hat sich an der Zehennagelwurzel eine Entzündung gebildet. Die muss ich unbedingt mit einem kleinen Messer aufschneiden, die Wunden mit Alkohol säubern und eventuell zunähen. Sollte die Entzündung nicht abklingen und sogar eine Blutvergiftung daraus werden, kannst Du die großen Zehen oder ein Bein verlieren; man müsste dann amputieren." „Der Befund ist ja furchtbar. Ich brauche meine Füße noch länger!" „Dann an die Arbeit, es zählt jede Minute. Wenn Du Fieber bekommst, kann ich allerdings für nichts mehr garantieren. Hier! Steck' dieses Holzstück zwischen die Zähne und beiß' kräftig zu. Ich muss Dir auch noch beide Füße mit einem Lederriemen festbinden, denn wenn Du sie ruckartig bewegst, schneide ich vielleicht zu tief ins Fleisch und verletze die Sehnen." Die schlimme Prozedur trieb Franz Schweißperlen auf die Stirn und er konnte einige Schmerzenslaute nicht unterdrücken. Nach dem operativen Eingriff verband der Bader mit sauberen Leinenbinden die verletzten Füße. „So, die Wundversorgung ist abgeschlossen. Jetzt heißt es: abwarten. Mit den eingebundenen Füßen kommst Du vorläufig selbstverständlich in keinen Schuh mehr hinein. Bleibe einige Tage bei uns, wir haben für solche Notfälle immer Schlafgelegenheiten im Haus. Ich sage meiner Frau Bescheid, dass sie ein Bett herrichtet und eine Mahlzeit." Franz wartete geduldig auf das Kommen der Badersfrau. Eine kleine, zierliche, aber dennoch resolute Weibsperson betrat den Behandlungsraum: „Hat einige Minuten gedauert. Muss in der Badestube immer nach dem Rechten schauen. Ist oftmals ein Ort der Sittenlosigkeit, wo Männlein und Weiblein unmoralische geschlechtliche Späße und Derbheiten treiben. Aber jetzt habe ich Zeit, mich um Sie zu kümmern. Mein Mann hat mich schon informiert. Keine Angst, Sie sind bei mir gut aufgehoben. Man sagt mir sogar nach, ich hätte heilende Hände. Kann sein, aber ohne den Herrgott kann ich auch keine Wunder vollbringen." Obwohl der Bader und seine Frau alles erdenklich Mögliche für Franz getan hatten, bekam dieser in der Nacht hohes Fieber. Die Baderin eilte herbei und fühlte seinen heißen Kopf. „Jessas, Maria und Josef, da muss ich sofort kalte Beinwickel oder Quarkwickel machen, um das Fieber zu senken. Sie hielt Nachtwache bei ihm und umwickelte mehrmals seine Beine mit den feuchtnassen Wickeln und deckte ihn mit einer Wolldecke zu. Auch auf seinen Kopf legte sie nasse Tücher zum Kühlen. Nur langsam fiel das Fieber, und erst frühmorgens schlief Franz ermattet ein. Die Baderin verließ schon beim morgendlichen Gebetsläuten das Haus und eilte zur Wallfahrtskirche Mariä Himmelfahrt. Dort angekommen zündete sie beim Bildnis der Gnadenmutter von Dorfen eine große Kerze an. Im Gebet bat sie die Gottesmutter um Fürsprache zur baldigen Genesung und Heilung ihres Schützlings. Sie blieb auch noch während der Frühmesse und betete still den Rosenkranz. Bei ihrer Heimkehr schlief Franz noch; sein Atem war gleichmäßig und ruhig. Vorsichtig, um ihn nicht zu wecken, berührte sie seine Stirn, die sich wesentlich kühler anfühlte als in der Nacht. Die Baderin blickte nach oben und bedankte sich in einem kurzen, stillen Gebet bei den himmlischen Mächten für die schnelle Hilfe. Als Franz am Vormittag aufwachte, öffnete der Bader vorsichtig den Verband, reinigte die Wunden und bestrich sie mit einer Salbe aus Hirschtalg, Kamille und Arnika. Diese Prozedur wiederholte sich auch in den nächsten Tagen. Der Heilungsprozess schritt gut voran, so dass Franz bald wieder an Aufbruch dachte. Doch der Bader winkte ab: „Nein, nein. Erst wenn alle Wunden abgeheilt sind, kannst Du an eine Weiterreise denken. Ich sag' Dir schon, wann es so weit ist. In der Zwischenzeit will ich Deine Stiefel weiten, damit Dir nicht wieder so ein Malheur passiert." „Ich weiß nicht, wie ich Deine Fürsorge und Unterbringung bezahlen soll? Wahrscheinlich übersteigen die anfallenden Kosten meine wenige Barschaft!" „Mach' Dir deswegen keine unnötigen Sorgen. Bist ein angenehmer, genügsamer Geselle. Lass noch das neue Jahr ins Land ziehen und geh' meiner Frau in der Badestube zur Hand. Die schweren Wasserkübel schleppen fällt ihr zunehmend schwer. Wir wären Dir für Deine Mithilfe sehr dankbar und damit auch quitt."

*Aufenthalt und Arbeitseinsatz in St. Wolfgang*

Erst im neuen Jahr, 1854, schnürte Franz seine Wanderstiefel wieder, um endlich die Landeshauptstadt zu erreichen. „Ich wäre gerne noch bei Euch geblieben, aber Badergehilfe zu sein, ist nun einmal nicht mein Traumberuf." „Wir können Deinen Entschluss voll verstehen. Man muss seiner Berufung folgen, um an sein Ziel zu gelangen. In Gott's Nam' mach Dich wieder auf den Weg." Gut bepackt, mit Brot und einer Wurst für die ersten Wandertage, marschierte Franz in südlicher Richtung. Durch die hügelige, teils bewaldete und von landwirtschaftlich genutzten Feldern geprägte oberbayerische Landschaft kam er nach einem Tagesmarsch auf Feldwegen im nächstgrößeren Ort gegen Abend an. Die weithin sichtbare spätgotische Pfarrkirche mit dem Spitzhelm-gekrönten Turm führte ihn direkt in die Dorfmitte. Er betrat den kühlen Kirchenraum und kniete sich zu einem Gebet andächtig nieder. Durch den anstrengenden Fußmarsch übermüdet, fielen ihm alsbald die Augen zu. Durch das Knarren der sich öffnenden Sakristeitüre wurde er wach und wäre vor Schreck fast aus der Bank gefallen. Verwirrt blickte er in das verdutzte Gesicht des Ortsgeistlichen. „Ja, wen haben wir denn da?", sprach der hohe Herr. „Bist wohl fremd hier. Habe Dich bisher noch nicht gesehen. Woher kommst und wohin willst? Dem Bündel nach zu schließen bist Du auf der Durchreise – ein Walzbruder oder Wandergeselle." „Das Letztere trifft zu, Herr Pfarrer. Will nach München, um mich bei der Eisenbahn zu bewerben." „So, so, zu den Dampfrössern willst. Mir scheint, Du bist arbeitslos und erhoffst Dir, bei der Bahn Deinen Lebensunterhalt zu verdienen. Bin von diesen mechanischen Ungeheuern nicht begeistert. Hoffentlich bleiben wir im wunderschönen, ländlich geprägten Goldachtal von dieser unheimlichen Neuerung verschont. Ein Gleisanschluss würde für meine

Schäflein große Gefahren mit sich bringen. Kämen womöglich noch am hochheiligen Sonntag auf den Gedanken, mit dem Zug in die verdorbene Hauptstadt zu fahren und das Hochamt zu schwänzen. Ich werde mit meinem hohen geistlichen Amt dagegen vehement Einspruch erheben, sollte das Parlament oder der König auf diesen Gedanken kommen. Aber ich will jetzt nicht weiter mit meiner Brandrede dieses ehrfürchtige Gotteshaus entweihen. Du benötigst sicherlich für die Nacht eine Unterkunft. Für jemanden, der die Kirche zum Gebet aufsucht, ist auch ein Platz im Pfarrhaus." Mit diesen Worten beendete der Pfarrherr das Gespräch und schritt mit Franz im Schlepptau zum Kirchenportal hinaus. Hochwürden steckte einen großen eisernen Schlüssel ins Türschloss und verriegelte, wie jeden Abend, die Kirchentüre. „Man kann nicht genug aufpassen und vorsichtig sein. Treibt sich immer Gesindel herum. Den Opferstock haben sie mir schon einmal aufgebrochen. Hab' deshalb Angst, dass sich jemand an den kostbaren Heiligenfiguren vergreifen könnte."
Im Pfarrhaus befahl Hochwürden seiner Pfarrhaushälterin, für den mitgebrachten Gast eine Bettstatt herzurichten und ein Gedeck mehr zum Abendessen aufzulegen. Mit dieser Gastfreundschaft hatte Franz in keinster Weise gerechnet. Bei Tisch setzte der Pfarrer das in der Kirche begonnene Gespräch fort: „Weißt Du überhaupt, wo Du Dich, ich meine, in welchem Ort Du Dich befindest? Die Gründung unseres Ortes geht auf den heiligen Bischof Wolfgang zurück. Im Jahre 975 flüchtete der Bischof von Regensburg infolge politischer Wirren und Auseinandersetzungen hierher ins Goldachtal. Der Legende nach warf er von einem Hügel ein Hack'l ins Tal. An der Stelle, wo es auf den Boden fiel, entsprang eine Wasserquelle. Hier ließ er sich in einer Hütte nieder. Das Wolfgangsbrünnlein gibt es noch heute und befindet sich in der Wolfgangskapelle in unserer Pfarrkirche. Unsere Ortschaft heißt deshalb schon seit Jahrhunderten St. Wolfgang. Morgen werde ich Dir bei Tageslicht die Kirche näher erklären."
So musste Franz am Morgen zur Frühmesse mitgehen, um anschließend der Kirchenführung des Pfarrherren zu lauschen. Dieser erklärte ihm auch das Bildnis des heiligen Wolfgang, der als Bischof mit Mitra und Stab sowie mit einem Hack'l in Händen als Beigabe dargestellt ist. „Kennst Dich aus mit Handwerkszeug?", bohrte der Geistliche im Gespräch weiter nach. „Natürlich, bin doch gelernter Nagelschmied und stell' mich nicht ungeschickt an. Habe immer saubere Arbeit geliefert und Nägel aller Art hergestellt." „Das hör' ich gerne. Könntest

dem örtlichen Zimmerer zur Hand gehen beim Ausbessern der pfarrlichen Dachstühle. Schadhafte Holzteile, die durch jahrelang eindringendes Regen- und Schmelzwasser in Mitleidenschaft gezogen wurden, müssen erneuert werden. Sein Geselle ist kürzlich unglücklicherweise vom Dach gefallen und braucht Wochen zur Genesung. So schwere Dachbalken kann der Meister unmöglich alleine austauschen. Komm', geh' ihm zur Hand. Kannst währenddessen weiterhin im Pfarrhof wohnen und wirst verköstigt. Mit einem Obolus nach getaner Arbeit kannst Du auch rechnen. Wir sind zwar keine reiche Pfarrei, aber ich luchse den Großbauern immer wieder durch eine saftige Predigt die nötigen Gulden ab. Also, zier' Dich nicht und schlag' ein." Franz konnte zu diesem Vorschlag unmöglich Nein sagen, schon wegen der gastfreundlichen Aufnahme, und auch wegen dem versprochenen Lohn, den er für die weitere Wanderung gut gebrauchen konnte.

Es war keine leichte Arbeit, auf die er sich da eingelassen hatte. Neben dem Kirchendach war auch noch das Pfarrdach zu reparieren. Er hatte sich schon über die imposante Größe des Pfarrhauses in einem so kleinen Ort gewundert, nicht ahnend, dass das Anwesen auch noch die Dorfschule beherbergte. Nun wusste er es aber besser, denn das Geschrei der Schulkinder drang manchmal bis hinauf zum Dachstuhl. Das war aber auch schon der einzige Lärm in der beschaulichen Ortschaft. Nur das Gehämmere vom Dachboden kam hinzu, wenn Franz einen riesigen Nagel in die Holzverbindung zweier Balken trieb. Hier, in St. Wolfgang, hätte der Nagler Franz es auch ganz gut ausgehalten. Doch irgendwann waren die Ausbesserungsarbeiten beendet und auch der Geselle wieder arbeitsfähig.

### *Beschwerlicher Fußmarsch nach München*

Der weitere Fußmarsch führte Franz über den Markt Isen im Isental nach Hohenlinden. Diese Ortschaft lag an einem der größten zusammenhängenden Waldgebiete Deutschlands, dem Ebersberger Forst. Der kürzere Weg nach München wäre die direkte Durchquerung dieses hauptsächlich mit Fichten bewaldeten Gebietes gewesen. Aber, das wusste Franz, dass der kürzeste Weg nicht immer der sicherste und ungefährlichste war. Seine Meinung wurde ihm durch die Befragung einiger Ortsbewohner bestätigt. „Ja, mei, wenn ich Du wäre, dann ginge ich lieber um den Forst herum, über Forstinning nach Anzing."

Ein an seiner grünen Uniform erkennbarer Förster riet ihm ebenfalls: „Der Ebersberger Forst ist zwar mit Waldwegen gut durchzogen, aber nicht so ausgeschildert, dass Du Dich nicht verirren könntest. Einmal verlaufen, findest Du kaum mehr aus dem dichten Tann." Ein sich dazu gesellender Tagelöhner, der zeitweise als Forstarbeiter beschäftigt war, kommentierte ebenso: „Mach' ja nicht den Fehler und versuch' durch den Forst zu gehen! Als Ortsunkundiger hast Du bei einer Verirrung keine Überlebenschance. Es sind zwar keine wilden Bären mehr in Bayerns Wälder, aber dafür gibt es noch gefährliche Wölfe. Und auch die Wildschweine sind nicht zu unterschätzen. Besonders die Keiler und die Bachen, die ihre Frischlinge verteidigen, sind äußerst aggressiv."

Wie ihm empfohlen, marschierte Franz also am Waldrand entlang nach Forstinning. Da die Sonne zur Mittagszeit im Zenit stand und die Sonne unerbittlich heiß vom wolkenlosen Himmel stach, suchte er Schatten unter den Bäumen im Wald. Er setzte sich unter einen Fichtenstamm, lehnte sich mit dem Rücken daran, schob seinen Hut ins Gesicht und machte zufrieden ein Nickerchen. Plötzlich wurde er aus seinem dösenden Mittagsschlaf durch Grunzlaute und Schmatzgeräusche aufgeweckt. Nicht weit von ihm entfernt erblickte er jene besagte Bache mit ihren Frischlingen. Ein Junges tippelte auf Franz zu. Dieser erkannte sofort die drohende Gefahr: Vorsichtig, um nicht die Wildschweinsau auf sich aufmerksam zu machen, erhob er sich und versuchte, sich aus dem Blick- und Geruchsfeld der Muttersau langsam zu entfernen. Schritt für Schritt, rückwärts, die Wildschweinrotte nicht aus den Augen lassend, so leise wie nur möglich, wollte er aus dem Gefahrenfeld verschwinden. Doch ein knarrender Tritt auf einen morschen Zweig schreckte die Bache auf, die ein lautes drohendes Grunzen, während sie auf Franz zulief, von sich gab. Dieser versuchte, dem Angriff der Sau zu entkommen, indem er einen glücklicherweise in der Nähe befindlichen Hochsitz hinaufkletterte. Oben angelangt setzte er sich erschöpft auf die Holzbank. Jetzt war er in Sicherheit. Allerdings verbrachte Franz mehrere Stunden dort oben, weil die Rotte ununterbrochen in der Nähe herumkreiste. Erst bei Einbruch der Dunkelheit wagte er es, den sicheren Platz wieder zu verlassen. Da der Hochsitz eine vor Wind und Wetter beschützende Dach- und Seitenverblendung hatte, entschied sich Franz jedoch, die Nacht dort zu verbringen.

Von einer bequemen und angenehmen Nachtruhe war allerdings keine Rede:

Verschiedenste Tierlaute rissen ihn immer wieder aus dem Schlaf: das Röhren eines Hirschen, die Klopfgeräusche eines Spechts oder das Flattern einer nachtaktiven Eule, die es vermutlich auf eine Maus abgesehen hatte. Vor Eulen hatte er ein gewisses Unbehagen. Aus Erzählungen seiner Großmutter waren sie ihm schon aus Kindertagen als ‚Totenvögel' bekannt. Sie galten als Überbringer von Seuchen und Unglück, als Handlanger von Hexen und des Teufels. Der Eulenruf wurde in der Bevölkerung als ‚Komm mit' verstanden und somit als Aufforderung, ins Jenseits zu folgen. Franz wusste aber mittlerweile, dass die Eulen nur deshalb um ein Haus flogen, in dem ein Toter aufgebahrt war, weil während der nächtlichen Totenwache viele Insekten durch das Kerzenlicht vor den Fenstern angelockt wurden und dies die nachtjagenden Eulen geradezu magisch anzog. Doch auch diese Nacht ging irgendwann einmal zu Ende. Franz reckte und streckte sich, um seine starren, eingerosteten Glieder wieder beweglich zu bekommen. Nachdem keine Wildschweine mehr zu sehen waren, kletterte er die Sprossenleiter hinab. Da geschah auch schon das Unglück: Eine morsche Sprosse brach mitten durch, und Franz fiel unsanft auf den Waldboden. Neben einigen unbedeutenden Prellungen verstauchte er sich durch den Aufprall den rechten Fuß. Es war Gottlob kein Beinbruch, aber durch das Umknicken entstand eine Verstauchung mit stechenden Schmerzen. Sein Fuß schwoll in kürzester Zeit stark an und er konnte nur mühsam den Stiefel ausziehen. Er wusste sofort, dass dieser Zustand jedes Weiterkommen in den nächsten Tagen vereitelte. Der Fuß musste bandagiert und gekühlt werden. Aber weit und breit war keine Wasserquelle oder ein Bächlein zu sehen. Folglich nahm er das vom morgendlichen Tau durchnässte Moos und umwickelte damit seinen verletzten Fuß. Erst nach und nach verspürte er eine leichte Linderung seiner Schmerzen. Jetzt fragte er sich, ob an seinem Unglück nicht doch die verdammte Eule schuld war. Scheinbar hatte sie ihn doch verhext. Aber für seine eigene Dummheit konnte er die Eule nicht verantwortlich machen; er hätte besser aufpassen müssen, weil es öfter vorkam, dass im Laufe der Zeit Sprossen von Jägersitzen brüchig wurden. Erst nach Stunden rappelte sich Franz auf und humpelte aus dem Wald ins Freie. Ein bäuerliches Anwesen war vorerst seine Rettung. In der Mitte des Bauernhofes stand ein steinerner Granitbrunnentrog, in dem unaufhörlich frisches, kühles Quellwasser floss. Ohne vorher die Besitzer zu fragen, steckte er seinen schmerzenden, heißen Fuß in das kalte Nass. Doch plötzlich packte ihn eine grobschlächtige Hand an der Schulter und deren Besitzer schrie ihn an: „Spinnst Du? Oder hast Du nicht alle Tassen im Schrank? Du kannst doch nicht Deinen dreckigen Hax'n in mein sauberes Quellwasser stecken! Wir schöpfen daraus unser Trink- und Waschwasser sowie das Nass für die Tiere. Womöglich schleppst Du uns noch irgendeinen Bazillus auf den Hof. Hau' bloß ab, bevor ich Dich mit dem Ochsenfiesel vertreib'!" Franz gab nicht so schnell klein bei und bettelte stotternd: „Hab' doch ein Erbarmen mit einem verletzten Wandergesell'. Kann unmöglich mit dem geschwollenen Fuß weiter marschieren." Schon wollte der Bauer zu einer weiteren Schimpftirade ansetzen, als die Bäuerin aus dem Wohnhaus trat. Sie mischte sich in das Geschehen ein und verhinderte einen nächsten Wortschwall ihres Mannes: „Geh', Kasper, was schreist Du den armen Kerl so brutal an? Das ist doch sonst nicht Deine Art! Geh' auf die Seite und lass' mich den verstauchten Fuß anschauen. Sieht schlimm aus; so kann er nicht weiterziehen. Er bleibt die nächsten Tage auf dem Hof zum Auskurieren. Ist doch unsere Christenpflicht." „Du kannst Dich ja um den Dahergelaufenen kümmern, aber einen Gulden muss er mindestens dafür bezahlen." Zu Franz gewandt beschwichtigte sie die Äußerung des Bauern: „Über die Begleichung reden wir später. Jetzt komm' erst einmal ins Haus und setz' Dich auf die Ofenbank, damit ich Deinen Fuß mit kühlen Umschlägen behandeln kann."

Über eine Woche blieb er bei bestmöglicher Versorgung des verstauchten Fußes auf dem Bauernhof. Um die Bezahlung musste er sich tatsächlich keine Sorgen machen, denn durch kleine Gefälligkeiten arbeitete er die entstandenen Unkosten herein. Er half der Bäuerin, indem er die Kurbel des Butterfasses im Sitzen täglich ein bis zwei Stunden drehte und die so gewonnene Buttermasse in Modeln drückte. Er übernahm das Nachlegen der Holzscheite für den Kachelofen und den Kochherd, half beim Abtrocknen des Geschirrs und las der Bäuerin, während sie Socken stopfte, aus dem Wochenblatt vor. Das waren alles Tätigkeiten, bei denen er nicht lange stehen oder gehen musste. Dadurch wurde sein Fuß geschont und sein Zustand verbesserte sich täglich. Er blieb sogar noch eine zweite Woche zur Erholung, damit die Strapazen der kommenden Wanderetappen ohne Bedenken zu bewältigen waren. Mit einer dankbaren Umarmung und einem Kuss auf die Wange verabschiedete sich Franz bei der gutmütigen Bäuerin und einem ‚Vergelt's Gott' beim mürrischen Hofbesitzer. So suchte er wieder den Waldrand des Ebersberger Forstes auf, um seine Wanderung nach Forstinning und Anzing in westlicher Richtung fortzusetzen. Doch auch an diesem Tag brannte die Sonne unerbittlich vom Himmel herab und so versuchte Franz durch die Tannen geschützt auf Forstwegen zu gehen.

*Lebensbedrohliche Situation im Ebersberger Forst*

Das riesige Waldgebiet war von unzähligen Forstwegen durchzogen, die sich immer wieder an Weggabelungen in alle Himmelsrichtungen verzweigten. Franz musste sich an jeder Wegkreuzung aufs Neue für eine Richtung entscheiden. Irgendwann begann er, an der Richtigkeit seiner Wegewahl zu zweifeln. Wahrscheinlich, so nahm er an, hatte er sich total verfranzt und verlaufen. Eigentlich wollte er nach Westen. Doch wo war Westen? Der hohe, dichte Baumbestand versperrte ihm zudem die Sicht auf die Sonne. Da half ihm auch der in Kindertagen schon gelernte Spruch nicht: ‚Im Osten geht die Sonne auf, im Süden ist ihr Mittagslauf, im Westen wird sie untergeh'n, im Norden ist sie nicht zu seh'n.' Auch andere überlieferte und erlernte Weisheiten erwiesen sich jetzt nicht als sehr hilfreich. Auch die Erkenntnis, dass freistehende Bäume sich von der Hauptwindrichtung, also nach Osten hin, wegneigten und er somit Westen hätte bestimmen können, half ihm jetzt wenig, denn es gab hier keine einzelnen, freistehenden Bäume. Zu alledem zog auch noch ein Unwetter auf und der Himmel verfinsterte sich. Zwar war er vor dem niederprasselnden Regen durch die Baumkronen, die sich wie ein Dach über ihn wölbten, geschützt, doch ein längerer Regenschauer hätte ihn trotzdem über kurz oder lang völlig durchnässt. Hinzu kamen die in immer kürzeren Abständen folgenden grellen Blitze, begleitet von krachenden Donnerschlägen. Ein Blitzeinschlag in einen nicht sehr robusten Fichtenstamm, der diesen spalten und zum Umstürzen bringen konnte, steigerte seine Angst ins Unermessliche. So viel war klar: Zwischen und unter den Bäumen konnte er nicht länger bleiben. Er lief, wie von einer Tarantel gestochen, die Angst im Nacken, durch den ihm ins Gesicht peitschenden Regen. Irgendwann musste der Waldpfad ins Freie führen und irgendwohin zu einer rettenden Hütte. Nach einigen Minuten, die sich für ihn wie eine Ewigkeit anfühlten, erreichte er zwar keine Hütte, aber zumindest eine kleine, aus Stein gemauerte und mit einem Holzschindeldach versehene Kapelle auf einer Lichtung. Als er die Kapelle keuchend und völlig atemlos betrat, konnte er wegen der dort herrschenden Dunkelheit nur schemenhafte Umrisse erkennen. Es musste sich jedoch um eine Hubertus-Kapelle handeln, wie er auf den ersten flüchtigen Blick erahnen zu können meinte. Auf einer Holzplatte an der Wand war der Heilige Hubertus abgebildet, der, der Legende nach, auf der Jagd von einem prächtigen Hirschen mit einem Kruzifix zwischen dem Geweih bekehrt wurde. Unter dem Bildnis war auch ein entsprechendes Bittgebet zu entziffern: „Heiliger Hubertus, schütz' Jäger, Wild und Wald." Franz ließ sich erschöpft auf die einzige in der Kapelle befindliche Sitzbank nieder und formulierte das Gebet für sich und seine missliche Lage um: „Danke, Heiliger Hubertus, dass mich mein Irrweg zu Dir in diese Deine Kapelle geführt hat. Beschütze mich hier in diesem heiligen Raum vor den Gefahren des Unwetters." Je mehr sich seine Augen an die Dunkelheit gewöhnt hatten, konnte er auch noch zwei weitere Holzplatten mit dem dornengekrönten Jesus einerseits und der Gottesmutter Maria mit dem Jesuskind auf dem Arm andererseits erkennen. Auf einem kleinen Altar standen zudem vier Kerzen und daneben eine Zündholzschachtel. Franz machte von den Utensilien Gebrauch und tauchte so die Kapelle in anheimelndes Licht. Anschließend legte er sich auf die harte, unbequeme Holzbank, wo er trotz durchnässter Kleidung sofort einschlief. Der Schlaf sollte aber nur einige Stunden währen, denn plötzlich wurde er durch ein lautes Heulen aus dem selbigen gerissen. Sofort stand er auf, öffnete vorsichtig die quietschende Holztüre und spähte nach draußen. Mittlerweile hatte sich die Wolkendecke und der Sturmwind verzogen, das Mondlicht schien hell auf die Lichtung. Dort strich, von dem magischen Licht des Mondes und dem nach draußen scheinenden Kerzenlicht in der Kapelle angezogen, ein Rudel Wölfe umher. Mit einem heftigen Ruck schlug Franz die Kapellentüre wieder zu und löschte sofort die Kerzen. Jetzt hieß es, abzuwarten und auf ein baldiges Verschwinden der Wölfe zu hoffen. Es dauerte eine Weile, bis sich die Wölfe verzogen und wieder Stille im Wald einkehrte. Erschöpft legte sich Franz wieder auf die Bank und schlief erleichtert weiter. Aufgeweckt wurde er erst frühmorgens durch den Knall mehrerer Schüsse. Schlaftrunken rappelte er sich auf, öffnete vorsichtig die Türe und inspizierte die Lage. Kläffende Jagdhunde, die nach der geschossenen Beute suchten, wurden sogleich auf ihn aufmerksam und änderten sofort ihre Laufrichtung. Franz schlug die Türe hastig wieder zu und traute sie sich erst wieder einen Spalt breit zu öffnen, als der herannahende Jäger ihm zurief:

„Kannst ruhig ins Freie treten, brauchst keine Angst zu haben, sie gehorchen mir auf's Wort und tun Dir nichts!" Franz trat ins Freie, ging auf den Jäger zu und ließ die an ihm schnüffelnden Hunde angstfrei an sich ran. „Hab' die Nacht in der Kapelle verbringen müssen. Eigentlich wollte ich am Waldrand Richtung Anzing und dann weiter bis nach München gehen. Ich bin aber leichtsinnigerweise in den Wald hineingekommen und habe die Orientierung verloren. Vom Unwetter überrascht bin ich in die Kapelle geflüchtet." „Da hast Du aber Glück gehabt, denn weit und breit ist die Hubertus-Kapelle die einzige im Umkreis. Die Kapelle liegt inmitten des Forstgebietes – hast Dich also ganz schön verlaufen. Von alleine findest Du nie mehr heraus. Du kannst später mit mir gehen, dann kommst Du sicher ans Ziel. Warte hier noch eine Weile, bis ich zurückkomme und mit den Hunden nach dem geschossenen Wild gesucht habe." Nach ungefähr zwei Stunden kam der Jäger missmutig gelaunt zurück: „Die Hunde haben die Spur verloren und kein angeschossenes Wild gefunden. Komm' und marschier' mit mir ins Jagdhaus zurück. Das Forsthaus liegt allerdings entgegengesetzt zu Deiner Wanderroute. Aber keine Angst, Du kennst ja den Spruch: ‚Viele Wege führen nach Rom'. Unser Weg führt vorläufig in die südliche Richtung nach Kirchseeon, wo das neu erbaute Jagdhaus liegt. Ist erst in diesem Jahr fertig geworden – ein Kleinod am Rande des Forstes. Es trägt den Namen ‚Diana'– nach der Göttin der Jagd – und soll uns Glück bringen." „Alles nur Aberglaube! Hast ja heute selber erlebt, dass Du kein Jagdglück hattest." „Da gebe ich Dir vollkommen recht. Die Namensgebung für das Jagdhaus kam ja auch nicht von uns, sondern von höherer Stelle, vielleicht sogar vom König. Ich halte mich auch lieber an den Jagdheiligen Hubertus. Beim Vorbeigehen an der Kapelle führt mich der Weg immer hinein zu einem kurzen Bittgebet." Nach einem anstrengenden stundenlangen Fußmarsch kamen sie schließlich zur ‚Diana', wo Franz noch eine Nacht bleiben durfte, um sich dann am nächsten Tag frisch ausgeruht auf den Weg machen zu können.

### *Unfreiwilliger Aufenthalt beim ‚Wirt von Trudering'*

Sein Weg führte ihn in den nächsten Tagen – mit Zwischenhalten – nach Eglharting, Vaterstetten und schließlich Trudering. Dort lenkten ihn eine ausgetrocknete Kehle und ein knurrender Magen direkt in die nächste Wirtschaft. Der ‚Wirt zu Trudering', eine Tafernwirtschaft mit Herberge, lag an der bekannten

Salzstraße und war eine begehrte Einkehrgelegenheit vor allem für die Händler auf dem Weg zwischen Wasserburg und München. Deshalb war auch der angrenzende Biergarten mit den Biertischen unter den schattenspendenden Bäumen schon zur Mittagszeit gut besucht. Franz holte sich an der Schänke eine Maß Bier und ging damit nach einem Sitzplatz suchend durch den Garten. „Komm', setz' Dich zu uns, wir rücken zusammen, dann hast Du auch noch einen Platz!" Franz nahm das Angebot dankbar an und setzte sich an den Tisch, von dem die Stimmen kamen. „So wie Du ausschaust, bist Du kein Handelsreisender und auch kein Bauer. Wohl ein Walzbruder oder gar ein Landstreicher? Komm', erzähl' uns was von Dir und wohin Du marschierst!" Franz ließ sich nicht lange bitten und erzählte einige Begebenheiten aus seinem Leben und von seiner jetzigen Suche nach einem Arbeitsplatz bei der Eisenbahn in München. Letzteres kaum ausgesprochen, schrie ihn einer der Tischgenossen mit lauter Stimme an: „Ja, bist Du denn von allen guten Geistern verlassen! Weißt Du nicht, dass dort und in vielen anderen großen Städten Bayerns eine Cholera-Epidemie herrscht? Keine zehn Pferde brächten mich dahin. Du riskierst Kopf und Kragen, vielleicht sogar Dein Leben. Man hört, dass schon Hunderte, ja Tausende gestorben seien." Franz entgegnete: „Ich habe von dieser Epidemie noch nichts gehört. Kannst Du mir mehr darüber berichten?" Der Tischnachbar schilderte Franz einige Symptome wie andauernde Durchfälle und Austrocknung. Es würden nicht alle daran sterben, aber jeder zweite Erkrankte überlebe diese entsetzliche Krankheit nicht. „Die Cholera ist Mitte Juli in München ausgebrochen. Es hat wohl damit zu tun, dass damals eine Industrieausstellung stattfand und sich vermutlich dort die Bürger angesteckt haben." Ein anderer Tischgenosse pflichtete seinem Vorredner bei: „Wär' kein Wunder, wenn jeden Tag, wie man so hört, sich fast 5.000 Besucher auf dem Ausstellungsgelände tummelten. Bei dem Gedränge steckt einer den anderen an." Ein Bierdimpfel, der vermutlich bereits eine Maß zu viel intus hatte, lallte unangemessen dazwischen: „Und das Oktoberfest und die Auer Herbstdult haben sie deswegen abgesagt. Das ist für mich das Schlimmste an der ganzen Geschichte." Franz, sichtlich betroffen über die schrecklichen Ausmaße der geschilderten Epidemie, meinte: „Mir tun die vielen unschuldigen Leute leid, die unter furchtbaren Qualen dahinsiechen. Weiß man denn überhaupt, woher die Krankheit kommt? Und gibt es kein Heilmittel dagegen?" „Ja, es ist schon merkwürdig", versuchte einer aus der Gruppe die Frage zu beantworten, „dass die Cholera überwiegend in den großen Städten ausbricht und weniger auf dem Land. Manche vermuten, es läge an der Bodenbeschaffenheit oder an der Unsauberkeit der Bürger, die auf engstem Raum zusammenleben. Aber kein Arzt und kein Wissenschaftler kann auf diese Frage eine befriedigende Antwort geben. Und deshalb haben sie bisher kein Heilmittel dagegen gefunden. Bittgottesdienste zur Abwendung der Cholera haben die katholischen Münchner an der Mariensäule bereits abgehalten. Und obwohl sich jedes Mal an die 25.000 Gläubige daran beteiligt haben, hat auch das inbrünstige Flehen der Massen die Cholera nicht aufgehalten. Sie haben sogar der Gottesmutter versprochen, bei Erhörung der Bitten, den Marktplatz in Marienplatz umzubenennen und sie zur Patronin Bayerns zu erheben. Jetzt heißt es, abwarten und auf ein Wunder hoffen!" Nach all dem Gehörten wusste Franz, dass auch er nur auf ein baldiges Ende der Epidemie hoffen konnte und sich solange von der Großstadt fernhalten musste. Er verabschiedete sich von den Tischgenossen und betrat durch die überdachte Haustüre den Gasthof. Im Hausgang hörte er laute undeutliche Wortfetzen aus der Gaststube. Zwischen dem Wirt und seiner jugendlichen Tochter war eine hitzige Debatte entbrannt, wie er beim Betreten der Gaststube feststellen konnte. „Den ganzen Tag hast Du nichts anderes im Kopf, als ständig in Büchern und Zeitungen zu lesen. Mit Deinen 16 Jahren solltest Du mir im Gasthof mehr zur Hand gehen. Aus dem Schulalter bist Du längst heraus und mittlerweile im heiratsfähigen Alter!" Erst jetzt wandte sich der Wirt zu Franz, aber nicht, um nach seinem Begehr zu fragen: „Was sagen Sie, habe ich nicht recht?" Bevor Franz seine Meinung sagen konnte, fuhr ihm die Tochter des Hauses ins Wort: „Geh', Vater, lass' doch den Gast mit unserem Disput in Ruhe. Der hat doch mit dieser Angelegenheit nichts zu tun. Frag' ihn lieber nach seiner Bestellung!" Franz winkte ab und entgegnete: „Ich hätte eher ein Anliegen: Ich bin auf der Durchreise und habe soeben in Ihrem Biergarten von Gästen erfahren, dass in München die Cholera grassiert; und jetzt weiß ich nicht, was ich tun soll. Es wurde mir abgeraten, in die Großstadt zu gehen. Deshalb bräuchte ich für einige Wochen eine Bleibe, die aber nicht viel kosten soll." Als der Wirt lospolterte, um ihm zu sagen, dass er kein Obdachlosenheim betreibe und keine Almosen zu vergeben habe, sprang dem Franz die Tochter hilfreich zur Seite. „Jetzt sei doch nicht so ekelhaft und unbarmherzig zu dem Gast, Vater. Wir haben doch auch billigere Zimmer zu vergeben; außerdem sprichst Du immer davon, dass Du eine Hilfe im Gasthof brauchen könntest. Damit wäre beiden von Euch geholfen." Der Wirt blickte zuerst verdutzt und meinte dann zu dem Vorschlag: „Keine schlechte Idee." „Sie haben wirklich eine blitzgescheite, kluge Tochter. Belesene Menschen haben halt doch mehr Weitblick und Grips im Kopf." „Sag' ich doch die ganze Zeit, aber mein Vater glaubt es mir ja nicht", gab die Tochter als Antwort, obwohl Franz sie nicht angesprochen hatte. Und weil sie in Fahrt war, redete sie unaufhörlich weiter: „Das mit der Cholera habe ich als Erste aus der Zeitung erfahren und an alle im Haus weitergegeben. So konnten wir gleich Vorsichtsmaßnahmen ergreifen und haben keine Durchreisenden von München mehr als Gäste aufgenommen." Franz konnte sich ein Schmunzeln über die naseweise, vorwitzige Wirtstochter nicht verkneifen und meinte dazu lachend: „Und was weiß Dein kluges Köpfchen noch zu berichten?" „Ich lese auch gerne die Nachrichten aus den Adels- und Herrschaftskreisen. Und da weiß ich, dass die Herzogin Sissi, die – so wie ich – erst 16 Jahre alt ist, sich in den Kaiser Franz Joseph von Österreich verliebt hat und im April von München nach Straubing gefahren ist und dann mit dem Raddampfer weiter auf der Donau in die Kaiserstadt Wien zur Vermählung. Was hatte Sissi doch für ein Glück, dass sie bereits drei Monate vor Ausbruch der Cholera aus München abgereist war. Das wäre doch ein Unglück gewesen, wenn sie erst später geheiratet und sich dadurch womöglich die Cholera eingefangen hätte."

Im Gasthof und im angrenzenden Nebengebäude erledigte Franz als ‚Mädchen für Alles' seitdem die ihm zugewiesenen Arbeiten zur vollsten Zufriedenheit der Wirtsfamilie und brauchte im Gegenzug für die Unterkunft samt Verpflegung keinen Kreuzer zu berappen. Erst Ende Oktober klang die Cholera-Epidemie langsam ab, nicht ohne noch ein letztes prominentes Opfer zu fordern: Wie die Zeitungen berichteten und die Tochter der Wirtsfamilie daraus zitierte, infizierte sich die Königinmutter Therese, Gemahlin Ludwigs I., und verstarb Ende des Monats. Aus Dankbarkeit, dass die Krankheit schließlich wieder aus München verschwand, benannten die Münchner ihren ‚Schrannenplatz', den Marktplatz in ‚Marienplatz' um. Vorsichtshalber blieb Franz aber noch die Wintermonate beim ‚Wirt von Trudering' und setzte erst im Frühjahr 1855 seine Wanderung nach München fort.

*Ankunft in München*

In München angekommen durcheilte Franz die Vororte mit raschen Schritten. Am Isarfluss, auf einer kleinen Anhöhe, konnte er erstmals einen grandiosen Blick auf die Landeshauptstadt werfen. Überragt wurde das Stadtbild von den zwei mächtigen Kirchtürmen des Doms zu ‚Unserer lieben Frau'. Die Frauenkirche markierte die Mitte der Münchner Altstadt. So hatte Franz einen Orientierungspunkt, auf den er problemlos zusteuern konnte. Die Isar überquerte er gefahrlos über die imposante, geschwungene Maximiliansbrücke. Die sich daran anschließende überbreite, sich in die Länge zur Stadtmitte hin ziehende Straße trug ebenfalls den Namen des Auftraggebers, seiner Majestät König Maximilian II. von Bayern. Zu beiden Seiten jener Maximilianstraße waren noch rege Vermessungsarbeiten und Bautätigkeiten für prächtige Monumentalbauten zu erkennen, dessen Bedeutung Franz nicht kannte. Sein Weg führte ihn weiter an der Residenz des Monarchen und an der Bayerischen Staatsoper, dem Nationaltheater, vorbei. Am Max-Joseph-Platz blieb er stehen, bewunderte anerkennend die Fassaden der repräsentativen Bauten und das in der Platzmitte mächtige Denkmal des auf einem Thron sitzenden König Max I. Joseph. Von hier aus war es nur noch ein Katzensprung zur Frauenkirche. Dort wollte er der Gottesmutter seinen Dank abstatten für die überstandenen Strapazen der Reise und die glückliche Ankunft in der Landeshauptstadt. Gleichzeitig wollte er ein Bittgebet vortragen, damit sein Berufswunsch in Erfüllung gehen möchte. Bevor er das Portal der mit Backsteinen gebauten Domkirche durchschritt, betrachtete er die gotischen Steinfiguren auf beiden Seiten. Linker Hand erkannte er sofort die Heilige Maria und rechts eine Christusfigur. Zur Maria gewandt murmelte er bereits im Vorbeischreiten ein Stoßgebet. Im Inneren beeindruckte Franz der mächtige gotische Kirchenraum so sehr, dass er ehrfürchtig und schüchtern in der letzten Bank Platz nahm. Nach einigen Minuten der Stille und des Gebets drängte es ihn trotzdem bald wieder nach draußen. Vom Domvorplatz ging er zügig zum nahen Marienplatz und hielt vor der dortigen Mariensäule kurz inne und betete leise das Salve Regina: „Sei gegrüßt, o Königin, Mutter der Barmherzigkeit; unser Leben, unsere Wonne und unsre Hoffnung, sei gegrüßt! Zu Dir rufen wir, …". Von Mattheit und Hunger übermannt, fragte er sich zum Viktualienmarkt durch. Hier war der ständige tägliche Markt der Altstadt. An einem Stand für Obst und Gemüse blieb er stehen und betrachtete die feilgebotenen Waren: Radieschen, Feldsalat, Kohlrabi, Rote Beete, Sellerie, Gelbe Rüben, Weißkraut und Sauerkraut im Fass. Daneben gab es Eier und Bauernbrot. Für einige Kreuzer kaufte er sich zwei runzelige Lageräpfel und einen halben Laib Brot. Er nahm die Gelegenheit beim Schopf und fragte die Standlfrau: „Können Sie mir vielleicht helfen? Ich bin heute in München erst angekommen und suche eine Übernachtungsmöglichkeit. Für eine teure Herberge fehlt mir das nötige Geld. Kennen Sie Leute, die einen Schlafplatz günstig vermieten? Ich bin ein anständiger, ehrlicher Mann." Die Standlfrau musterte Franz von oben bis unten und erwiderte: „Das kann jeder von sich behaupten. Hineinsehen kann man in keinen; hab' mich schon in so mancher Kundschaft getäuscht. Es ist schwer, die Scheinheiligen von den Heiligen zu unterscheiden. Was willst Du denn in München und wie lange bleibst Du?" „Bei der Eisenbahn will ich mein Glück versuchen und morgen mich bewerben. Wenn ich eine Arbeitsstelle bekomme, dann bleibe ich länger. Auch wenn man es mir nicht ansieht, ich bin wirklich ein anständiger Kerl. Sie können es daran sehen, weil mein erster Weg in München mich in die Frauenkirche geführt hat." „Und jetzt soll ich als guter Engel Deine Bittgebete erfüllen? Unter meinen Kundschaften weiß ich im Augenblick niemanden, aber ich könnte Dir bei mir zuhause einen Nachtschläferplatz anbieten. Solltest Du tatsächlich einen Arbeitsplatz erhalten, dann könntest Du als Untermieter bei mir wohnen bleiben. Wart' noch eine gute Stunde, bis ich meinen Stand schließe und dann kannst Du mir beim Abbauen helfen. Tu' mich in letzter Zeit schwer; das Alter macht sich bemerkbar und die Gelenke sind schon etwas eingerostet." Franz half ihr, die Holzkisten mit der nicht verkauften Ware und das Sauerkrautfass in einem Leiterwagerl zu verstauen. Mit den Worten: „Lassen Sie mich das machen", nahm Franz den Griff der Deichsel in die Hand und zog das beladene, hölzerne Wägelchen durch das Isartor Richtung Haidhausen. Hier hatte die Standlfrau ein kleines Häuschen mit Garten, in dem sie das Gemüse selbst anbaute, das sie am Markt anbot. Auf dem Grundstück stand auch ein Backhaus, in dem sie das krustige Bauernbrot buk, und ein Hühnerstall mit Hennen, die die Eier legten. Außer dem Verkauf auf dem Viktualienmarkt hatte sie als Witfrau sonst keine Einkommensquelle und war froh, die leer stehende Schlafkammer an Franz zu vermieten. „Das ärmliche Haidhausen ist das Herbergsviertel für Handwerker, Arbeiter und Tagelöhner. Da denkt sich die Nachbarschaft nichts Böses, wenn ich einen Nachtschläfer beherberge. Übrigens, Du kannst Frieda zu mir sagen; nur unter diesem Namen kennen mich alle. Deine Hilfe auf dem Nachhauseweg war für mich eine große Erleichterung. Wenn Du morgen früh zur Bahn gehst, um Dich zu bewerben, könntest Du mir beim Schieben des vollbepackten Wagerls wieder helfen. Da wäre uns beiden sehr geholfen."

*Vorstellung und Bewerbung bei der Königl. Bay. Eisenbahn*

Schlaftrunken und wie gerädert entstieg Franz am nächsten Morgen der Bettstatt, nachdem ihn Frieda unsanft wachgerüttelt hatte. Ihm blieb nur kurze Zeit für eine Katzenwäsche und für das Anziehen seiner Klamotten. Dann war Abmarsch, ohne einen Bissen im Magen. Franz fröstelte wegen der morgendlichen Kühle, aber auch wegen des vor ihm liegenden Bewerbungsgesprächs. Er half Frieda noch beim Abladen der Kisten auf dem Viktualienmarkt und wäre beinahe über eine solche gestürzt, so nervös war er. Zum Bahnhof schlenderte er gemächlich durch das Karlstor, als hätte er alle Zeit der Welt. Am Bahnhof angelangt fragte er einen Bahnbediensteten nach dem Einstellungsbüro. Der verwies ihn in ein angrenzendes Bürogebäude des Oberbahnamtes. Und dann stand er mit weichen Knien vor einem königlichen Bahnvorsteher. Dieser blickte missmutig hinter einem Stehpult aus seinem Nasenzwicker auf den störenden Besucher. „Sie wünschen? Was führt Sie zu mir? Nun reden Sie schon, Mann, oder hat es Ihnen die Sprache verschlagen?" „Nein, nein", stotterte Franz und fuhr dann fort: „Ich heiße Franz Diller und möchte gerne bei der Eisenbahn anfangen." „Was wollen Sie bei der Eisenbahn anfangen? Das ist doch keine Rede, Mann. Sie müssen sich schon genauer ausdrücken." „Eine Arbeitsstelle suche ich; deswegen bin ich hier!", stammelte Franz verlegen. „Sie wollen also eine Arbeitsstelle bei der Königlich Bayerischen Staatseisenbahn? Habe ich Sie da richtig verstanden?" Der Büroangestellte hatte Franz so eingeschüchtert, dass er nicht mehr antworten konnte; es hatte ihm die Sprache verschlagen und er nickte nur noch mit seinem Kopf. „An was für eine berufliche Tätigkeit haben Sie da gedacht: Lokomotivführer, Heizer, Bremser, begleitendes Zugpersonal, Bahnhofsvorsteher, Streckengeher oder Weichensteller? Oder anders gefragt: Was haben Sie gelernt und wo gearbeitet?" „Von Beruf bin ich ein Nagelschmied und habe die Schmiede in Taufkirchen geführt. Leider ist die

Nagelschmiede kein einträgliches Geschäft mehr und deshalb möchte ich umsatteln." „Guter Mann, Sie kommen einfach bei mir so herein geschneit und wissen von der Eisenbahn scheinbar überhaupt nichts. Umsatteln wollen Sie? Die Züge werden doch nicht mit Rössern gezogen. Mir scheint, Sie haben von Tuten und Blasen keine Ahnung. Wie auch! Was wollen wir denn mit einem Nagelschmied? Die Lokomotiven werden doch nicht mit Nägeln zusammen gehalten. Sie sind hier fehl am Platz. Gehen Sie wieder!" Seinen letzten Mut zusammennehmend konterte der verzweifelte Bittsteller: „Ich könnte doch eine Ausbildung bei der Bahn machen. Als Nagelschmied kenn' ich mich mit der Bearbeitung von Eisen aus. Geben Sie mir doch dazu die Gelegenheit." Etwas milder gestimmt erklärte der Bürovorsteher mitleidig: „Das würde ich ja gerne. Aber lesen Sie denn keine Zeitung? Der König höchstpersönlich hat doch bereits im März verkündet und angeordnet, die Eisenbahnen nicht mehr durch den Staat bauen zu lassen. Es ist wegen der angespannten Kassenlage. Daher benötigen wir zur Zeit auch kein neues Personal." Tief enttäuscht von dieser Antwort senkte Franz seinen Kopf und murmelte: „Das heißt also, ich bin zu spät gekommen. Was soll ich nur tun?" Für seine Verhältnisse fast freundschaftlich merkte der Vorsteher an: „Es gibt im Leben immer einen Ausweg. Unser König hat angeordnet, den Bau und Betrieb von Schienenwegen für den öffentlichen Verkehr durch Dritte zu genehmigen. Privatbahnen sollen eventuell die Aufgabe des Staates übernehmen. Wenn das Gesetz in diesem oder nächstem Jahr durch den Landtag beschlossen wird, dann hätten Sie vielleicht hier eine Arbeitsmöglichkeit." „Aber, was soll ich bis dahin tun? Ich brauche doch eine Arbeitsstelle, um den Lebensunterhalt zu verdienen!" „Da hätte ich für Sie einen guten Rat: Gehen Sie zur Lokomotivenfabrik Maffei am Ende des Englischen Gartens. Da könnten Sie sich zum Maschinisten ausbilden lassen. Dann hätten Sie, wenn es nächstes oder übernächstes Jahr mit den Privatbahnen so weit ist, die Möglichkeit, zur Bahn zu wechseln." Mit gemischten Gefühlen kam er zurück zur Standlfrau und berichtete ihr von seinen Erlebnissen. Frieda munterte ihn mit einer alten Weisheit wieder auf. „Schau' Franz, es wird alles nicht so heiß gegessen, wie es gekocht wird. Er hat Dir immerhin den Rat gegeben, es beim Eisenwerk Maffei zu probieren. Stell' Dich bei denen übermorgen vor. Vielleicht hast Du Glück und sie nehmen Dich." „Aber ich kenn' mich in München nicht aus, ich weiß nicht, wo der Englische Garten ist und finde den Weg ins Eisenwerk womöglich nicht." Frieda beruhigte ihn: „Da am Sonntag kein Markttag ist, gehen wir zwei im Englischen Garten flanieren und den Weg ab."

*Lehrreicher Erkundungsspaziergang in den Englischen Garten*

Bereits am frühen Sonntagvormittag begaben sich Frieda und Franz von Haidhausen entlang der Isar über die Maximiliansbrücke zum Englischen Garten. In seinem bisherigen Leben hatte er noch nie eine so riesige Parkanlage gesehen. Für ihn besaßen nur Adelige, Grafen, Fürsten und Könige solche privaten Gärten, zu denen das gemeine Volk keinen Zutritt hatte. Doch Frieda erklärte ihm, dass dieser Park für die Münchner Bürger geöffnet wurde. Kurfürst Carl Theodor hatte einst dieses Gebiet als Volksgarten für alle zur Erholung geschaffen. Während sie durch den Park schlenderten, wollte er über den Volksgarten noch mehr wissen: „Wieso die Bezeichnung ‚Englischer Garten' und nicht ‚Münchner Garten' oder ‚Volksgarten'?" Die einfache Marktfrau Frieda war nicht so bewandert in geschichtlichen und gesellschaftlichen Gegebenheiten und so konnte sie ihm nur in allgemein gehaltenen Erklärungen Auskunft geben: „Die englischen Landschaftsgärten dienten dem Kurfürsten als Vorbild für die Münchner Parkanlage. Hier in dieser grünen Lunge sollte die Bevölkerung, besonders an den Sonn- und Feiertagen, ausspannen und flanieren. Daher auch die breiten Wege für die Fußgänger, die Kutschen und Reitpferde." Franz konnte sich unter dem Fremdwort nichts vorstellen: „Was bedeutet denn ‚flanieren'?" „Ich bin auch nicht in fremden Sprachen bewandert, aber es heißt so viel wie ‚einfach spazierengehen oder -reiten oder -fahren, ohne ein bestimmtes Ziel zu verfolgen' – so ähnlich wie das Lustwandeln der Adeligen in ihren Schlossgärten. Die Großstädter, die auf engstem Raum in stickiger Luft, in engen schattigen Gassen ohne viel Sonnenlicht zusammenleben, sollen hier in frischer Luft in der Natur zu neuen Kräften kommen. Angelegte Bäche, Seen, Wälder, Wiesen, Sträucher und Blumen sorgen für ein gesundes Klima." Franz hörte den Ausführungen Friedas aufmerksam und interessiert zu. Immer wieder unterbrach er sie mit neuen Fragen und eigenen Schilderungen: „In der Sonntagsschule und den Predigten habe ich auch von dem Gebot der Sonntagsruhe gehört und von der Pflicht, der Sonntagsmesse als Christenmensch beizuwohnen. Mit keinem Wort wurde die Erholung durch Spaziergänge erwähnt. Die Mägde und Knechte müssen auch sonntags die Arbeiten im Stall verrichten. Da hat die Landbevölkerung noch keine Ahnung davon." „Ja, die Pfaffen maßregeln nur ihre Schäfchen und halten sie streng zum Gottesdienstbesuch an. Dabei verschweigen sie den Leuten die Worte Jesu, dass der Sabbat für den Menschen da ist und nicht der Mensch für den Sabbat. Jeder Mensch braucht nach getaner Arbeit eine Verschnaufpause. Hast Du am Eingang die weiße Marmorskulptur gesehen? Es ist ein fast nackter griechischer Jüngling mit einer Tafel in der Hand. Bei uns Münchner heißt diese Figur ‚Harmlos', weil die Inschrift lautet: HARMLOS WANDELT HIER, DANN KEHRET NEU GESTÄRKT ZU JEDER PFLICHT ZURÜCK." Franz konnte sich immer noch nicht vorstellen, dass es außer der Arbeit ein Freizeitvergnügen geben durfte. „Im Unterricht musste ich den Spruch lernen: ‚Müßiggang ist aller Laster Anfang'. Wenn wir jetzt hier grundlos, einfach nur so, um die Zeit totzuschlagen, spazieren gehen, hat dies dann nichts mit Faulheit, Trägheit und Müßiggang zu tun?" „Geh, Franz, wir sind doch keine Arbeitstiere, die keinen Sonntag, keinen Ruhetag kennen. Am siebten Tag hat Gott uns von der Pflicht zur Arbeit befreit – da sollen und dürfen wir ausspannen. Wer sechs Tage in der Woche arbeitet und an einem Tag sich ausruht, der ist doch wirklich kein Müßiggänger, kein Faulpelz. Das ist doch auch der Sinn des Englischen Gartens: sich erholen und dann gestärkt an den Arbeitsplatz zurückkehren und seinen Pflichten wieder neu nachkommen."

### *Arbeitsersuchen bei der Lokomotivenfabrik Maffei*

Ihr weiterer Weg führte Frieda und Franz am Monopterus vorbei, einem Rundtempel mit Säulen und einer Kuppel auf einem Hügel. „Den müssen wir nicht unbedingt von der Nähe gesehen haben", meinte Frieda, „denn für meine Knie ist der Aufstieg nicht gut. Außer Du willst von oben die Aussicht genießen, dann warte ich hier unten auf Dich und setze mich derweil auf eine Bank." Franz verspürte ebenfalls keine große Lust dazu und ging mit Frieda zur nächsten Baulichkeit, dem 25 Meter hohen Chinesischen Turm. So ein fremdländisches, mehrgeschossiges Bauwerk hatte er noch nie gesehen. Frieda ahnte seine Gedanken und erläuterte scheinbar allwissend: „Der chinesische Baustil ist gerade in vielen Ländern Europas groß in Mode und steht in vielen Gärten. Es hat mit der buddhistischen Religion zu tun. Aber hier im Englischen Garten dient er als reine Aussichtsplattform. Geh' ruhig die Wendeltreppe zu den einzelnen Plattformen hinauf und genieße die Aussicht!" Franz zögerte, weil er sich nicht sicher war, ob sich das mit seinem christlichen Glauben vertrug. Doch dann überwand er seine Bedenken und bestieg den Turm. Ihn interessierte vor allem die handwerkliche Holzbearbeitung mit den Verschnörkelungen, Schnitzarbeiten und die Konstruktion. Natürlich ließ ihn auch der herrliche Panoramablick auf die Wiesen-, Wälder- und Hügellandschaft des Englischen Gartens und die Silhouette Münchens nicht unbeeindruckt. Von oben sahen die Menschen wie kleine Spielfiguren aus, und doch konnte er Frieda in der Menschenmenge, die sich um den Chinesischen Turm tummelte, erkennen. Er winkte ihr von der obersten Plattform aus zu.

Am frühen Nachmittag kamen sie endlich am nördlichen Ende des Englischen Gartens in Hirschau beim Eisenwerk an. Von außen betrachtet war es ein Industriegelände mit Werkhallen und hohen Schornsteinen, die sogar am Sonntag mit ihren Rauchwolken den Himmel schwärzten. Nun wusste Franz den Weg zur Lokomotivenfabrik und konnte ihn am nächsten Werktag ohne die Begleitung von Frieda alleine finden. Als er dann am Montag durch den Englischen Garten zum Vorstellungsgespräch bei der Firma Maffei ging, konnte er seinen Augen kaum trauen: Da kam ihm doch tatsächlich eine Lokomotive entgegen. Allerdings rollte und dampfte diese nicht auf Bahngleisen durch den Park, sondern wurde auf einem Tieflader von acht Pferden transportiert. Die Lok war, bis auf die Räder, komplett zusammengebaut und wurde zum Hauptbahnhof gezogen, da die Maschinenfabrik Maffei keinen Gleisanschluss hatte. Erst am Bahnhof wurde die Lok auf ihre Räder gesetzt und fertig montiert, wie Franz von einem Arbeiter erfuhr. Beeindruckt kam Franz im Eisenwerk an und stellte sich als Arbeitssuchender im Einstellungsbüro vor. „Wir können schon immer wieder tüchtige Arbeiter gebrauchen, da die Auftragslage gut ist und wir jedes Jahr dutzende Dampflokomotiven und etliche Dampfmaschinen für Webereien herstellen. Mittlerweile hat unser Betrieb sogar Dampfschiffe gebaut. Das erste Dampfschiff, auf den Namen ‚Maximilian' getauft, wurde vor vier Jahren produziert und fährt auf dem Starnberger See. Du siehst, wir sind nicht nur eine Lokomotivenfabrik, sondern ein Maschinenbaubetrieb für dampfbetriebene Maschinen aller Art. Wenn Du ein geschulter Facharbeiter bist, dann hast Du natürlich größere Chancen auf eine Einstellung. Hier, nimm diesen Bewerbungsbogen, fülle ihn aus und bringe ihn die nächsten Tage wieder vorbei."

„Nun ja", erwiderte Franz kleinlaut, „ein Facharbeiter für die Herstellung von Dampfmaschinen bin ich nicht, sondern ein gelernter Nagelschmied. Ich möchte gerne zur Eisenbahn, aber sie stellen im Augenblick niemanden ein, und wenn, dann nehmen auch sie nur geschulte Arbeiter. Ich würde deshalb gerne hier bei Maffei eine Ausbildung machen." „Oh je, wieder so ein ungelernter Arbeitsloser, von denen sich jeden Tag unzählige bewerben und auf einen Arbeitsplatz hoffen. Da Du ganz klare Vorstellungen von Deiner Zukunft hast, könnten wir Dich vielleicht als Auszubildenden zum Maschinisten einstellen. Gelernte Maschinisten, die anpacken können, ihr Handwerk verstehen, haben bei der Bahn sicher einmal gute Aussichten auf eine Anstellung. Das Ausbildungsgehalt ist bei uns allerdings nicht üppig, eben einem Lehrling angemessen. Eigentlich müsstest Du sogar für eine Ausbildung bezahlen, aber unser Arbeitgeber ist sozial eingestellt. Überleg' es Dir gut, bevor Du Deine Bewerbungsunterlagen abgibst!"

Am Abend berichtete Franz der Frieda von seinem Bewerbungsgespräch bei Maffei. „Keine Angst, Franz, Du kannst Dich für die schlecht bezahlte Lehrstelle ruhig bewerben. Bin auf keine Mietzahlung Deinerseits angewiesen. Über die Lebenshaltungskosten brauchst Du Dir auch keine Gedanken machen; für zwei Mäuler kochen ist kein größerer Aufwand, als für mich alleine etwas brutzeln. Ich habe Dich in den wenigen Tagen Deines Hier-Seins als anständigen Menschen kennengelernt. Du kannst ohne Obolus bei mir wohnen bis zum Ende Deiner Ausbildungszeit." „Jetzt bin ich aber sprachlos. Mit was habe ich nur diese Großzügigkeit Deinerseits verdient?" „Die Ehe mit meinem Mann blieb kinderlos und so habe ich niemanden, um den ich mich kümmern kann. Du könntest vom Alter her mein Sohn sein und deshalb will ich Dich gerne aufnehmen und bemuttern." „Wenn es Dir, liebe Frieda, keine großen Umstände macht, dann will ich gerne Dein Angebot annehmen. Vergelts' Gott!" „Nichts zu danken, Franz. Wir beide profitieren von unserem Pakt. Du hast bei mir Dein Auskommen und ich bin an den Abenden nicht mehr so einsam. Diesbezüglich hätte ich gleich einen Vorschlag für einen der Sonntage Ende September: Wir könnten auf der Wies'n das alljährliche Oktoberfest besuchen?" „Was ist das für eine Wiese, auf dem ein Fest stattfinden soll, und wo befindet sich diese? Habe davon bisher noch nie etwas gehört." Frieda schüttelte ungläubig den Kopf über so eine Frage: „Die ‚Wies'n', wie sie bei uns Münchnern heißt, liegt in der Nähe des Hauptbahnhofes und trägt offiziell den Namen ‚Theresienwiese'. Auf diesem riesengroßen Freigelände wurde im Oktober 1810 zum Abschluss der Hochzeitsfeiern von Prinzessin Therese mit dem späteren König Ludwig I. ein Pferderennen veranstaltet; seitdem findet dort traditionell jedes Jahr das Oktoberfest statt. Zu dem Pferderennen kam ein Jahr später das Landwirtschaftsfest dazu, einige Jahre später ergänzt von Karussells, Schaukeln, Verkaufsbuden, Bierschänken und Bewirtungsplätze."

*Bewerbung und Anstellung bei der Bayerischen Ostbahn*

Da Franz auf dem Oktoberfest von einem zufällig am selben Tisch sitzenden königlich bayerischen Beamten aus dem Innenministerium erfahren hatte, dass voraussichtlich im Frühjahr 1856 das Gesetz zur Gründung privater Eisenbahngesellschaften im Landtag verabschiedet und vom König in Kraft gesetzt werden sollte, blätterte er seither Woche für Woche, Monat für Monat akribisch die Münchner Zeitungen nach entsprechenden Informationen durch. Wie vom Beamten des Inneren am Biertisch vorausgesagt, trat tatsächlich am 19.März 1856 das Gesetz zur Gründung privater Eisenbahngesellschaften in Kraft. Bereits einen Monat später, am 12. April, stellte König Maximilian II. die Konzessionsurkunde für die königliche Aktiengesellschaft der bayerischen Ostbahnen zum Bau und Betrieb folgender Eisenbahnstrecken aus: von Nürnberg über Amberg nach Regensburg, von München über Landshut nach Straubing, von Regensburg über Straubing nach Passau bis an die Landesgrenze zu Österreich und von Schwandorf über Furth im Wald bis an die Landesgrenze zu Böhmen. Freudestrahlend machte sich Franz gleich auf den Weg zum Bahnhof, nicht ohne vorher noch Frieda auf dem Viktualienmarkt die Nachricht zu erzählen. Vom Personalbüro der Königlich Bayerischen Staatseisenbahn wurde Franz verwiesen an die Gesellschaft der bayerischen Ostbahnen. Der Bürovorstand der Ostbahn blickte vom Stehpult in der noch nicht vollständig eingerichteten Amtsstube den Bittsteller kurz an und schickte ihn wieder nach draußen, da die Sprechzeit noch nicht begonnen hatte. Auf dem Flur unruhig auf und ab schreitend, wartete Franz auf ein Zeichen, das Büro wieder betreten zu dürfen. Nach einer halben Stunde des Wartens wagte er, vorsichtig an die Türe zu klopfen. Er durfte eintreten und sein Begehren vortragen: „Möchte mich bei der Privateisenbahn als Maschinist bewerben und bitte untertätigst, meine Bewerbung wohlwollend zu prüfen. Versichere Ihnen schon jetzt, in treuer Verbundenheit und Pflichtbewusstsein dem Unternehmen loyal mit meiner ganzen Arbeitskraft zu dienen." Franz wollte noch weitere Treueschwüre und aufrichtige Ergebenheitsworte hinzufügen, doch der Bürovorsteher unterbrach ihn: „Sie sind wohl von der schnellen Truppe, weil Sie bereits am Erscheinungstag der Zeitungsmeldung über die Gründung und Genehmigung der Ostbahn schon bei mir auf der Matte stehen. So schnell, wie Sie meinen, geht das nicht. Die Planungsphase, der Bau der Bahnstrecken und der Bahnhöfe, werden noch etliche Jahre dauern. Alle Linien, so die Vorgabe des Königs, müssen binnen sieben Jahren fertiggestellt und in Betrieb genommen werden. Erst dann werden die Lokomotiven die Strecken befahren können. Und bis dahin werden wir wohl keine Maschinisten benötigen. Es sei denn, die Bauarbeiten gehen zügiger voran als geplant und einzelne Streckenabschnitte sind früher befahrbar. Vielleicht würden wir in zwei bis drei Jahren Ihre Arbeitskraft benötigen, aber keinesfalls früher. Natürlich können Sie schon jetzt eine Anstellung erhalten, als einfacher Arbeiter beim Streckenbau. Der Verdienst entspricht logischerweise keinesfalls dem eines gelernten Maschinisten. Aber immerhin wären Sie dann schon ein Ostbahner und gehörten zum Stammpersonal. Ein Wechsel in Ihr Fachgebiet ginge dann wohl problemlos vonstatten; da würden Sie bevorzugt behandelt. Allerdings kann ich Ihnen nicht versprechen, am Standort München bleiben zu können. Sie haben eine größere Chance, angestellt zu werden, wenn Sie die Zusicherung abgeben, auch für einen anderen Einsatzort verfügbar zu sein. Denn alteingesessene Münchner werden in München bevorzugt – das müssen Sie verstehen. Und Sie sind ja kein Münchner, wie ich Ihrem Dialekt entnehmen kann." Franz willigte ein: „Natürlich würde ich gerne einmal sesshaft werden, aber das mit dem Ortswechsel wäre für mich kein Problem, wenn ich als Maschinist dauerhaft an einem Bahnhof bleiben könnte. Es wird mir wohl nichts anderes übrig bleiben, als zuerst als einfacher Arbeiter beim Ausbau der Gleisstrecken mitzuhelfen. Ich freue mich auf eine Anstellung bei der Ostbahn." „Gut, dann sind Sie ab jetzt ein Ostbahner und ich teile Sie vorläufig ein als Arbeitskraft bei den Erdbewegungen."

*Endlich am Ziel*

Unter der Leitung des bekannten Eisenbahningenieurs Paul Camille von Denis,

der schon für den Bau der ersten Eisenbahnstrecke zwischen Fürth und Nürnberg im Jahre 1835 zuständig war, ging der Streckenausbau der bayerischen Ostbahnen zügig voran. Das 453 Kilometer umfassende Grundnetz wurde in fünfeinhalbjähriger Bauzeit durch über 17.000 Arbeiter fertiggestellt; die siebenjährige königliche Vorgabe war damit deutlich unterboten. Auch die veranschlagten Baukosten von 60 Millionen Gulden wurden mit 46,5 Millionen Gulden erfreulicherweise unterschritten. So wurde am 3. November 1858 bereits die Eisenbahnlinie München - Landshut in Betrieb genommen. Wie vereinbart wurde Franz zeitgleich wieder im Personalbüro der Ostbahn vorstellig: „Vor zwei Jahren war ich einer der Ersten, der sich bei Ihnen beworben hat. Können Sie sich noch an mich erinnern? Damals haben Sie mir versprochen, dass ich bei Bedarf den Arbeitsplatz wechseln könnte. Jetzt ist der erste Streckenabschnitt bis Landshut fertig, und da könnte ich doch die Arbeit als Maschinist wie beabsichtigt aufnehmen." „Ich kann mich tatsächlich noch an Sie erinnern, weil Sie bereits am ersten Tag nach der Bekanntgabe der Gründung der Ostbahnen bei mir vorstellig geworden sind. Doch ich kann Sie noch immer nicht als Maschinist gebrauchen. Bitte gedulden Sie sich noch eine Weile. Ich werde zu gegebener Zeit auf Sie zukommen. Ich habe auch schon eine passende Stelle für Sie im Auge. Es ist nur im Augenblick noch nicht spruchreif: Im nächsten Jahr könnte die weiterführende Bahntrasse von Landshut bis Regensburg zur Vollendung gelangen. Was würden Sie zu einem Standortwechsel nach Regensburg sagen? Dort könnten Sie als Maschinist auf längere Sicht oder gar für immer bleiben."
Bei diesen Worten wurden ihm die Walzerlebnisse bei seinem Zwischenaufenthalt in Regensburg wieder ins Gedächtnis gerufen. Er hielt sich damals zwar nur einen Tag in der mittelalterlich geprägten Stadt auf, doch an die mächtige Steinerne Brücke und den imposanten Dom konnte er sich noch gut erinnern. „Wenn es soweit ist, dann können Sie auf mich zählen. Da benötige ich keine Bedenkzeit. Ich kann jederzeit den Wohnort wechseln, da ich nur in Untermiete in Haidhausen wohne und keine Familie am Ort habe."
Ein Jahr später wurde aus der Theorie Praxis: Im Herbst 1859 wurde Franz nach Regensburg versetzt, um am dort neu errichteten Hauptbahnhof mit Gleisanschluss nach München und Nürnberg seinen Dienst als Maschinist zu versehen. Noch vor der offiziellen Aufnahme des Bahnverkehrs war er am Probebetrieb beteiligt, damit beim Start und bei der Einweihung ein reibungsloser Ablauf ge-

währleistet war. Die neu angeschafften Schnellzuglokomotiven der Firma Maffei mussten fachgerecht gewartet werden. Dafür bedurfte es auch für Franz einer Einarbeitungszeit – und infolgedessen eines frühzeitigen Dienst- und Wohnortsswechsels nach Regensburg. Dort hieß es dann zuerst: nach einer passenden Unterkunft suchen. In der Arbeiterholzbaracke am Bahnhofsgelände wollte er keinen Tag länger übernachten als nötig. Doch leichter gesagt als getan: Die einst mächtige und wohlhabende Reichsstadt war zu dieser Zeit in einem Dornröschenschlaf versunken. Vom einstigen Reichtum einer gut florierenden Handelsmetropole, durch gutbetuchte Reichstagsgesandte, Patrizier- und Bürgerfamilien zu großer Bedeutung gelangt, war nichts mehr zu spüren. Durch den Zuzug vieler Landbewohner und Arbeiter mit ihren Familien verschlimmerte sich zudem die Wohnungssituation in der durch die alte Stadtmauer eng begrenzten Stadt. Die Wohnungen waren durch die zum Teil kinderreichen Familien überlegt und wurden auch an Nacht- oder Tagschläfer weitervermietet. Wohl oder übel musste Franz vorerst noch mit der unbequemen Pritsche in der Baracke vorlieb nehmen.

*Begegnung mit Franziska anlässlich der Bahnhofseinweihung*

Derweil arbeiteten und fieberten bald alle Eisenbahnmitarbeiter wie Stadtbewohner hin auf die Eröffnungs- und Einweihungsfeierlichkeiten des neu errichteten Streckenabschnitts und des stattlichen Bahnhofsgebäudes am Südende der Regensburger Maximiliansstraße. Am 7. Dezember 1859 sollte der Festtag fulminant über die Bühne gehen. Dafür musste das langgestreckte Bahnhofsgebäude mit seinen zwei Uhrtürmen und dem fünfbögigen Portikus samt seiner Empfangshalle, Wartesaal und dem angeschlossenem Restaurationsbetrieb festlich geschmückt werden. Das bayerische Wappen prangte am Hauptgebäude, dazu wehten viele blau-weiße, schwarz-gelbe und weiß-rote Fahnen. Bereits am Vorabend, beim Eintreffen des Erbfürsten Maximilian von Thurn und Taxis, einem Hauptaktionär der Ostbahn, mit dem Zug aus Nürnberg, beleuchteten 300 Gasflammen den Bahnhof, der zudem mit Girlanden und hunderten verschiedenstfarbigen Fähnchen dekoriert war. Franz hatte Order die einfahrende Lok und die Personenwägen zu überprüfen. Ein Mitarbeiter der Direktion drückte ihm aber bald eine Leiter und einige Fähnchen in die Hand und wies ihn an: „Geh' bitte sofort damit in die Eingangs- und Empfangshalle zu den dort noch tätigen Dekoarbeiterinnen, damit der Fürst später alles zu seiner Zufriedenheit vorfindet." Franz tat wie ihm befohlen und eilte schnellen Schrittes zur Halle, wo einige Frauen noch emsig mit dem Anbringen von Schleifen, Bändern und Fähnchen beschäftigt waren. Nicht wissend, an welche der Dekorateurinnen er sich wenden sollte, blickte er verunsichert und hilfesuchend umher. Auf einer Leiter stehend rief ihm eine für ihn bis dahin unbekannte Weibsperson barsch zu: „He, was willst? Stör' uns nicht beim restlichen Ausschmücken; stehst nur im Weg rum. Ein Mannsbild können wir hier nicht gebrauchen. Da hättest Du früher kommen müssen. Wir sind bald fertig. Jetzt ist es zu spät. Schleich' Dich!" „He, he, Du bist vielleicht ein ausg'schamtes Weibsbild! Solltest vor einem Ostbahner schon mehr Respekt zeigen! Tu' Euch nur einen Gefallen, bring' die restlichen Fähnchen vorbei und dann wird man dafür blöd angemacht. Hier habt Ihr Euren Krempel!" Mit diesem abfälligen Ausdruck warf Franz die Fähnchen zu Boden und wollte schleunigst die Bahnhofshalle wieder verlassen. „Jetzt hab' Dich doch nicht so! Bist wohl neu in der Stadt und recht empfindlich? Wenn Du länger da bleibst, dann wirst Dich schon an den Rengschburger Menschenschlag und Dialekt gewöhnen." Während dieser entschuldigenden Erklärung stieg sie die Leitersprossen hinab und reichte ihm versöhnend die Hand. „Nichts für unguat. Ich bin die Franziska. Kannst mich auch ‚Franzi' nennen." Schon etwas milder gestimmt und mit einem schmunzelnden Lächeln im Gesicht sagte Franz: „Das ist ein Zufall: Mein Taufname ist Franziskus, kurz gerufen ‚Franz'. Da haben wir zwei doch tatsächlich den gleichen Namenspatron! Würde noch gerne mit Dir weiter plaudern, aber ich muss zurück auf den Bahnsteig und den eingefahrenen Zug inspizieren." Erst nach einer Kunstpause ließ er ihre Hand los und ging zur Ausgangstüre, als sie ihm nachrief: „Vielleicht sehen wir uns dieser Tage noch öfter. Wir müssen nämlich die Dekoration nach den Feierlichkeiten auch wieder abbauen. Wird sich schon eine Gelegenheit ergeben."

Am nächsten Tag, dem Tag des großen Einweihungsfestes, war halb Regensburg auf den Beinen und eilte zum Bahnhofsgelände, um die Festzüge mit den Gästen aus München und Nürnberg zu begrüßen. An den Bahnsteigen entlang reihte sich die Zuschauermenge, um die zeitgleich einfahrenden Züge pünktlich um halb eins zu begrüßen. Für die Zaungäste boten die beiden Züge mit ihren festlich geschmückten Lokomotiven und Waggons einen außergewöhnlichen

Anblick. An den Lokomotiven prangte das jeweilige Stadtwappen, um so ihren Abfahrtsort anzuzeigen: das Münchner Kindl auf der einen und der Reichsadler für Nürnberg auf der anderen. Nach der Begrüßung der Ehrengäste durch Abordnungen der Regensburger Stadtspitze folgte die Besichtigung der neu errichteten Gebäude. Für die geladenen Gäste gab es anschließend zudem einen Empfang der Stadt, und gegen vier Uhr nachmittags versammelte der Fürst seine Gäste zu einem glänzenden Diner in seinem Palais. Währenddessen konnte die Bevölkerung ihre Neugierde befriedigen und das Bahnhofsgebäude und dazugehörige Areal besichtigen. Das Bahnhofsgebäude platzte durch den Andrang aus allen Nähten, und das Personal musste mehrmals bei dem Geschiebe eingreifen. Sogar Franz musste an einer Flügeltüre für einen ordnungsgemäßen Ablauf sorgen. Auch Franziska, extra für diesen Tag mit einem hübschen Kleid herausgeputzt, war zugegen und schlenderte wie zufällig an Franz vorbei. Bei ihrem Anblick konnte er sich eine anspielende Bemerkung nicht verkneifen: „Gut schaust aus, Franzi! Wem willst Du denn gefallen? Triffst Dich wohl mit einem Verehrer und hast ihn in diesem Gedränge noch nicht gefunden?" „Und wenn es so wäre, was geht es Dich an? Nur weil wir gestern aneinander geraten und bekannt geworden sind, hast Du kein Recht, jetzt so despektierlich daherzureden. Geht Dich einen Schmarrn an, mit wem ich mich treffe. Verstehst!" Die Antwort hatte gesessen und Franz brachte kein Wort mehr heraus. Im nächsten Moment tat es ihr aber leid, dass sie Franz so unfreundlich abgefertigt hatte: „Entschuldige! Ich wollte Dich nicht so barsch behandeln. Und wenn Du es genau wissen willst: Ich bin mit keinem Mann verabredet und auch nicht verbandelt. Hab' mich für den Festtag hübsch gemacht und nicht für ein bestimmtes Mannsbild." Jetzt hatte Franz seine Sprache wieder gefunden: „Wollte Dir meine Bewunderung ausdrücken, ohne Dich in irgendeiner Weise zu beleidigen oder Dir nahezutreten. Du gefällst mir einfach und vielleicht könnten wir uns näher kennenlernen. Heute am Abend, nach Dienstschluss, könnten wir zwei doch noch im nahen Park spazierengehen." „Ich glaub', Du bist übergeschnappt! Hast Du sie noch alle? Jetzt? In der kalten Jahreszeit, im Dezember, in der dunklen Fürst-Anselm-Allee spazierengehen, wo sich allerlei Gesindel herumtreibt – und noch dazu mit Dir, einem mir bis gestern wildfremden Mann?" Franz gab nicht klein bei und versuchte sein Glück abermals: „Wir müssen ja nicht weit gehen. Aber hier bei den vielen Leuten und dem Gedränge ist ein ungestörtes Reden eben kaum möglich." "So, so! Ungestört willst Du mit mir, einem jungfräulichen Weib, sein, ohne Zuschauer, das klingt aber verdächtig. Möchte wissen, welchen Zweck Du damit verfolgst! Ich weiß nicht, ob ich Dir trauen kann, obwohl Du auf den ersten Blick nicht furchteinflößend wirkst." "Kannst mir ruhig vertrauen, Franzi; ich bin ein anständiger Kerl. Ich schwör's bei Gott!" "Also gut, ich glaub's Dir; aber denk' dran, ich bin eine richtige Kratzbürst'n und kann mich wehren. Gut, sagen wir bei Einbruch der Dunkelheit, um fünf Uhr, beim Obelisken. Ist eh besser, wenn uns keiner bei Tageslicht in der Öffentlichkeit sieht, sonst könnte jemand auf die Idee kommen, dass Du mein G'spusi bist." Damit war das Gespräch beendet und Franzi verschwand in der Menschenmenge. Franz begab sich später wie verabredet zum Obelisken und erwartete ungeduldig das junge Fräulein. Doch auch um halb sechs Uhr war von Franziska nichts zu sehen. Sie hatte ihm also einen ‚Korb gegeben'. Franz' gute Laune verschwand zusehends; missmutig schlürfte er in seine Baracke zurück.

### *Ein Funke springt über*

Schon sehr früh am nächsten Morgen musste Franz seinen Dienst antreten. Die beiden Lokomotiven mit den Wägen mussten um halb neun Uhr wieder abfahrbereit sein, damit die Festgäste ihre Rückreise antreten konnten. Für das Erreichen der Zielbahnhöfe war immerhin eine Fahrzeit von viereinhalb Stunden veranschlagt, Zwischenfälle nicht eingerechnet. Gegenüber der Postkutsche war dies aber ein enormer Fortschritt und Fahrzeitgewinn. Wegen der Kälte dick eingehüllt in warme Pelzmäntel und mit Wolldecken und Wärmflaschen ausgestattet, bestiegen die Festgäste etwas übernächtig die Waggons. Der gestrige Festtag war für die geladenen Gäste anstrengend gewesen, denn nach dem Empfang beim Fürsten hatte der Magistrat am Abend im neuen Gesellschaftshaus noch zu Ehren der Anwesenden einen Galaabend veranstaltet. Neben einigen neugierigen Frühaufstehern schaute so auch Franz am Bahnsteig den in der Ferne verschwindenden Zügen nach. Plötzlich stand neben ihm Franziska und redete auf ihn ein: "Du bist jetzt sicherlich wegen gestern enttäuscht und Du denkst Dir, ich hätte Dich abblitzen lassen. Mein Nicht-Erscheinen darfst Du nicht als Abweisung verstehen." "Als was soll ich es dann verstehen?", erwiderte Franz und fuhr traurig fort: "Du hast mich wie einen dummen

Schuljungen in der Kälte stehen lassen. Ich habe mich so auf die Begegnung mit Dir gefreut – und dann diese Abfuhr." „Wegen einer wichtigen Angelegenheit konnte ich beim besten Willen nicht kommen und Dir auch nicht mehr rechtzeitig Bescheid geben. Dafür verspreche ich Dir hoch und heilig, heute pünktlich um fünf Uhr am Obelisk zu sein."

Tagsüber dachte jeder der beiden über das bevorstehende Treffen nach. Franziska, mittlerweile 29 Jahre alt, immer noch ledigen Standes, überlegte sich, weshalb sie in ihrem nicht mehr ganz taufrischen Alter noch eine Beziehung mit einem Mann eingehen sollte. Wenn ja, wäre dann dieser Franz der Richtige? Und wie schnell sollte sie ein Liebesverhältnis eingehen? Bisher kam sie mit ihrer Selbständigkeit gut zurecht. Sollte sie diese jetzt wegen einer Bindung aufgeben und sich abhängig machen? Andererseits verspürte sie auch das Verlangen, liebevoll in den Armen eines Mannes zu liegen. Viel Zeit blieb ihr nicht mehr, und wählerisch konnte sie auch nicht mehr sein. War dieser Franz wohl der erhoffte Traumprinz oder einer, der nur ein kurzweiliges Abenteuer mit ihr suchte? Von der bevorstehenden Begegnung erhoffte sie sich Klarheit, um eine Entscheidung treffen zu können. Auch Franz verspürte nach all den unbeweibten Witwerjahren wieder eine innere Sehnsucht, von einer Frau geliebt zu werden. Auch er fragte sich, ob Franzi wohl die Richtige für einen Neuanfang sei. Wenn ja, dann wollte er heute die Gelegenheit beim Schopf packen und ihr seine Freundschaft antragen. Sollte sich diese dann in den nächsten Wochen zu einer tragfähigen Liebe weiterentwickeln, würde er ihr einen Heiratsantrag machen und mit ihr eine neue Familie gründen wollen. Viel Zeit dafür blieb ihm nicht mehr: Mit 42 Jahren war er bereits in einem weit fortgeschrittenen Mannesalter. Fest entschlossen, klar Schiff zu machen, trafen sich beide zeitgleich am Obelisken. Sie reichten einander die Hand und blickten sich scheu und stumm in die Augen. In diesem Augenblick sprang ein Funke über und beide wussten, dass sie füreinander bestimmt waren. Franz ergriff als Erster das Wort: „Franzi, ich hab' Gefallen an Dir gefunden und biete Dir deshalb meine Freundschaft an, die sich vielleicht in eine aufkeimende Liebe verwandeln könnte. Wie ist Dein Eindruck und was sagst Du dazu?" „Franz, das sehe ich genauso. Ich möchte Dich näher kennenlernen und biete Dir auch meine Freundschaft an. Allerdings will ich kein Techtelmechtel, sondern, wenn es sich so ergeben sollte, eine dauerhafte Liebe, die in einer Ehe einmünden sollte. Geben wir uns dazu einige Wochen Zeit für das Kennen- und Liebenlernen? Einverstanden?" „Franzi, da kann ich Dir meine Hand darauf geben. Brauch' ich allerdings nicht, denn Du hältst meine ja immer noch in Deiner." Beide brachen in ein befreiendes Lachen aus, dem eine erste herzliche Umarmung folgte. Lange hielten sie sich wegen der Kälte nicht mehr in der Alleeanlage auf: „Franz, mich fröstelt, ich erstarre langsam zu einem Eiszapfen. Es wird Zeit, unser erstes Treffen zu beenden. Übermorgen, am dritten Adventssonntag, könnten wir uns zum Gottesdienst in der Stadtpfarrkirche St. Ulrich treffen, sofern Du keinen Dienst hast. Bei einem anschließenden Bummel an der Donau könnten wir uns weiter unterhalten." „Eine sehr gute Idee. Ich komme selbstverständlich. Mir scheint, Du bist demnach katholisch, so wie ich. Da haben wir beide schon einmal eine weitere Gemeinsamkeit." Nach einer kurzen Umarmung verabschiedeten sie sich und jeder stapfte über die schneebedeckten Wege zurück in seine Unterkunft.

### *Enttäuschendes Wiederseh'n*

Wie besprochen nahmen sie am Sonntag – Franziska auf der Frauenseite, Franz auf der Männerseite – einen freien Platz im Gestühl ein. Während der Messfeier warfen sie sich nur vereinzelt verstohlene Blicke zu, um nicht aufzufallen. Da beide die Kommunion in Empfang nahmen, war jeder über die Frömmigkeit des anderen erstaunt. Franziska war nun von seinen ehrlichen Absichten überzeugt und davon, dass er kein Hallodri sei. Ebenso fühlte auch Franz sich in seiner Einschätzung von der Aufrichtigkeit und Sittsamkeit Franziskas bestätigt. Vor dem Kirchenportal trafen sie aufeinander und nach einer Begrüßung mit Handschlag gingen sie nebeneinander den kurzen Weg durch den Domgarten zur Donau hinunter. Erst hier, unbemerkt vor neugierigen Blicken, kam es zu einer Umarmung. „Franzl, Du hast aber starke Arme. Erdrück' mich nicht. Schön, Dich zu sehen." „Freu' mich auch, Franzi. Konnte es kaum erwarten, Dich in meinen Armen zu halten. Bitte nenn' mich aber nicht Franzl, so schön das auch aus Deinem Mund klingt; bleib' bei ‚Franz'. Ich bin nämlich Witwer und meine verstorbene Frau hat mich ‚Franzl' genannt. Ich will sie weiterhin in guter Erinnerung behalten und nicht durch Dich ersetzen. Ihr war es vorbehalten, mich ‚Franzl' zu rufen. Ich hoffe, Du verstehst mein Anliegen." Franziska war für einen kurzen Augenblick irritiert und sogar schockiert. In ihrer Vorstellung bildete sie sich ein, in Franz einen ledigen Spätzünder, mit wenig oder gar keinen Erfahrungen mit Frauen, vor sich zu haben. Nach dem Abklingen der Enttäuschungsphase, verbunden mit einem mehrmaligen Schlucken, fand sie ihre Sprache wieder: „Ehrlich bist Du, das muss man Dir lassen. Du hättest mich auch wochen- und monatelang in Unkenntnis lassen können und mich erst nach der Hochzeit vor vollendete Tatsachen stellen können. Ich will jetzt nicht den Stab über Dich brechen und Dich für den Verlust Deiner Ehefrau durch eine Abwendung meinerseits bestrafen. Dein Bekenntnis hat mich jedoch unvermittelt wie ein kalter Waschlappen getroffen. Das muss ich erst verdauen, darüber nachdenken, um dann eine Entscheidung treffen zu können. Bitte versteh', dass meine Freude über unser Wiedersehen jetzt einen herben Dämpfer erhalten hat. Es wird das Beste sein, wenn wir jetzt unser Beisammensein beenden. Ich komme in den nächsten Tagen auf Dich zu, um Dir meine Entscheidung über unsere Freundschaft mitzuteilen." Abrupt, ohne Abschiedsgruß, drehte sich Franziska von ihm weg und ließ Franz stehen. Mit dieser Reaktion hatte er freilich nicht gerechnet.

Am Montag, den 12. Dezember, trat Franz pflichtbewusst seinen Dienst wieder an. Mit diesem Tag begann für alle Bürger der regelmäßige Bahnverkehr. Unterdessen wartete er ungeduldig auf ein Zeichen ihrerseits – vergeblich. Nur einmal sah er sie in die Bahnhofshalle entschwinden, wo sie wieder mithalf, die Dekoration der Festtage abzunehmen. Auch beim Kirchgang am vierten Adventssonntag kam von ihr kein Zeichen einer Annäherung. Ja, sie würdigte ihn keines Blickes und ließ ihn links liegen. Franz hatte schon die Hoffnung aufgegeben, als sie kurz vor dem Weihnachtsfest, als er gerade mit dem Schmieren der Radnaben am Bahnsteig beschäftigt war, auf ihn zuging und sagte: „Über ein Wiederseh'n in der Kirche an Weihnachten, dem Fest der Liebe und des Friedens, würde ich mich freuen." Franz setzte die Ölkanne ab und wandte sich Franziska zu: „Meinst Du etwa die Christmette um Mitternacht in der Christnacht? Traust Du Dich da noch durch die finsteren verwinkelten Gassen gehen, bei der schlechten Straßenbeleuchtung mit den wenigen funseligen Gaslaternen? Oder soll ich Dich nicht lieber vorsichtshalber von Deinem Zuhause abholen?" „Mach' Dir um mich keine Sorgen. Ich hab' weder Angst vor der Dunkelheit noch vor einem Mann. Ich meine mit dem Wiederseh'n nicht nur die Christmette, sondern auch das Hochamt am Ersten Weihnachtsfeiertag. Wenn

Dir etwas an mir liegt, dann komm' in die Kirche. Dort werde ich Dir meine Entscheidung über den Fortgang unserer Freundschaft mitteilen." Ohne auf eine weitere Antwort zu warten, drehte sie sich um und verschwand vom Bahnsteig. Franz war über diese kurz angebundene Einladung und bleibende Ungewissheit mehr als verblüfft. Scheinbar wollte sie ihn noch schmoren lassen.

### *Weihnachten – das Fest der Liebe*

Am Heiligen Abend 1859 hatte Franz noch Dienst bis in den späten Abend hinein. Ausgerechnet hatte der einzutreffende Zug über eine Stunde Verspätung. Um pünktlich die Mette mitfeiern zu können, musste er sich sputen. Franziska hatte mit seinem Kommen schon nicht mehr gerechnet, als Franz beim Läuten der Sakristeiglocken in das Kirchenschiff hereinschlüpfte. Beide atmeten erleichtert, mit einem kaum hörbaren Stoßseufzer, auf: Franziska, weil sie mit seinem Erscheinen nicht mehr gerechnet, und Franz, weil er es gerade noch geschafft hatte. Eine erneute geplatzte Verabredung hätte auf beiden Seiten eine aufkeimende Liebesbeziehung wohl für immer zerstört. Die feierliche, rührselige Stimmung der festlich zelebrierten Mette mit den anheimelnden Weihnachtsliedern trug bei Franziska zu einer positiven Entscheidung bei. Am Mettenende wurde das mittlerweile allseits bekannte Lied „Stille Nacht, heilige Nacht! Alles schläft, einsam wacht, nur das traute hochheilige Paar …" von allen mit Inbrunst gesungen. Franziska ließ sich vom Text, der Melodie und den flackernden Kerzen anstecken. Als fast alle Mettenbesucher die Kirche verlassen hatten, schritten beide vor die Stufen des Altarraumes. In der Mitte, hinter der Kommunionbank, stand eine hölzerne Krippe mit dem darin liegenden Christuskind. Beide standen nebeneinander eine Weile still vor dem Jesulein. Unbemerkt vom Mesner, der bereits angefangen hatte, das Kerzenlicht der 12 Apostelleuchter mühsam zu löschen, ergriff Franziska die Hand von Franz und flüsterte leise, nur für ihn hörbar: „Schau, das Kindlein, die Liebe Gottes, da kann keiner mehr einen Groll oder eine Verbitterung in sich tragen. Ich bitte Dich um Entschuldigung für meine unversöhnliche Haltung der vergangenen Tage und möchte weiterhin mit Dir eine Freundschaft eingehen." Zur Bekräftigung ihrer Zusage drückte sie ihm einen Kuss auf die Wange. Der Mesner, der nun mittlerweile beim Auslöschen der Altarkerzen in ihrer Nähe war, räusperte sich missbilligend über dieses despektierliche Verhalten. Beide verließen fast fluchtartig

die Kirche. Auf dem Vorplatz umarmte Franziska den Franz und wünschte ihm frohe, gesegnete Weihnachten. Vorsichtig umfasste er mit seinen Händen ihren Kopf und küsste Franzi zum ersten Mal auf den Mund. „Das ist meine zustimmende Antwort auf Dein Freundschaftsangebot." Franziska wich erschrocken zurück: „Eine schallende Ohrfeige hätte jeder andere Mann von mir bekommen, wenn er mich ungefragt geküsst hätte. Ein Kuss auf die Lippen ist mehr als ein Zeichen der Freundschaft, es ist ein Zeichen der Liebe. So weit sind wir beide noch nicht. Wir müssen uns Zeit geben, dass aus unserer Freundschaft ein Liebesverhältnis wird. Aber ich muss eingestehen, bei Deinem Kuss wurde es mir schon warm um's Herz. Wenn ich irgendwann den Kuss erwidere, dann habe ich mich in Dich verliebt und es ist um mich geschehen. Gute Nacht, es ist schon sehr spät und bitterkalt. Bis morgen um zehn Uhr beim Hochamt."
Auf dem Heimweg grübelte Franz noch lange über das zwiespältige Verhalten Franziskas. Einerseits kam sie ihm mit dem Freundschaftsangebot entgegen, andererseits distanzierte sie sich von einer zu nahen Beziehung. Bis jetzt wurde er nicht schlau aus dieser Frau. Trotz dieser inneren Unzufriedenheit ging er wie verabredet am Ersten Weihnachtsfeiertag zum Hochamt. Der Stadtpfarrer predigte über die Liebe Gottes zu den Menschen, die in der Geburt seines Sohnes erschienen ist, und über die Liebe der Menschen zu Gott. Dann kam er auf die Nächstenliebe zu sprechen und die Liebe zwischen Mann und Frau. Bis jetzt war Franz mit seinen Gedanken ganz woanders, nur nicht bei der Predigt des Pfarrers. Doch jetzt horchte er auf und lauschte gespannt den Worten des Predigers, als dieser formulierte: „Die Beziehung zwischen einem Mann und einer Frau muss von Liebe geprägt sein, denn nur dann entspricht sie dem Willen Gottes. Wenn sich beide ihrer Liebe bewusst sind, dann sollen sie auch eine feste Bindung, das Sakrament der Ehe, eingehen. Leider fehlt den jungen Leuten oft der Mut sich an einen Partner zu binden und in guten und schlechten Tagen treu und fürsorglich zueinander zu stehen." Nach der Festmesse trafen Franziska und Franz am Vorplatz zusammen. Eine gewisse Hemmschwelle hinderte ihn daran, sie sofort zu umarmen und mit einem Kuss zu begrüßen. „Darfst mich schon freundschaftlich umarmen und mir einen Begrüßungskuss auf die Wange geben. Wollte Dich mit meiner barschen Reaktion letzte Nacht nicht verschrecken. ‚Aber nur langsam mit der Braut', wie man so sagt, Herr Eisenbahner; denn so schnell wie bei der Bahn die Züge fahren, geht es mit der Liebe nicht."

„Hab' mich von der gefühlvollen Stimmung in der Christnacht zu sehr anstecken und mich zu dem Kuss hinreißen lassen. Soll erst wieder vorkommen, wenn Du es willst. Verspreche es hoch und heilig!" „Mittlerweile weiß ich, dass Du ein ehrenwerter und aufrichtiger Mann bist. Weil ich das weiß und weil heute Weihnachten ist, lade ich Dich zum Mittagessen bei mir zuhause ein. Es gibt kein großartiges Mahl – Bratwürste und Sauerkraut halt. Na, wie wär's?" Mit dieser Einladung hatte Franz nicht gerechnet. „Schau' nicht so ungläubig! Du siehst, ich vertraue Dir, und das ist doch ein Beweis dafür."

Franzis kleine Zwei-Zimmer-Wohnung mit Küche und Schlafzimmer lag nicht weit von der Pfarrkirche entfernt. Schon beim Betreten des Hauses legte Franzi den Zeigefinger auf die geschlossenen Lippen, um anzudeuten, keinen unnötigen Lärm zu machen. „Bitte, sei leise im Treppenhaus; soll nicht jeder gleich im Haus mitbekommen, dass ich Herrenbesuch habe. In ihrer Phantasie denken sich die Leute sofort Schlechtes dabei." Nach dem Öffnen der Wohnungstüre schlug ihnen eine wohlige Wärme entgegen. Franziska hatte den Herd vorgeheizt und brauchte auf den noch glühenden Kohlen nur einige Scheite Holz aufzulegen, um das Feuer wieder zum Entflammen zu bringen. „Leg' Deinen Mantel ab, steh' nicht rum und setz' Dich an den Esstisch. Das Sauerkraut habe ich gestern schon vorgekocht und brauche es nur noch aufzuwärmen. Derweil leg' ich die Bratwürste in die Pfanne und stell' sie auf den Ofen." Während sie den Tisch deckte und abwechselnd die Bratwürste wendete und mit dem Kochlöffel das Sauerkraut umrührte, kam Franz auf den Inhalt der Predigt zu sprechen: „Hast Du gut zugehört, was Dein Pfarrherr über die Liebe zwischen Mann und Frau gesagt hat? Man soll vor einer Bindung keine Angst haben und den Mut zur Ehe aufbringen." „Franz, willst Du mich abfragen, wie einst in der Glaubensschule, ob ich bei der Predigt aufgepasst habe? Ich habe gut zugehört und mir meine Gedanken dazu gemacht. Das kannst Du mir glauben." „Und zu welchem Ergebnis bist Du gekommen?" „Ich bringe den Mut zu gegebener Zeit auf, glaube mir. Hätte ich Dich sonst zu mir zum Essen eingeladen? Dies ist doch ein weiteres Zeichen dafür, dass Du mir nicht gleichgültig bist, sondern ich schon eine gewisse Sympathie für Dich hege. Aber Du weißt auch, dass das Spielen mit dem Feuer gefährlich ist. Leicht kann man sich die Finger verbrennen. Und das möchte ich auf gar keinen Fall." „Ich auch nicht, Franzi. Da ich schon einmal verheiratet war, weiß ich, welche Verantwortung man für die Partnerin übernimmt. Ich will kein Spielzeug für gewisse Stunden, um es dann bei fehlendem Interesse wegzuwerfen. Eine liebende Frau will ich an meiner Seite, die mir, so Gott will, Nachkommen schenken wird und mir bis zum Lebensende treu zur Seite steht." „Das hast Du schön gesagt, Franz, aber jetzt wollen wir nach einem Tischgebet uns das Mahl schmecken lassen. Liebe geht schließlich zuerst durch den Magen!"

Nach dem herzhaften Essen half Franz beim Abspülen des benutzten Geschirrs und stellte somit auch gleich seine Hausmannsfähigkeiten unter Beweis. Anschließend verbrachten sie noch gemeinsam den Nachmittag im regen Gedankenaustausch. „Setzen wir uns wieder an den Esstisch, ein Sofa habe ich leider nicht. Bitte, Franz, erzähle aus Deinem Leben, was ich wissen sollte." „Ich kann Dir gerne alles erzählen. Ich habe nichts zu verschweigen und will keine Geheimnisse vor Dir haben. Geboren wurde ich vor 42 Jahren in Merkendorf, bei Bamberg in Oberfranken. Meine Eltern und Vorfahren waren rechtschaffene Bauersleute. Ich habe den Beruf des Nagelschmieds erlernt. Nach der Lehrzeit begab ich mich auf die Walz und landete so in Taufkirchen in Niederbayern. Dort konnte ich nach bestandener Meisterprüfung die Nagelschmiede übernehmen. Geheiratet habe ich Theres, eine Bauerstochter, die mir eine liebe, treusorgende Gattin gewesen war und drei Kindern das Leben geschenkt hat." „Oh mein Gott, dann hast Du also drei Kinder zu versorgen?", unterbrach ihn Franziska. „Nein, so ist es nicht. Die ersten zwei Kinder sind leider im Baby- und Kleinkindalter verstorben. Nur die jüngste Tochter Maria hat überlebt. Nach dem Tod meiner Frau musste ich Maria bei der Hebamme zurücklassen, um mir eine neue Arbeitsstelle bei der Bahn in München suchen zu können. Seitdem lebt meine Tochter in Taufkirchen bei der Hebamme. Mittlerweile ist sie schon ein großes Mädchen von neun Jahren." „Willst Du sie etwa hierher nach Regensburg holen, wenn Du jetzt eine feste Arbeitsstelle bei der Ostbahn hast?" „Nein, die Maria ist bei der Hebamme aufgewachsen und groß geworden. Sie soll in der ländlichen Gegend bleiben. Hier, in der Großstadt, würde sie sich nicht wohl fühlen. Außerdem habe ich schon lange keinen Kontakt mehr, denn weder in München noch hier in Regensburg konnte ich mich um sie kümmern."

„Das kann ich nachvollziehen, auch wenn es mir als Frau bei Deiner Schilderung einen Stich ins Herz gegeben hat. Ein alleinstehender Witwer kann neben seiner schweren Arbeit nicht noch die Erziehung eines Kindes übernehmen und einen Haushalt führen." "Jetzt habe ich Dir eigentlich das Wesentliche aus meinem Leben geschildert. Franzi, jetzt berichte Du mir aus Deinem Leben." "Ja, Franz, so bewegende, schwere Zeiten, wie sie hinter Dir liegen, kann ich von mir, Gott sei Dank, nicht erzählen. Geboren wurde ich vor 29 Jahren in Neustadt an der Donau, im September 1830. Getauft wurde ich einen Tag später auf den Namen Franziska. Mein Vater ist Ignaz Peierl, ein angesehener Lehrer in Neustadt, und meine Mutter Elisabeth, eine geborene Triebswetter, war eine Bräuerstochter. Ich habe mehrere Geschwister: den Felix, die Maria und die Anna." "Schau' an! Die Tochter eines Schulmeisters ist meine Freundin. Das macht mich, einem einfachen Nagelschmied und Maschinisten stolz. Darum bist Du so redegewandt, gebildet und selbstbewusst." "Ein Mauerblümchen hast Du Dir mit mir nicht angelacht. Musst Dir schon gut überlegen, ob Du Dich weiter um mich bemühst. Im umgekehrten Fall muss ich es mir auch noch sehr gut überlegen, denn immerhin bist Du, wenn ich nachrechne, 13 Jahre älter als ich; und Deine Geheimratsecken verraten deutlich Dein Alter." So verging mit Gesprächen und Neckereien der Nachmittag, ehe sich Franz schließlich verabschieden musste und nach einer längeren Umarmung Franzi verließ.

*Neues Jahr – neues Glück*

Der Neujahrstag 1860 fiel passend auf einen Sonntag, so dass Franz und Franziska am sonntäglichen Gottesdienst teilnehmen konnten. Nach dem Kirchgang umarmten sie sich herzlich und wünschten einander ein gutes neues Jahr. "Franzi, das neue Jahr soll uns beide näher bringen und uns das Glück der Liebe bescheren. Ich habe für Dich deshalb ein kleines Geschenk dabei – ein Glücksschwein aus Marzipan mit einem vierblättrigem Kleeblatt im Maul." "Das ist süß von Dir, Franz, vielen Dank. Wo hast Du es erstanden?" "Bin extra in die Prinzess-Konditorei gegenüber dem Alten Rathaus gegangen." "Da hast Du Dich für mich aber in Unkosten gestürzt! Das Geschäft ist bekannt für seine leckeren Süßigkeiten und Pralinen. Aber wieso schenkst Du mir gerade ein Glücksschwein? Das ist doch Aberglaube!" "Du hast schon recht, Franzi, aber es sah so niedlich aus. Und außerdem ist das Schwein von jeher ein Zeichen für Fruchtbarkeit. Das neue Jahr soll uns doch beide ein erfolgreiches und erfüllendes Glück schenken." "Ich hab' Dich durchschaut, Franz. Du denkst Doch bei der Fruchtbarkeit sicherlich schon wieder an die Liebe, an Deine Manneskraft und ans Kinder-Kriegen. Deine Gedanken kreisen scheinbar nur um das Eine." „Ja, um Dich, Franzi, nur um Dich. Ich gebe allerdings zu, dass ich auch an das liebende Zusammensein mit Dir denke. In meinem Alter habe ich nicht mehr viel Zeit zum Werben. Ich will Dich nicht unter Druck setzen. Du gefällst mir, und ich sage es frei heraus: Ich liebe Dich." „Wir sollten dieses Gespräch in meinen vier Wänden fortsetzen. Das, was wir zu besprechen haben, ist schließlich nicht für fremde Ohren bestimmt. Außerdem will ich Dir zum Neujahrstag wieder meine Kochkünste vorführen. Auch für Dich habe ich ein Schweinderl: Ein Schweinebraten brutzelt in der Rein im Ofen vor sich hin und wartet auf uns." Während sie den knusprigen Braten mit Reiberknödeln verspeisten, drehte sich das Gespräch weiter um die Liebe. „Wir kennen uns, Franz, erst seit gut drei Wochen, und so oft haben wir uns auch noch nicht gesehen. Ich kann andererseits verstehen, dass einem in Deinem Alter die Zeit davonrinnt. Scheinbar müssen wir für uns das Sprichwort ‚jung gefreit, nie bereut' ummünzen in ‚schnell gefreit, nie bereut'. Unsere Verwandten, Bekannten und Arbeitskollegen werden sich die Augen reiben, wenn sie uns als Liebespaar sehen. Was werden sie wohl über uns denken? Sicherlich, dass das nicht gutgehen kann." „Lass' die Leute reden. Wären ja doch nur um unser Glück neidisch. Komm', Franzi, stimm' mir zu, sag' Ja zu unserer Liebe und zu einem gemeinsamen ehelichen Leben." Franziska schaute ihrem Gegenüber lange in die Augen und sagte dann: „Franz, nimm mich jetzt ganz fest in Deine Arme und küss' mich." Er umarmte seine Franziska und küsste sie innig auf ihre Lippen. „Ich muss verrückt sein, nach so kurzer Zeit Dir zu sagen: ‚Ich liebe Dich, Franz'. Halt' mich für immer fest." Jetzt ergriff Franziska die Initiative und küsste ihn unaufhörlich begehrlich auf seine Lippen, die dann in Zungenküsse übergingen. „Franzi, so stürmisch kenne ich Dich nicht. Diese Seite von Dir ist mir neu. Mit dieser Wendung habe ich nicht so schnell gerechnet. Ab jetzt sind wir ein Liebespaar, brauchen uns nicht verstecken und können uns dazu bekennen." „Trotzdem, Liebster, wollen wir nichts überstürzen und schrittweise die Liebe entdecken." „Darauf gebe ich Dir mein Wort, liebste Franzi. Du kannst mir vertrauen; ich werde behutsam und rücksichtsvoll mit Dir umgehen. Heute wollen wir es beim Küssen belassen. Allerdings wäre es auf Deiner Bettstatt liegend bequemer. Keine Angst, ich nütze die Gelegenheit nicht aus, wir bleiben sittsam dabei bekleidet." „Dazu würde ich Dir auch raten, Du Schlawiner." Gesittet, wie versprochen, legten sich beide auf die Bettstatt und begnügten sich mit Schmusen, Küssen und Liebkosungen. Behutsam knabberte er an ihrem Ohrläppchen und flüsterte ihr dabei schmeichelhafte Worte ins Ohr. „Von Deinen Umarmungen wird mir ganz heiß. Wir sollten jetzt das angefangene Liebesspiel beenden, bevor es gefährliche Züge annimmt." „Gegen diese ‚gefährlichen Züge' habe ich als Eisenbahner nichts einzuwenden. Kannst ruhig einige Kleidungsstücke ablegen; das ist ein gutes Mittel gegen die Hitze." „Das könnte Dir so passen, Du Schlingel. Für heute ist es genug. Das neue Jahr hat erst angefangen und vor uns liegen noch 364 Tage – genug Zeit für weitere liebevolle Begegnungen."

*Der lachende Engel*

„Du, Franzi, wir könnten doch einmal an einem Sonntag zum Hochamt in den Dom gehen. Das wäre einmal eine Abwechslung zum ständigen sonntäglichen Kirchgang nach St. Ulrich. Den Pfarrer der Dompfarrei und seine Kooperatoren sowie deren Predigten kennen wir jetzt schon in- und auswendig." „Das könnten wir sehr wohl, Franz, aber bedenke, dass die Liturgie im Dom mit dem Bischof viel länger dauert als in der Pfarrkirche. Zudem müssten wir noch einen zweiten Wintermantel wegen der Eiseskälte anziehen. Im wuchtigen gotischen Bau mit seinen dicken Quadersteinen und der enormen Raumhöhe hält sich die Kälte viel mehr als in der kleinen Ulrichskirche. Außerdem ist vor der Westfassade eine gefährliche Baustelle. Seit dem letzten Jahr lagern überall auf dem Vorplatz Steine und Baumaterialen. König Maximilian will die beiden Domtürme in den kommenden Jahren auf schwindelerregende 105 Meter erhöhen. Sie sollen spitz in die Höhe zulaufen und wie zwei Finger in den Himmel zeigen. Ich habe ein bisschen Angst, von einem herabfallenden Stein, einem Werkzeug oder einer Gerüststange erschlagen zu werden. Deshalb mache ich immer einen großen Bogen um die Dombaustelle." „Von dieser Seite kenne ich Dich gar nicht, Franzi. Du bist ja ein kleiner Angsthase. Schäm' Dich! Wir könnten auch den südlich gelegenen Haupteingang oder eine Nebentüre benutzen. Damit umgehen wir den Baubereich. Im Kirchenschiff nehmen wir dann einen der vorderen Plätze ein, nahe dem Hochaltar."
An einem der nächsten Sonntage im Februar verabredeten sie sich tatsächlich vor der Südseite bei den Aufgangsstufen zum Hauptportal, um dem Hochamt im Dom beizuwohnen. Nicht nur vor der Kathedrale, sondern auch im Inneren,

konnten sie durch die Kälte den Hauch ihres austretenden Atems sehen. Obwohl es ein sonniger Vormittag war, erhellten die bunten Glasfenster den Innenraum nur spärlich. Als Franz an einer Säule eine besondere Figur erblickte, flüsterte er Franzi leise ins Ohr: „Du, ich glaube, die Frau lächelt uns an. Die freut sich über uns, weil wir so ineinander verliebt sind." „Von welcher Frau sprichst Du?" „Na, die Steinfigur an der Säule da oben, die so herzhaft lacht." „Das ist doch der Erzengel Gabriel, der alle mit seinem strahlenden Lächeln in seinen Bann zieht. Der verkündet der Jungfrau Maria die Menschwerdung Gottes. Und jetzt sei still, die Leute drehen schon die Köpfe nach uns um." Nach dem Gottesdienstbesuch beim Verlassen der Kathedrale griff Franz das Gespräch über den lachenden Engel wieder auf: „Du, Franzi, ich glaube, der Engel will uns beiden die Botschaft verkünden, dass wir ein Kind haben sollten." „Spinnst Du? Wir sind weder verheiratet, noch hätten wir Platz in meiner kleinen Wohnung. Außerdem sind wir noch nicht geschlechtlich verkehrt. Da müsste ich erst Ja dazu sagen." „Also, Platz ist in der kleinsten Hütte, sagt man", erwiderte Franz. „Wir könnten es doch zumindest einmal probieren, mal sehen, ob es klappt. Der Erzengel hat die Maria auch nicht lange gefragt." „Das würde Dir so passen und gefallen. Du benutzt das Verkündigungsgeschehen für Deine Gelüste, um mir den Beischlaf schmackhaft zu machen. Und wenn ich dann in gute Hoffnung gerate, dann verlässt Du mich womöglich. Nein, nein, mein Lieber, so haben wir beide nicht gewettet. Da würde dann mir das Lachen vergehen und womöglich auch dem Erzengel Gabriel im Dom." „Franzi, ich verspreche Dir hoch und heilig, dass ich Dich liebe, Dir immer treu bin und Dich im Falle einer Schwangerschaft nicht sitzen lasse, sondern heiraten werde. Darauf gebe ich Dir mein Ehrenwort. Überlege es Dir nicht zu lange; Maria hat sofort zugesagt." „Die Jungfrau hat zum Willen Gottes ihre Zustimmung gegeben, und Josef stand ihr als Pflegevater zur Seite. Dir jedoch müsste ich mich als demütige Frau unterordnen und Deinen männlichen Willen stets erfüllen. Also, Dienstmagd im Hause des Franz Diller will ich nicht sein. Wenn, dann als geachtete, ehrbare Ehefrau, die gefragt werden will, die mitbestimmen darf, dem Haushalt vorsteht und in der Kindererziehung das Sagen hat." „Auch hierzu kann ich Dir mein Wort geben. Ich bin selbstverständlich für den Lebensunterhalt zuständig und werde für die Familie den verdienten Lohn einbringen. Das letzte Wort musst Du mir als Herr im Haus jedoch schon zugestehen. Ein Waschlappen will ich nicht sein und unter Deiner Fuchtel stehen." „Ich will auch zu einem Mann aufschauen können und nicht Deine Rolle übernehmen. Wir wollen als zwei unterschiedliche Teile zu einem Ganzen verschmelzen. Vorher möchte ich noch ein Gespräch mit dem Pfarrer über eine Heirat führen und Dir dann das Ergebnis mitteilen." „Franzi, das wird kein Problem sein; als Witwer dürfte einer sakramentalen zweiten Eheschließung nichts im Wege stehen."

*Der geplatzte Hochzeitstraum*

Franziska wollte Nägel mit Köpfen machen und suchte alsbald den Pfarrherrn der Dompfarrei St. Ulrich auf. Im Pfarrbüro trug sie dem Geistlichen ihr Anliegen vor. „Hochwürden, ich bin gekommen, weil ich einen anständigen Mann kennengelernt habe und diesen kirchlich ehelichen möchte. Er ist, wie ich, katholisch getauft und Witwer. Wollte deshalb mit Ihnen einen Hochzeitstermin ausmachen und das Aufgebot bestellen." „Das freut mich für Sie, Frau Peierl, dass Sie einen ehrbaren Mann gefunden haben. Und ich bin auch bereit, das Ehesakrament zu spenden. Doch vorher gilt es, einige Formalitäten abzuklären. Ich muss Sie deshalb zuerst nach dem Beruf Ihres Auserwählten fragen." „Mein Zukünftiger ist bei der Eisenbahn beschäftigt, genauer gesagt als Maschinist bei der Ostbahn in Regensburg. Mit seinem Lohn kann er sich und eine Familie ernähren." „Wenn ich Sie richtig verstanden habe, dann ist er nur ein einfacher Arbeiter mit einem bescheidenen Gehalt? Sollte sich Nachwuchs einstellen, dann wird womöglich das Geld für den monatlichen Familienunterhalt nicht ausreichen." „Keine Sorge, Herr Pfarrer, ich bin sehr sparsam und kann haushalten." „Dann gilt es, ein weiteres Hindernis aus dem Weg zu räumen: Ist Ihr Bräutigam ein langjähriger Bürger der Stadt Regensburg?" „Nein, das ist er nicht. Er ist erst im letzten Jahr wegen der übertragenen Arbeitsstelle neu zugezogen." „Die Stadt Regensburg handhabt sehr streng das Recht zur Eheschließung. Regensburg hat zwar 25.000 Einwohner, aber nur 1.500 haben das Bürgerrecht. Wer kein Bürgerrecht besitzt, wird zur Eheschließung nicht zugelassen. Die Stadtspitze sieht den zunehmenden Zuzug der Landbevölkerung und Fremden skeptisch. Es sind vor allem einfache Arbeiter und arme Leute, die sich im Stadtgebiet niederlassen. Hätten sie alle das Bürgerrecht, dann müsste die Stadt bei einem Abgleiten derselben in die Armut mit Unterstützung für sie aufkommen. Das will man verhindern und deshalb wird das Bürgerrecht nur an jene verliehen, die einen Betrieb haben, einen Grund- und Hausbesitz vorweisen können und einen hohen Geldbetrag an die Stadtkasse zu zahlen bereit sind." „Gibt es hiervon keine Ausnahmen?" „Es gäbe noch eine Möglichkeit, sofern Ihr Bräutigam das Heimatrecht besitzen würde. Aber auch hier sehe ich schwarz, denn dazu müsste er mindestens vier Jahre im Stadtgebiet ansässig sein und ein regelmäßiges Einkommen vorweisen können sowie eine Heimatgebühr bezahlen. Ihren Worten nach zu schließen, erfüllt er auch diese Anforderung nicht, da er erst einige Monate hier wohnhaft ist. Es tut mir für Sie beide leid, aber eine Hochzeit ist voraussichtlich erst in vier Jahren möglich." „Was raten Sie uns dann, Hochwürden?" „Sie müssen eben diese Jahre abwarten und erst dann wieder bei mir vorstellig werden. Bis dahin sollten Sie auf einen ehelichen Verkehr verzichten, um nach kirchlicher Lehre keine schwere Sünde zu begehen. Nur Eheleuten steht zum Zwecke der Zeugung von Nachkommen der Geschlechtsverkehr zu. Bedenken Sie, dass aus einer nichtehelichen Beziehung hervorgehende Kinder als unehelich Geborene betrachtet und als solche ins Taufbuch eingetragen werden müssen. Das wird als Schandfleck und Makel an einem Kindlein sein Leben lang hängen bleiben. Und auch auf Sie, werte Frau Peierl, wird man in der Nachbarschaft verächtlich herabschauen, wenn Sie in einer nichtehelichen Beziehung leben. All das sollten Sie eingehend bedenken und keine voreiligen Schritte unternehmen. Besprechen Sie das Gehörte mit Ihrem Freund und befragen Sie Ihr Gewissen." Nach diesem Gespräch und den Ausführungen des Pfarrherrn verließ Franziska traurig gestimmt das Pfarrhaus. Nachdenklich begab sie sich an die Donau und setzte sich auf eine Holzbank ans Ufer nahe der Steinernen Brücke. Dabei blickte sie auf den vorbeifließenden Strom und machte sich ihre Gedanken: „Das Wasser lässt sich nicht aufhalten; unaufhörlich fließt es an den Pfeilern der Steinernen Brücke vorbei; es sprudelt und gluckst; es erzeugt Wellen und Strudel; es fließt einem Ziel entgegen und fragt dennoch nicht, nach dem Woher und Wohin; es folgt den Gesetzen der Natur, schenkt Leben den Pflanzen, den Tieren und uns Menschen; das Wasser eines Flusses wartet nicht, wozu auch und warum; tagelang, jahrelang und jahrhundertelang fließt bereits der Strom an Regensburg vorbei, ein ständiges Kommen und Gehen. Wozu warten? Nur was in Bewegung bleibt, lebt und schenkt Leben. Stillstand des Wassers bedeutet Verdunsten und Vergehen. Sicherlich wird es als Regentropfen wiederkehren, aber jetzt, in diesem Augenblick, ist es eingebettet im Fluss und wartet nicht auf das, was kommen mag. Jetzt hat es im Hier und Heute seine Aufgabe und nicht irgendwann später. So ist es doch auch mit den Beziehungen der Menschen: Warten auf was? Warten auf irgendein Ereignis, das in weiter Ferne liegt? Wozu also warten auf die Genehmigung zur Hochzeit? Wer weiß, was in vier Jahren ist! Eine Hochzeit kann man nachholen, aber nicht die verlorenen Jahre einer glücklichen Beziehung. Wozu ist denn die Steinerne Brücke da? Um ein Hindernis zu überwinden, um von einem Ufer ans andere Ufer zu gelangen, um Menschen miteinander zu verbinden, um Trennendes zu überwinden." Nach all diesen Gedanken kam Franziska zu der festen Überzeugung, nicht auf eine spätere Eheschließung zu warten, sondern das Glück der Liebe mit Franz bereits jetzt teilen zu wollen.

*Beiderseitiges Einverständnis*

Da sie Franz nicht an seiner Arbeitsstätte aufsuchen wollte, wartete sie bis zum nächsten Sonntagstreffen. Nach dem gemeinsamen Besuch der Messe lud sie ihn, wie fast schon jeden Sonntag, zu sich nach Hause zum Mittagsmahl ein. In ihren vier Wänden wollte sie ungestört ihm die Neuigkeiten erzählen und das weitere Vorgehen besprechen. „Franz, ich war in der vergangenen Woche beim Ortspfarrer, um mich wegen unserer Eheschließung zu erkundigen. Soll ich Dir zuerst die gute oder die schlechte Nachricht mitteilen?" Ohne eine Antwort seinerseits abzuwarten, fuhr sie in ihrer Rede fort: „Ich erzähl' Dir zuerst die weniger gute und dann können wir das weitere Vorgehen besprechen: Nach Auskunft des Ortspfarrers ist leider vorläufig eine Heirat nicht möglich. Da Du weder das Bürger- noch das Heimatrecht der Stadt Regensburg besitzt, kannst Du mich voraussichtlich erst in vier Jahren ehelichen." „Aber, wie kann das sein? Ich habe doch auch in Taufkirchen heiraten können, und der dortige Pfarrer hatte keinerlei Einwände. Haben sich die Vorschriften geändert?" „Nein, das nicht, Franz, sondern in Taufkirchen galt das strenge Bürgerrecht nicht, das in Regensburg angewendet wird. Zudem hast Du in Taufkirchen auch nur deshalb heiraten können, weil Du der Erblehensbesitzer der Nagelschmiede warst. Sonst hättest Du vermutlich auch dort die Ehe nicht eingehen können." „Und was machen wir jetzt? Sollen wir vier lange Jahre warten oder nach Amerika auswandern?" „Weder das eine noch das andere kommt für uns in Frage. Ich habe die letzten Tage eingehend nachgedacht. Deshalb mache ich Dir jetzt folgenden Vorschlag: Da das Leben keinen Stillstand kennt und weil ich Dich liebe, würde ich auch ohne den städtischen Trauschein und ohne die sakramentale Eheschließung mit Dir zusammenleben." „Kannst Du mir Deine Überlegung noch genauer erläutern? Was verstehst Du, liebe Franzi, unter ‚zusammenleben'?" „Wir führen eben eine Ehe ohne Trauschein, ohne kirchlichen Segen. Die Trauung holen wir zu einem späteren Zeitpunkt nach. Da Du noch keine Wohnung hast, ziehst Du einfach zu mir und ich erkläre dem Hausbesitzer, dass ich einen Untermieter oder Nachtschläfer aufgenommen habe. Da kann er keine Einwände haben, denn zur Zeit der Wohnungsnot machen das viele so in der Stadt." „Franzi, das wäre eine geniale Idee! Traust Du Dir das wirklich zu? Schämst Du Dich nicht über das Gerede der Nachbarn? Die Leute können oft herzlos und boshaft sein, gönnen Dir das Glück nicht." „Das lass' nur meine Sorge sein; bin nicht auf den Mund gefallen und kann mich zur Wehr setzen." „Aber begehen wir nicht eine große Sünde? Wir werden wohl vorläufig nicht mehr zur Kommunion gehen dürfen. Der Pfarrer wird uns im Beichtstuhl nicht die Absolution geben, wenn wir miteinander geschlechtlich verkehren und dieses Sündenbekenntnis in der Beichte vorbringen." „Franz, das müssen wir wohl in Kauf nehmen. Der Herrgott kennt unsere lauteren Absichten und weiß um die missliche Lage, in der wir uns zur Zeit befinden. Er wird uns sicherlich auch ohne Lossprechung von den Sünden befreien. Ein liebender, barmherziger Gott kann uns nicht wegen unmenschlicher Gesetze und Regelungen bestrafen wollen. Dem Pfarrer und der katholischen Kirche will ich diesbezüglich keine Vorwürfe machen, denn die haben es in Regensburg besonders schwer. Obwohl die Mehrheit der Stadtbevölkerung katholischen Glaubens ist, bestimmen die Protestanten über das Wohl und Wehe der Stadt. Der Magistrat ist überwiegend von den evangelischen Räten besetzt und diese bestimmen über die Gesuche der Heiratswilligen. An dieser Besetzung wird sich auch so schnell nichts ändern, da nur jene mit Bürgerrecht wählen dürfen und von diesem die Protestanten eben am meisten besitzen. Die katholische Bevölkerung ist gezwungen, sich unterzuordnen und muss guten Willen zeigen, um wenigstens einige Privilegien zu erhalten." „Franzi, es ist halt wie immer im Leben: Entweder es kommt zu früh oder es kommt zu spät. Für eine Eheschließung ist es zu früh, und wenn wir jahrelang warten, dann ist es für's Kinderkriegen womöglich zu spät. Deshalb müssen wir an das Heute denken und unser Handeln danach ausrichten. Dann will ich Dich jetzt um Deine Hand bitten und Dich fragen: Willst Du mit mir in einer nicht genehmigten eheähnlichen Gemeinschaft leben?" „Ja, Franz Diller, ich will Deine Frau werden und hoffe einmal auf eine offizielle Eheschließung. Und auch wenn dieser unser Ehebund nicht vor einem Priester geschlossen werden kann, so könnten wir beide uns dennoch heimlich, unbemerkt von anderen Kirchenbesuchern, vor dem Altar das Versprechen geben." Gesagt, getan: Am Ostersonntag, nach dem Festgottesdienst, nachdem alle die Kirche verlassen hatten und der Mesner die Kerzen gelöscht hatte, stellten sich Franz und Franziska vor die Kommunionbank mit Blick zum Hochaltar. Franz nahm die rechte Hand seiner Braut und sprach leise: „Franziska Peierl, ich nehme Dich zu meiner Ehefrau und verspreche Dir vor Gottes Angesicht, Dich zu lieben und Dir die Treue zu halten." Nachdem Franziska dieses Versprechen erwidert hatte, besiegelten sie ihren Ehebund mit einem verstohlenen Kuss. Am Ausgang der Kirche tauchten sie ihre Finger ins Weihwasserbecken und zeichneten sich gegenseitig ein Segenskreuz auf die Stirn. In Franziskas Küche hielten sie anschließend Ostermahl mit den gesegneten Speisen. Das Osterbrot, die gefärbten Eier und den Osterschinken verzehrten sie freudestrahlend als Ersatz für das entgangene Hochzeitsmahl. Erst nach den Festtagen, um die Feiertagsruhe nicht zu stören, holte Franz seine Habseligkeiten aus der Baracke und zog in die bescheidene Zwei-Zimmer-Wohnung seiner Frau.

*Die Hochzeitsnacht*

„Eine Umstellung bedeutet es schon für mich, wenn ich auf engstem Raum plötzlich mit einem Mann zusammenlebe. Aber wer A sagt, muss auch B sagen. Wir werden uns schon, so gut es geht, arrangieren und uns nicht in die Haare kriegen. Vielleicht kannst Du mir nach Feierabend im Haushalt zur Hand gehen; da wäre ich Dir sehr dankbar." „Dann wollen wir sofort damit anfangen. Was kann ich tun?" „Füll' doch bitte die zwei leeren Kübel draußen am Gang mit Wasser und bring' sie in die Küche, damit ich es am Herd erhitzen kann. Wir sollten uns nämlich schon waschen, wenn wir heute die erste Nacht miteinander verbringen." Franz tat, wie ihm geheißen, ging mit den Kübeln hinaus und füllte Leitungswasser ab. Da öffnete sich die Wohnungstüre einer Nachbarin und diese keifte ihn sogleich bitterböse an: „Wer sind Sie? Was machen Sie da? Gehören Sie in unser Haus? Sie können doch nicht einfach unser Leitungswasser abfüllen. Da könnte ja jeder ungefragt daherkommen und ohne Genehmigung unser Wasser abzapfen. Verlassen Sie sofort unser Haus." Erst jetzt kam Franz zu Wort, stellte die Kübel ab und redete beruhigend auf die Frau ein: „Tu' nichts Unrechtes, liebe Frau, wohne seit heute in der Nachbarswohnung als Untermieter bei Frau Peierl. Dafür helfe ich ihr bei den schweren Arbeiten im Haushalt und gehe ihr zur Hand." „So, so, ein Mannsbild wohnt jetzt bei der Frau Peierl. Hoffentlich ist dies kein g'schlampertes Verhältnis. Dies ist ein anständiges Haus und wir wollen nicht in Verruf kommen. Ich bin eine ältere Witwe, die kaum ihre Wohnung verlässt und deshalb stets ein wachsames Auge auf die Mitbewohner hat. Ein Gesindel können wir hier nicht gebrauchen. Werde mich beim Hauswirt sofort beschweren, wenn Unrechtmäßiges im Haus geschieht." Mit diesen Worten ließ sie ihren neuen Nachbarn im Hausgang stehen und verschwand hinter ihrer Wohnungstüre. Franz nahm die beiden mit Wasser gefüllten Eimer am Henkel und ging damit in die Küche zurück. „Habe soeben eine reizende Begegnung auf dem Hausgang mit Deiner Nachbarin gemacht. Sie stellte mich nicht gerade freundlich zur Rede, weil sie in mir einen Wasserdieb vermutete, der sich im Haus aufhält. Obwohl ich ihr erklärte, dass ich als Untermieter jetzt bei Dir wohne, änderte sich ihre schlechte Laune nicht. Vielmehr drohte sie, ein wachsames Auge auf uns zu werfen und kein g'schlampertes Verhältnis zu dulden." „Ja, die Nachbarin ist ein verbittertes, zänkisches Weib, vor der wir uns in Acht nehmen müssen. Unsere Schlafzimmerwand grenzt direkt an ihre Wohnung. Die legt ihr Ohrwaschel vermutlich an die Wand, um uns zu belauschen. Da darf unsere erste gemeinsame Nacht nicht zu heftig und laut ausfallen, denn der Feind hört mit." Franziska nahm den einen Kübel und goss das Wasser in einen Topf, um es auf dem Herd zu erhitzen. Dann goss sie das heiße Wasser in eine große emaillene Schüssel und gab noch kaltes Wasser dazu, um eine angenehme Waschtemperatur zu erreichen. „Franz, geh' bitte derweil ins Schlafzimmer, denn ich möchte mich ungestört waschen. Ich weiß nämlich nicht, ob sich das gehört, dass Du mir zuschaust, wie ich mich ausziehe." „Das kann ich gut verstehen, Franzi. Du musst erst Deine Scham überwinden und das braucht seine Zeit. Ich verzieh' mich ins Schlafzimmer und warte auf Dich." Als sie später mit einem Nachthemd bekleidet in die Schlafkammer kam, forderte sie Franz auf, es ihr gleich zu tun und sich mit dem restlichen Waschwasser zu reinigen. Sie schlüpfte derweil ins Bett unter die Decke und murmelte sich darin ein. Ebenso mit einem Nachthemd bekleidet begab sich Franz danach zu ihr ins Bett. „Franz, wie unterscheidet sich unsere Hochzeitsnacht von der mit Deiner ersten Frau Therese?" „Franzi, diese Frage solltest Du nicht stellen. Wir dürfen jene Hochzeitsnacht nicht mit unserer vergleichen. Damals war es für mich ein einmaliges Ereignis, und heute mit Dir ist es auf eine andere Art ein einmaliges Erlebnis. Bedenke, Therese war bei der Hochzeit erst 19 Jahre alt, besser gesagt jung und unbedarft, während Du mit 30 Jahren doch schon in einem gereiften, besonnenen Alter bist. Und auch ich bin mittlerweile in einem älteren Lebensabschnitt. Damals war es mehr ein Sich-Hingeben im Überschwang der Gefühle, das Erleben der Lust und Neugier auf das Unbekannte." „Hast Du dann heute mit mir diese überschwenglichen Gefühle nicht? Bin ich als Deine zweite Frau nicht so begehrenswert?" „So darfst Du es nicht sehen. Freuen wir uns vielmehr auf diese unsere Hochzeitsnacht. Und glaube mir, dass ich es ehrlich mit meiner Liebe zu Dir meine. Lassen wir das Vergangene ruhen; schauen wir lieber voll Freude auf das Kommende." Und dann geschah, was in jeder Hochzeitsnacht zwischen zwei Verliebten auf der ganzen Welt geschieht. Am nächsten Tag erzählte er am Arbeitsplatz sofort einigen Kollegen die Neuigkeit von seiner Verbindung mit Franziska und den Einzug in ihre Wohnung. „Hoffentlich stammt Deine Angebetete nicht aus Stadtamhof", rief ihm ein Lokomotivführer zu. „Wieso? Wäre das so schlimm?", wollte Franz wissen. „Weißt Du nicht, dass sich die Stadtamhoferer und die Rengschburger nicht gut riechen können? Rengschburg wollte damals als Freie Reichsstadt nichts mit dem zu Bayern gehörenden Stadtamhof zu tun haben – und umgekehrt genauso. Noch heute gilt der Spruch: ‚Über d' Bruck wird net g'heirat'." „Aber die Steinerne Brücke verbindet doch die beiden Stadtteile, oder etwa nicht?" „Nein, nicht wirklich. Es herrschen immer noch Animositäten zwischen den Bewohnern. Und sprich ja nicht von zwei Stadtteilen, denn Stadtamhof ist eine eigenständige Stadt und gehört nicht zu Rengschburg. Früher gab es sogar einen Schlagbaum, und nicht immer konnte man den Grenzübergang ungehindert passieren." „Und was ist mit den Wöhrden und dem Sankt Katharinenspital?", wollte Franz weiter wissen. „Die Wöhrde, also die Inseln inmitten des Donauflusses, gehörten auch früher schon zu Rengschburg und auch das Spital am nördlichen Donauufer, obwohl man meinen könnte, es gehöre wegen seiner Lage zu Stadtamhof." „Das hör' ich gerne", erwiderte Franz freudestrahlend, „denn hin und wieder richten sich meine Schritte über die Bruck'n zur Spitalbrauerei in den Schenkgarten und auf die Wöhrde in die ‚Goldene Ent'n' zu einem Nachttrunk."

### *Der Alltag*

Auch bei frisch verliebten und vermählten Paaren kehrt irgendwann oder sehr schnell der Alltag ein. Für tagelanges Nichtstun, gemütliche zweisame Stunden und romantische Abende blieb keine Zeit. Franz verdiente wie immer pflichtbewusst den Lohn bei der Ostbahn als Maschinist für den Lebensunterhalt, und Franziska erledigte fleißig alle anfallenden Arbeiten im Haushalt. Als kleinen Luxus gönnte sich Franz hin und wieder eine Virginia, und mehrmals täglich griff er zur Schnupftabakdose und genehmigte sich einen Schmai. Franzi war davon weniger begeistert, denn der für sie unangenehme Zigarrenqualm ließ sich zwar durch das Öffnen der Fenster vertreiben, doch der aufdringliche Geruch haftete permanent an der Kleidung und in der Wohnung. Zudem musste sie seine unappetitlichen Schnäuztücher waschen. Nicht genug damit: Er schickte Franzi öfters in die Schnupfe, um Schmai und Virginia zu besorgen. Und wenn sie ihn an die gesundheitlichen Folgen des starken Tabakkonsums erinnerte, gab er ihr einen für damals typischen Spruch zur Antwort: „Schnupftabak reinigt den Magen, vertreibt Zahnweh, verscheucht Läuse, heilt Geschwüre und schützt vor Pest." Auch Franz' immer späteres Heimkommen nach Arbeitsschluss machte Franzi zu schaffen. Wenn er sich dann neben sie ins Bett legte, roch sie sofort an seiner Ausdünstung und an seinen Atemzügen den Bierkonsum. Wenn sie ihn dann beim Frühstück darauf ansprach, reagierte er unwirsch. „Du kannst doch auch zuhause Dein Bier trinken, musst kein Wirtshaushocker werden." „Das verstehst Du nicht; Männer müssen nach getaner Arbeit im Wirtshaus zusammensitzen, debattieren, dabei eine Maß trinken und Karten spielen. Hab' noch immer das Haushaltsgeld vom Lohn mitgebracht; also was interessiert's Dich dann?" „Ich will abends nicht immer alleine in der Wohnung sitzen. So kann es nicht weitergehen. Ich hab' nichts dagegen, wenn Du ein- oder zweimal in der Woche ins Wirtshaus gehst; aber es sollte nicht zur Gewohnheit werden. Wieso sind wir ein Paar, wenn es keine Zweisamkeit gibt? Überleg' es Dir, Franz, denn sonst kannst Du wieder ausziehen und Deiner Wege gehen." In diesem Zwist gingen sie an jenem Morgen auseinander, und den ganzen Tag lang wurmte Franz die Unstimmigkeit. Es brauchte aber seine Zeit, bis Franz sein Fehlverhalten zugab und an einem der nächsten Abende frühzeitig nach Hause kam und erklärte: „Es reicht, wenn ich an zwei Tagen in der Woche ins Wirtshaus gehe. Zwischen uns soll es keinen Streit geben. Und in den Sommermonaten gehen wir gemeinsam an den Sonntagnachmittagen in einen der schönen Biergärten der Stadt oder des Umlands. Unter den schattigen Kastanienbäumen lässt sich die mitgebrachte Brotzeit bei einem Bier in geselliger Runde bestens genießen." Mit diesem Vorschlag war Franziska einverstanden, denn sie wollte gerne unter die Leute und Abwechslung im Alltag erleben. Es gab auch sonst noch Zwistigkeiten zwischen ihnen, denn Franz war mit ihren Kochkünsten nicht immer zufrieden. „Immer gibt es an den Freitagen nur Mehlspeisen. Fallen Dir keine anderen Gerichte ein?" „Aber Franz, Du weißt doch um das strenge Abstinenzgebot der Kirche. Fleischgerichte sind nun einmal tabu an den Freitagen." „Dann kauf' doch einmal einen Fisch und bereite ein leckeres Fischgericht zu. Oder traust Du Dir die Zubereitung nicht zu?" „Natürlich kann ich uns einmal einen Fisch braten; das geben meine Kochkünste allemal her. Nur beim Einkaufen auf dem Fischmarkt hab' ich so meine Probleme." „Wieso? Der Fischmarkt ist doch nicht weit entfernt von unserem Zuhause." „Es ekelt mich, wenn die Fischhändler die lebenden Hechte, Brachsen, Karpfen und Weißfische aus den Bottichen nehmen und sie mit den Köpfen an die Steinbänke schlagen. Wegen diesem Abschlagen meide ich von jeher den Gang zum Fischmarkt." „Dann muss ich mich wohl an einem freien Freitagvormittag unter die Hausfrauen und Dienstmädchen mischen und Dir zuliebe unter das nörgelnde und keifende Weibervolk trauen."

*Jahrmarktsbelustigung*

So plätscherte der Alltag zwischen Arbeiten, Kochen und Putzen, Schlafen und Essen dahin. Kirchliche Fest- und Feiertage sowie Jahrmärkte zu bestimmten Heiligenfesten boten Abwechslung im eintönigen Wochenablauf. Die Frühjahrs- und Herbstdult in Stadtamhof und die Jahrmärkte in Regensburg waren Gelegenheiten zum Einkauf an den Warenständen, zur Belustigung bei den Fahr- und Schaustellergeschäften und zum Ratschen. Am Neupfarrplatz baute die Stadt die Buden für die fahrenden Warenverkäufer auf, und am Kornmarkt wurden Spielbuden und Karusselle von den Betreibern errichtet. Die Namensfeste zu St. Erhard im Winter, St. Georg im Frühjahr und St. Emmeram im Herbst waren feste Jahrmarktstage in Regensburg. Auch Franziska nutzte regelmäßig die sich bietende Möglichkeit, um bei den Fieranten einzukaufen. Ende September des Jahres 1861 war wieder der Emmeramsjahrmarkt, zu dem Franzi unbedingt hinwollte. „Bitte, komm' doch an Deinem freien Tag mit. Vielleicht hast Du Interesse an einem angebotenen Artikel." „Ausnahmsweise begleite ich Dich, denn seit einiger Zeit habe ich beim Zeitunglesen Probleme mit dem Augenlicht. Wird sicherlich ein Optiker dabei sein und Gläser und Brillen haben." Tatsächlich bot ein Fierant neben Feldstechern und Fernrohren die gewünschten Sehhilfen an. Nach der Feststellung der Sehschärfe wurde man handelseinig, und die fertige Brille war in zwei Tagen abholbereit. Franz und Franziska interessierten sich auch für die Angebote anderer Budenbetreiber. Neben Krawatten, Sonnen- und Regenschirmen, Strohhüten, Stoffen, Weißwäsche, Halstüchern, Rauch- und Schnupftabak und Lebensmittel wie Zucker, Kaffee, Gewürze, Mandeln, Reis, Senf, Salatöl und Feigen wurden auch Parfüms und Bademittel feilgeboten. Der betörende Parfümduft des Rosenöls verführte Franziska zum Kauf eines kleinen Flacons. Ebenso erstand sie eine Flasche ‚Aromatisches Waschwasser', das als Badezusatz blühende frische, zarte, weiße und ebene Haut versprach. „Darf ich mir den kleinen Luxus leisten?" „Selbstverständlich! Das ist mein Geschenk zu Deinem 31. Geburtstag. Ich habe ihn nicht vergessen, sondern auf eine günstige Gelegenheit gewartet, um Dir eine Freude zu bereiten." Die Warengeschäfte hinter sich lassend begaben sie sich dann zu den Fahr- und Schaustellergeschäften auf dem Kornmarkt. Neben einem Glückshafen, einem Wachsfigurenkabinett, einem Zelt mit Guckkästen, in denen Schlachten und andere Ereignisse mit Zinnfiguren dargestellt wurden, gab es noch ein Karussell und eine Schiffschaukel. Vor Letzterer blieben sie fasziniert stehen und bestaunten die hohen Schwünge, die bis zu einem gefährlichen Überschlag reichten, wäre nicht eine Sperre eingebaut gewesen. „Franzi, wie wäre es? Traust Du Dich? Ich hätte Lust, mit Dir in der Schiffschaukel in den Himmel zu fliegen. Soll ein weiteres Geschenk zu Deinem Geburtstag sein." Zuerst betrachtete Franziska ihren Mann mit ungläubigen Augen, dann gab sie sich einen Ruck und stimmte freudig zu. So bestiegen sie eine frei werdende Schaukel, und während sich Franzi auf das Holzbrett setzte, übernahm Franz stehend die Schiebe- und Schaukelfunktion. Kraftvoll brachte er die schwere

Schiffschaukel in eine schwingende Bewegung und in einem rhythmischen Hin und Her in schwindelnde Höhen hinauf. Anfänglich war Franzi von dem Gefühl des Schwebens begeistert, doch alsbald verspürte sie ein Unwohlsein. „Bitte, Franz, hör' auf, mir wird übel. Nicht nur in meinem Kopf dreht sich alles, sondern auch mein Magen rebelliert schon. Bring' die Schaukel zum Stehen." Als der Schaustellergehilfe das Langsam-Werden der Gondel und das Beenden der Fahrt bemerkte, schob er mit einer Eisenstange einen Holzkeil unter die Schaukel und bremste sie zum Stillstand ab. Franzi verließ fluchtartig die Schiffschaukel und konnte gerade noch ein Hauseck erreichen, wo sie in einem Schwall ihren Mageninhalt von sich gab. Franz beugte sich zu ihr herab und hielt sie mit seinen Armen fest, um ihr so das Brechen zu erleichtern. „Tut mir leid, Franzi, ich hätte nicht so stark schaukeln sollen. Willst Du vielleicht einen Magenbitter oder ein Stamperl Schnaps?" „Danke, Franz, es geht schon wieder; war nur ein kurzes Unwohlsein. Ob es am schnellen Schaukeln gelegen hat, kann ich Dir nicht sagen. Ich spüre schon seit Tagen eine Übelkeit und einen Brechreiz. Sollte einmal einen Arzt konsultieren."

### *Erfreulicher Arztbesuch*

Franziska hätte den Vorfall beim Schiffschaukeln schon fast vergessen, doch in den darauffolgenden Tagen stellte sich immer wieder die Übelkeit ein. Besorgt über ihren Zustand suchte sie deshalb einen Arzt auf. In Dr. Pförringer, praktizierender Arzt in der Oberen Stadt im Weißgerbergraben, fand sie einen verständnisvollen Doktor. Nach einer Befragung zu ihren Beschwerden, folgte die Untersuchung durch Abtasten des Bauchraumes und durch Abhören desselben mittels eines Stethoskops. „Frau Peierl, ich kann Sie beruhigen. Der Brechreiz und die Übelkeit haben eine natürliche Ursache. Es liegt keine krankhafte Veränderung vor; also, kein Grund zur Besorgnis! Sie werden noch einige Wochen oder Monate mit diesen Begleiterscheinungen leben müssen." „Ja, aber wieso habe ich diesen lästigen und unangenehmen Brechreiz? Kann man dagegen nichts unternehmen? Gibt es keine Medizin oder einen Tee oder irgendein Kräutlein?" „Wie der Volksmund sagt, ‚ist dagegen kein Kraut gewachsen'. Als Frau hätten Sie doch die ausbleibende Regelblutung bemerken müssen. Ist der ‚Groschen bei Ihnen noch nicht gefallen'? Sie sind in guter Hoffnung – und das bereits Ende des dritten Monats. Ich konnte schon die schwachen Herztöne des

Kindes vernehmen. Das kleine Wesen entwickelt sich in Ihrem Leib sehr gut. Gratuliere zur Schwangerschaft." Mit dieser Nachricht hatte Franziska nicht gerechnet. Deshalb nahm sie diese Erkenntnis nüchtern und ohne Überschwang entgegen. „Muss ehrlich gestehen: Mit diesem Untersuchungsergebnis habe ich nicht gerechnet. Bin heilfroh über diese natürliche Erklärung und nehme das Geschenk Gottes dankbar entgegen; mein Mann wird mächtig stolz sein. Wann kann ich mit der Geburt rechnen und was gibt es bis dahin zu beachten?" „Vermutlich, wenn die Schwangerschaft gut verläuft und das Kind richtig im Mutterleib liegt, können Sie Ende März die Geburt einplanen. Während der Schwangerschaft sollten Sie die Hilfe einer Hebamme in Anspruch nehmen, die Sie bis und während der Geburt begleitet. Diese wird bei Komplikationen auch entscheiden, ob ein Hebarzt hinzugezogen werden muss. Bei einer guten Prognose rate ich Ihnen zu einer Hausgeburt. Zwar gibt es in der Stadt Gebäranstalten, doch ist eine Geburt im häuslichen Umfeld vorzuziehen. Abzuraten ist eine Unterbringung im Pfründnerhof vor und nach der Geburt, da sich in dieser Armenanstalt auch Patienten mit ansteckenden Krankheiten befinden. Meine Arztpraxis brauchen Sie erst wieder aufsuchen, wenn sich Ihre Beschwerden verschlimmern oder andere Auffälligkeiten auftreten sollten. Ansonsten rate ich Ihnen, keine schweren Arbeiten zu verrichten, damit das Kindswohl nicht gefährdet wird. Schonung und häufige Ruhepausen sind für die kommenden Monate anzuraten." Mit diesen belehrenden Ausführungen und einem kräftigen Händedruck verabschiedete sich Dr. Pförringer von der schwangeren Franziska. Diese wiederum konnte die Heimkehr ihres Mannes nach Dienstende kaum erwarten. Franz sollte als Erster die frohe Kunde aus ihrem Mund erfahren – und erst später die Verwandten, Nachbarn und Freunde. Mit zitternden Händen bereitete sie das Abendessen, deckte den Tisch und zündete eine Kerze an. Als ihr Mann die Wohnungstüre öffnete, die Küche betrat und den festlich gedeckten Tisch sah, wusste er nicht so recht, welche Bedeutung darin lag. „Hab' ich heute ein wichtiges Ereignis oder ein Jubiläum vergessen? Wenn dem so ist, dann entschuldige, bitte!" „Nein, nein, Du hast nichts dergleichen übersehen, und doch bist Du nicht ganz unschuldig an der Nachricht, die ich Dir jetzt verkünde: Mein Liebster, ich danke Dir, denn Du hast mich zur werdenden Mutter gemacht und Dich selbst zum Vater. Ich bin seit über drei Monaten in guter Hoffnung; dies hat heute die Untersuchung beim Arzt ergeben. Gott sei Dank keine Krankheit, sondern ein freudiger Zustand." „Die Überraschung ist Dir wirklich geglückt. Eigentlich hätte mir Dein immer wiederkehrendes Unwohlsein zu denken geben müssen und keine Krankheit dahinter vermuten lassen dürfen; aber auf die natürlichste Sache der Welt kommt man zuletzt. Komm' her, meine geliebte Frau; lass' Dich umarmen und küssen und mich mit Dir freuen. Bald werden wir eine richtige Familie sein. Ich würde Dir in den nächsten Monaten auch gerne verstärkt bei der schweren Hausarbeit zur Hand gehen. Doch ausgerechnet jetzt muss ich Dich Ende Oktober für einige Tage alleine lassen. Die Inbetriebnahme der Bahnstrecke Schwandorf – Cham und kürzlich erst jener bis Furth im Wald und somit der Anschluss nach Böhmen wird mit Festivitäten gefeiert. Dazu fährt wieder ein Sonderzug entlang der neuen Strecken, und erfahrene Bahnmitarbeiter sollen diesen Zug zur Sicherheit begleiten und einen reibungslosen Ablauf gewährleisten. In der Wagenhalle in Furth in Wald werden am 26. Oktober zum Festakt sogar über 400 Festgäste einschließlich des Fürsten von Thurn und Taxis erwartet. Und nach einem Gabelfrühstück muss ich als Maschinist mit dem Eröffnungszug bis nach Pilsen mitfahren. Für die Honoratioren wird es dort ein Festessen geben, während wir Arbeiter den Zug betriebsbereit zur Rückfahrt machen müssen."

### *Geburt und Taufe des ersten Kindes*

Die weiteren Monate der Schwangerschaft verliefen ohne größere Komplikationen, so dass die zuständige Hebamme Theres Obermaier mit einer Hausgeburt einverstanden war. Einige Wochen vor dem errechneten Geburtstermin suchte Franziska das Pfarramt auf. Sie wollte ihren Pfarrherrn der Dompfarrei von der baldigen Geburt des unehelichen Kindes unterrichten und das Sakrament der Taufe erbitten. „Hochwürden, wie Sie an meinem Zustand sicherlich erkennen, werde ich bald einem Kind das Leben schenken. Leider konnte ich den Vater desselben nicht kirchlich ehelichen, weil Sie bei meiner Vorsprache damals erklärt hatten, dass dies das Heimat- und Bürgerrecht verwehrt. Trotzdem lebe ich in einem eheähnlichen Verhältnis mit meinem Franz zusammen. Und aus dieser Verbindung bin ich nun in guter Hoffnung. Ich bitte Sie, auch wenn dieses Kind in sündhafter Weise gezeugt wurde, um die Taufe nach dessen Geburt." „Sie haben ganz richtig die Sündhaftigkeit Ihres Tuns beschrieben, doch das in unrechter Weise gezeugte Kind ist trotzdem ein von Gott geliebtes

Geschöpf und kann für Ihr verantwortungsloses Begehren von der Kirche nicht bestraft werden. Bringen Sie, sofern es Ihnen schon am nächsten Tag nach der Geburt möglich ist, oder auch der Vater, zusammen mit der Taufpatin, den Täufling in die Kirche zur Taufspendung. Einer meiner Kooperatoren wird dann die Taufe vornehmen. Das mit der Erbsünde befleckte Geschöpf soll durch das Wasser der Taufe reingewaschen und ein Kind Gottes werden. Suchen Sie christliche Vornamen für Ihr Kind aus, damit die himmlischen Namenspatrone fürsprechend ein Leben lang für dessen Seelenheil eintreten. Sobald eine Eheschließung möglich ist, sollten Sie das Ehesakrament erbitten, damit das Kind in geordneten Verhältnissen heranwachsen kann. Leider muss ich im Taufbuch die illegitime uneheliche Geburt eintragen, und Ihr Kind trägt nicht den Familiennamen Ihres Mannes. Erst nach einer Eheschließung können wir den Vermerk der Legitimierung durch Heirat eintragen. Bis dahin wird das Kind unter dem Namen ‚Peierl' geführt. Nun wünsche ich Ihnen Gottes Segen für die bevorstehende Niederkunft."

Diese fand am Donnerstag, den 27. März 1862, um zehn Uhr nachts unter der Mithilfe der Hebamme statt. Überglücklich nahm die Gebärende das Neugeborene liebevoll in ihre Hände und konnte dem hereingerufenen Gatten zwar erschöpft, doch freudestrahlend die Geburt eines Sohnes verkünden. Franz besah gerührt, voller Stolz, den erhofften männlichen Nachwuchs und bedankte sich bei Frau und Hebamme für den glücklichen Ablauf des Geburtsgeschehens. „Franzi, jetzt müssen wir noch die Namen für unser Kind festlegen, denn bei der morgigen kirchlichen Feier wird es auf diese Vornamen getauft." „Da brauchen wir nicht lange überlegen, denn als Erstgeborener soll er selbstverständlich den Vornamen des Vaters tragen. Unser Sohn soll Franziskus heißen, und als zweiter Name soll Seraph eingetragen werden." „Also, gegen Franziskus junior gibt es meinerseits keine Einwände. Zur besseren Unterscheidung darfst Du ihn Franzl rufen, wie einst meine erste Frau mich genannt hat. Doch wie kommst Du auf den merkwürdigen und seltenen Namen ‚Seraph'? So heißt doch niemand in unserer Verwandtschaft." „Die Seraphinen sind doch die sechsflügeligen Engelsgestalten an Gottes Thron. Und unser kleiner Franzl ist doch so süß wie ein kleiner Engel, den Gott uns geschickt hat. Über die Bedeutung des Namens habe ich mich erkundigt: Er wird übersetzt mit ‚der Feurige, der Funkelnde, der Brennende'. Vielleicht wird unser Sohn auch einmal ein Eisenbahner, wie sein Vater, und darf eine feuerbeheizte, funkensprühende Dampflokomotive führen oder Zugbegleiter werden. Und: Er soll einmal genauso wie sein Vater ein feuriger Liebhaber werden. Jetzt hast Du doch sicherlich keine Einwände mehr gegen die Namensgebung, oder?"

Am nächsten Tag brachten der stolze Vater Franz Diller und die Taufpatin Anna Schmid den neugeborenen Sohn in die Dompfarrkirche Niedermünster zur Taufe. „Herr Kooperator, hier bringe ich Ihnen meinen Stammhalter und erbitte für ihn das Sakrament der Taufe." „Der Taufspender, Kooperator Gleissner, korrigierte Franz sofort unwirsch: „Von Stammhalter kann keine Rede sein, da Sie mit der Mutter des Kindes nicht verheiratet sind, er somit deren Familiennamen trägt und als illegitim gilt." Franz zuckte verärgert über diese unfreundliche Belehrung zusammen und verkniff sich eine ungehaltene Antwort. Die Rolle des Bittstellers gefiel ihm nicht sonderlich gut, doch der Kooperator hatte auch die Macht, das Taufgesuch abzulehnen. Deshalb schluckte er das überhebliche Verhalten des Geistlichen, um kein weiteres Ärgernis zu geben. Kooperator Gleissner leitete die liturgische Handlung mit der Frage nach den Taufnamen ein: „Mit welchen Namen soll das Kind im himmlischen Buch des Lebens verzeichnet sein?" „Unser Sohn soll auf die Namen ‚Franziskus Seraph' getauft werden." Wieder konnte sich der Hochwürdige Herr dazu eine spitze Bemerkung nicht verkneifen: „Diese beiden heiligen Namen hat der kleine, in Sünde gezeugte Wurm auch dringend nötig; und ich hoffe, dass er wirklich ein Seraph wird, ein Engel und kein Bengel." In der Vorhalle, in der das Taufbecken stand, wurde das neugeborene Kind durch dreimaliges Übergießen mit Wasser getauft. „Franziskus Seraph, ich taufe Dich im Namen des Vaters und des Sohnes und des Heiligen Geistes. Gesalbt mit dem heiligen Chrisam-Öl gehörst Du Christus an und bist von nun an ein Christ. Die Kirche öffnet ihre Pforten und nimmt Dich auf als Kind Gottes." Erst jetzt durfte der Neugetaufte durch die innere, zweite geöffnete Kirchentüre getragen und durch den Mittelgang zum Hochaltar gebracht werden. Nach dem Vater-unser-Gebet und dem Segen entließ der Kooperator die kleine Taufgesellschaft mit guten Wünschen für die Zukunft des Neugetauften, nicht ohne mit einem geringschätzigen Gesichtsausdruck noch eine letzte abfällige Bemerkung loszulassen: „Richten Sie der Wöchnerin meine Glückwünsche zur Geburt aus; sie möge sich in Zukunft um ihr und ihres Kindleins Seelenheil bemühen und weniger um die irdischen Freuden."

*Kindergeschrei und Wohnungswechsel*

Das Glück der jungen Familie schien perfekt, wären da nicht die häufigen Schreiattacken des kleinen Franzl und die Beschwerden der alten Nachbarin gewesen. Bauchkrämpfe waren vermutlich die Ursache für die täglich wiederkehrenden Anfälle. Franziska versuchte, den Kleinen, so gut es ging, zu beruhigen. Sie wickelte ihn warm ein, massierte vorsichtig seinen Bauch und gab ihm neben der Muttermilch auch Fencheltee zum Trinken. Die Hebamme empfahl zudem jeden Tag ein warmes Bad in der Blechwanne. Die junge Mutter hatte sich das Leben mit einem Baby leichter vorgestellt. In Franz hatte sie keine große Hilfe, denn sein zehn- bis zwölfstündiger Dienst beanspruchte ihn körperlich und zeitlich. Erst nach vier Monaten ließen die Bauchkrämpfe allmählich nach. Doch mit dem Durchschlafen hatte der kleine Franzl ebenfalls Probleme. Immer wieder schreckte er nachts auf und musste von der Mutter oder dem Vater auf dem Arm getragen werden, bis er sich wieder beruhigte. Franz war darüber sichtlich genervt, da er dringend seinen erholsamen Schlaf benötigte. „Wie soll ich gewissenhaft meiner Arbeit nachgehen, wenn ich jede Nacht aus dem Schlaf gerissen werde? Die Kollegen belächeln mich schon mitleidig, weil ich während der Pausen einnicke und sie mich wachrütteln müssen. So kann es nicht weitergehen!" „Franz, ich tu' mein Bestes und unternehme alles, damit der Kleine endlich durchschläft. In zwei bis drei Wochen wird sich der Tag- und Nachtrhythmus beim Franzl eingespielt haben. Wir wollten ein Kind und nun müssen wir beide auch die nötige Geduld dafür aufbringen. Größere Sorgen bereitet mir jedoch unsere zänkische Nachbarin: Jeden Morgen, wenn Du das Haus verlassen hast, klopft sie heftig an die Wohnungstüre und beschwert sich lautstark über die unzumutbaren Verhältnisse. Sie macht mir Vorwürfe, dass ich das Kind nicht richtig behandeln würde und ich als Mutter unfähig wäre. Beim Hauswirt hat sie sich auch schon über uns beschwert. Gestern im Treppenhaus machte er mir diesbezüglich Vorhaltungen. Er drohte sogar mit einer Kündigung des Mietverhältnisses, wenn sich die Beschwerden weiter häuften. Er zeigte kein Verständnis für unsere derzeitige Lage. Und dann muss ich Dir noch etwas sagen: Ich bin wieder schwanger, und im nächsten Jahr werden wir unser zweites Kind erwarten. Dann wird die Situation für uns und für

die Hausbewohner noch schwieriger." Trotz der freudigen Nachricht war Franziska dem Weinen nahe. Franz versuchte, sie zu beruhigen, indem er ihr einen Wohnungswechsel vorschlug: „Die Zweizimmer-Wohnung wird spätestens nach der Geburt des zweiten Kindes zu klein. Wir müssen uns eine größere Wohnung suchen und anmieten. Ich werde mich am Arbeitsplatz unter den Kollegen umhören. Im Regensburger Tagblatt ein Inserat schalten, kostet nur Geld und ist bei dem derzeitigen Wohnungsmangel wenig aussichtsreich. Gerade am Bahnhof und in der Bahnhofsgaststätte werden viele Neuigkeiten ausgetauscht. Und wer weiß, vielleicht haben wir Glück und jemand weiß um eine leerstehende Wohnung."
Es dauerte einige Wochen, bis die Suche nach einer neuen Unterkunft von Erfolg gekrönt wurde. „Stell' Dir vor, Franzi, wir haben eine größere Wohnung in Aussicht und wenn sie uns gefällt, dann könnten wir schon nächste Woche einziehen. Schon morgen spätabends können wir die Räumlichkeiten besichtigen und, wenn sie uns gefallen, anmieten. Allerdings müssten wir dann von der Unteren Stadt in die Obere Stadt umziehen, in die Westnerwacht. Dann würden wir auch nicht mehr zur Dompfarrei, sondern zur Pfarrei St. Rupert bei der Emmeramskirche gehören. Darüber wäre ich sogar recht froh; denn ich möchte es bei meinem zweiten Kind bei der Taufe nicht noch einmal mit diesem unhöflichen, herablassenden Kooperator zu tun haben." „Das hört sich zunächst einmal gut an, Franz. Jedoch ist die Westnerwacht unter den acht Wachten Regensburgs nicht gerade der beliebteste Wohnbezirk. In den alten Wohnhäusern und den engen Gassen leben überwiegend viele arme Leute auf engstem Raum zusammen. Die sanitären Anlagen sollen katastrophal sein. Manche Häuser haben noch keinen oder nur einen ungenügenden Kanalanschluss oder nur eine Versitzgrube. Auch das Frischwasser muss zum Teil noch aus einem Brunnen geholt werden. Außerdem, so habe ich gehört, soll das Wasser durch Fäkalien verunreinigt sein, weil Kanäle undicht sind. In einem stinkenden Wohnhaus, wo noch Hühner und Gänse gehalten werden und im Hof geschlachtet wird, mag ich mit meinen Kindern nicht wohnen. Zudem ist die Donau sehr nahe, in die alle Fäkalien durch viele Kanäle fließen. Vermutlich breitet sich deshalb ein übler Gestank über dieses Viertel aus. Und wie sieht es mit der Straßenbeleuchtung aus? Hat die Gasse schon Gaslaternen und eventuell auch Gaslicht in der Wohnung? Bei einer Anmietung müssen wir dies alles bedenken. Wo genau be-

findet sich die Gasse und wie lautet die Hausnummer?" „Die Wohnung liegt im Haus A 108 in einer Gasse zwischen der Wollwirkergasse und der Ledererasse, in der Nähe der Holzlände." „Oh je, Franz, wo Leder und Wolle verarbeitet werden, kann es gewaltig stinken. Und dann noch in der Nähe der Holzlände an der Donau, wo die Schiffer das Holz umschlagen. Da treibt sich vermutlich so manches Gesindel herum – immer wieder hört und liest man von Holzdiebstählen." „Nun beruhige Dich erstmal und zerrede nicht die freigewordene Wohnung, bevor Du sie nicht gesehen hast."

*Freude über die Geburt von Anna*

Am nächsten Tag, nach Dienstschluss, begaben sich Franz und Franziska mit dem kleinen Franzl am Arm zur Wohnungsbesichtigung. „Hoffentlich finden wir die angegebene Adresse und irren nicht sinnlos in den engen Gassen des Viertels umher." „Keine Angst, Franzi, mittlerweile weiß ich, dass die Hausnummer A 108 in der Winklergasse ist und das Haus dem Branntweinbrenner Walter Christian gehört." „Oh Gott, noch ein zusätzlicher Gestank, wenn er die Destillationsapparate bedient und den Brand im Hof, Keller oder im Nebengebäude durchführt." Die mit Kopfsteinen gepflasterte Winklergasse führte von der Wollwirkergasse leicht abwärts bis zur Holzlände. Durch den Hauseingang gingen sie in den Hinterhof auf der Suche nach dem Hausherrn. Als dieser die Interessenten kommen sah, unterbrach er seine Tätigkeit an den Apparaturen. „Sie kommen wohl zur Besichtigung der Wohnung? Habe schon auf Sie gewartet. Ich bin der Walter Christian und Eigentümer dieses Anwesens. Folgen Sie mir bitte die Treppe hinauf in den ersten Stock. Das Haus ist leider ein altes Gemäuer und ohne jeglichen Komfort. Ich trage mich mit dem Gedanken, es in den nächsten Jahren aufzustocken und zu modernisieren. Sollte dies einmal so weit sein, dann bräuchten Sie keine Angst vor einer Kündigung zu haben." Nach Abwägung der Vor- und Nachteile unterschrieb Franz den Mietvertrag. Mit einem ausgeliehenen Leiterwagen, unter Mithilfe einiger Kollegen, fand eine Woche später der Umzug statt. Die Vorteile gegenüber der alten Wohnung waren nicht zu unterschätzen: geringere Miete für größere Räumlichkeiten und weniger Mietparteien. Letzteres war bei den Schreianfällen des kleinen Franzl vorteilhaft. Durch die enge Bebauung in der Winklergasse drang allerdings nur wenig Sonnenschein durch die kleinen Fenster. Verbunden mit dem Umzug in die Obere Stadt war auch ein Hebammenwechsel. Von den 12 städtischen Hebammen war nun die Frau Amannsdorfer für Franziska, den kleinen Franzl und den ungeborenen Nachwuchs zuständig. Diese gab ihr den Rat: „Gehen Sie täglich mit dem Franzl an die frische Luft; er braucht dringend für eine gesunde Entwicklung das Sonnenlicht. Gehen Sie mit ihm an der Donau entlang bis zur Hundsumkehr. Auch Ihnen und der Leibesfrucht tut dieser Spaziergang gut. Nehmen Sie sich diese Zeit." Franziska befolgte die Ratschläge der Hebamme, und so entwickelte sich Franzl zu einem strammen, prächtigen Burschen. Kurz nach seinem ersten Geburtstag gebar Franziska ihr zweites Kind. Am 29. April 1863 um vier Uhr morgens schenkte sie einem Mädchen das Leben. „Franz, nun haben wir einen Buben und ein Mädchen, ein Pärchen. Weil die Schwangerschaft und die Geburt so gut verlaufen sind, sollten wir das Mädchen ‚Anna' nennen, nach der himmlischen Mutter Mariens und der Großmutter Jesu. Darüber freut sich sicherlich auch die Taufpatin, die Schmid Anna aus Kumpfmühl. Sie hat uns schon als Taufpatin beim Franzl Glück gebracht; siehst ja selber, wie gut sich Dein Sohn entwickelt hat." „Verschrei' nichts, Franzi, ich hab' mit meiner ersten Frau schon ein Pärchen gehabt und beide dann wieder verloren, obwohl unser Sohn damals schon eineinhalb Jahre alt war." „Das kannst Du nicht vergleichen, Franz. Die Versorgung in der Stadt ist allemal besser als auf dem Land. Schau' nur, was es in Regensburg alles für Einrichtungen für Kinder gibt: Unter Fürstprimas Dalberg wurde einst die kostenlose Krankenpflege für Kinder und die Pockenschutzimpfung eingeführt und den Kirchen neue Krankenhäuser gebaut. Fürstin Mathilde von Thurn und Taxis hat vor vier Jahren das Mathilden-Kinderspital gestiftet. Nicht zu vergessen: Unser Hausarzt und Geburtshelfer Dr. Pförringer praktiziert nur einige Gassen von uns entfernt im Weißgerbergraben. Und die Hebammen sind viel besser ausgebildet und geschult – auf dem neuesten Stand. Ich seh' gelassen in die Zukunft. Jetzt aber verständige die Taufpatin und triff Dich mit ihr noch am Vormittag in St. Rupert zur Taufspendung. Ich habe schon vorher mit dem Pfarrer gesprochen und ihm den Taufwunsch vorgetragen. Er hat sich mit keinem Wort negativ betreff unserer Situation und Beziehung geäußert."

Noch am Vormittag desselben Tages wurde das neugeborene Mädchen von Kooperator Sturm in der St.-Rupert-Kirche auf den Namen ‚Anna' getauft. Währenddessen betreute die Hebamme die Wöchnerin und sprach mit einem besorgten Unterton eindringlich auf sie ein: „Sie sollten bis zur nächsten Schwangerschaft eine längere Pause, bis zu einem Jahr, einlegen. Ihr Körper muss sich von den kurz hintereinander erfolgten Schwangerschaften und Geburten erholen. Ich habe schon so manche Babys sterben sehen, weil die Mütter durch viele Schwangerschaften ausgemergelt waren und den Kindern die benötigten Lebenssäfte nicht geben konnten." Trotz der vorgebrachten Bedenken der Hebamme wurde Franziska bereits nach fünf Monaten wieder schwanger.

*Briefwechsel*

Auch ein anderes Kind meldete sich: Zu Jahresbeginn hatte Franz einen Brief von seiner Tochter Maria aus Taufkirchen bekommen. Er las ihn laut vor, so dass auch Franziska den Inhalt zu Gehör bekam: „Lieber Herr Vater! Ich wünsche Ihnen und Ihrer Familie ein gutes, gesegnetes neues Jahr 1864. Es soll für uns alle ein glückliches werden. So kann ich heuer meine Schulzeit beenden, sehe aber mit gemischten Gefühlen der auf mich zukommenden Arbeitswelt entgegen. Meine Pflegemutter wird mich wohl in einen Haushalt oder in einen landwirtschaftlichen Betrieb vermitteln, da meine Schulnoten nicht die allerbesten sind. Könnte ich vielleicht nicht zu Ihnen kommen, Herr Vater, bei Ihnen wohnen und im Haushalt helfen oder in der Stadt einen Arbeitsplatz annehmen? Oder können Sie mir einen Rat geben, was ich nach den Schuljahren tun soll? Bitte Sie freundlichst um baldige Rückantwort und verbleibe mit einem herzlichen Gruß, Ihre Tochter Maria." Für kurze Zeit herrschte ein betretenes Schweigen zwischen Franz und seiner Frau. Franziska begann als Erste, nach den passenden Worten suchend, vorsichtig den Brief zu kommentieren: „So einfach, wie Deine Tochter sich das vorstellt, geht es nun auch wieder nicht. Wir leben mittlerweile zu viert auf engstem Raum hier in der kleinen Wohnung zusammen, und das dritte Kind wird im Sommer zur Welt kommen; dann sind wir zu fünft." Nun hatte sich auch Franz wieder gefangen und gab Franziska recht: „Und wo, bitte schön, soll sie schlafen? Einen weiteren Esser verkraftet unsere Haushaltskasse nicht. Als Landmädel ist sie besser in Taufkirchen aufgehoben. Hier in der Großstadt wird sie sich nicht zurechtfinden und auch nicht wohlfühlen. Ich werde ihr noch heute schreiben, dass sie bei ihrer Ziehmutter bleiben und dort eine Arbeitsstelle annehmen soll." Beschwichtigend meinte

Franziska noch: „Aber bitte formuliere den Brief mit bedächtigen Worten. Schreib' ja nicht, dass sie nicht willkommen ist, auch wenn es den Tatsachen entspricht. Das arme Mädel tut mir leid, aber wir können ihr auch nicht weiterhelfen." Franz nahm aus der Tischschublade einen Bogen Papier, Tintenfass und Federhalter. Er setzte sich an den Küchentisch und schrieb einen langen, jedoch für Maria keinen erfreulichen Brief. Als diese einige Tage später den Briefinhalt las, kullerten ihr Tränen über die Wangen: „Liebe Maria! Auch ich wünsche Dir und der Frau Kufmiller ein gottgesegnetes neues Jahr. Es wird für Dich, mein liebes Kind, ein ereignisreiches Jahr werden. Wenn die Schulzeit zu Ende geht, dann wird auch Deine Kinderzeit vorbei sein. Du trittst dann in das Erwachsenenalter ein: Der Ernst des Lebens kommt unweigerlich auf Dich zu. Du wirst und musst eine Arbeitsstelle antreten und für Deinen Lebensunterhalt selbst sorgen. Du warst bisher in Taufkirchen gut aufgehoben, und darum ist mein ernst und gut gemeinter Rat: Bleibe in Deiner gewohnten, vertrauten Umgebung. Hier in Regensburg wirst Du Dich nicht wohl fühlen. In Taufkirchen hast Du Freundinnen und Bekannte, die Dir wohlgesonnen sind. In Regensburg wirst Du eine Fremde bleiben. Es strömen so viele Arbeitssuchende in die Stadt und landen bettelnd als Obdachlose auf der Straße. Die Wohnungsnot in der Stadt ist unbeschreiblich groß. Auch ich lebe mit meiner Familie in sehr beengten Verhältnissen. Zudem wird im Sommer unser drittes Kind geboren. Wir haben wirklich für Dich keinen Platz in unserer Wohnstatt. Ich schreibe diese Zeilen mit schwerem Herzen, aber ich kann Dir nur den Rat geben, Dein Glück in Deiner Heimat zu suchen. Es grüßt Dich Dein Vater Franz." Nachdem auch Kunigund Kufmiller den Brief gelesen hatte, nahm sie Maria in die Arme und versuchte, sie zu trösten: „Eine so klare wie gleichwohl bittere Nachricht für Dich, liebe Maria. Du musst den Tatsachen ins Auge schauen. Du bist bei Deinem Vater und seiner neuen Familie nicht willkommen. Wie auch? Sie werden bald zu fünft in einer kleinen Wohnung leben und können Dir deshalb keine Bleibe anbieten. Ich war Dir doch bisher eine gute Ersatzmutter, oder etwa nicht? Wisch' Deine Tränen ab und gräm' Dich nicht. Du findest sicher hier im Ort eine Arbeitsstelle und kannst immer mit Deinen Sorgen zu mir kommen."

*Ende der Schulzeit von Maria*

Trotz des hitzefreien restlichen Schultages im Sommer 1864 schlenderte Maria mit trauriger Miene den Schulweg nach Hause. Ihre Gedanken kreisten unaufhörlich um die bevorstehende Schulentlassung. Die siebenjährige Schulzeit neigte sich bald dem Ende entgegen, womit für Maria ein neuer Lebensabschnitt begann. Mit ihren 13 Jahren konnte sie nicht mehr darauf hoffen, bei ihrer Ziehmutter, der Hebamme Kufmiller, wohnen bleiben zu können. Dies hatte ihre Ersatzmutter schon mehrmals anklingen lassen: „Maria, so gern ich Dich bei mir aufgenommen und all die Jahre versorgt habe, muss ich jetzt doch darauf drängen, dass Du nach der Schulzeit in Stellung gehst, Dir Deinen Lohn erarbeitest und mich so entlastest. Deine hilfreiche Hand bei mir im Haushalt schätze ich, doch sie bringt mir nichts ein, wenn Du weißt, was ich damit meine. Deine bisherigen Zeugnisnoten und Bemerkungen prädestinieren Dich nicht für eine höhere Ausbildung und Stellung. Deshalb wirst Du Dich in der Landwirtschaft oder in einem Haushalt verdingen müssen. Ich werde mich deshalb demnächst bei meinen Einsätzen in den umliegenden Gehöften und Ortschaften nach einer passenden Stellung für Dich umhören." Zuhause angekommen wartete ihre Ersatzmutter tatsächlich bereits mit der ‚frohen' Kunde auf, einen Arbeits- und Kostplatz gefunden zu haben. Und einen guten noch dazu. Durch ihre Tätigkeit als Hebamme lernte Kufmiller viele Frauen und Haushalte und auch die dazugehörenden, meist ungehobelten Mannsbilder kennen. Nur selten fanden sich darunter feinfühlige Ehegatten. Ihr Ziehkind Maria sollte sowohl vor solchen Grobianen als auch vor bisweilen boshaften, herrischen Bäuerinnen bewahrt werden. „Ich habe für Dich eine angemessene Stellung gefunden. Bei meinen Geburtshelferdiensten habe ich die Bäuerin Erna kennen- und schätzengelernt. Sie ist eine fleißige, arbeitsame und herzlich, fromme, ja liebevolle Frau und Mutter. Bei ihr und auf dem bewirtschafteten Anwesen wärst Du gut aufgehoben. Sie hat mir versprochen, Dir nur altersgemäße, erträgliche Arbeiten zu übertragen und Dich vorwiegend im Haushalt zu beschäftigen. Dort wärst Du für die Aufsicht und Versorgung der fünf Kinder zuständig. Stall- und Feldarbeit müsstest Du nur in Notfällen und bei Bedarf verrichten. Neben Kost und Wohnung erhältst Du ein kleines, freilich nicht üppiges Salär." Bei diesen Worten schluckte Maria mehrmals und konnte ihre Tränen nur schwer unterdrücken. Die bevorstehende Veränderung in ihrem Leben hatte nun ganz konkrete Züge angenommen.

*Visitation in der Taufkirchener Schule*

Die letzten ihr verbliebenen Schulwochen versuchte Maria noch so gut es ging zu genießen. Zwar waren die sieben Schuljahre kein Honigschlecken gewesen, da die gestrengen Lehrer – Aushilfslehrer wie Religionslehrer – nicht zimperlich mit den Bestrafungen waren. Doch in der Klassengemeinschaft bekamen eher die Buben ihr Fett weg, während die Mädchen von den Wutausbrüchen der Lehrer weitgehend verschont blieben. Für die letzte Schulwoche kündigte sich die geistliche Schulaufsicht in der Person des Ortsgeistlichen H.H. Pfarrer Johann B. Fischer zur Visitation an. Dabei interessierte sich Hochwürden weniger für die pädagogisch kindgerechte Qualität der Lehrstoffvermittlung als vielmehr, wie damals üblich, für das abfragbare Wissen der Lerninhalte, besonders des biblischen Wissens und der Katechismuswahrheiten. Schon tags zuvor präparierte der Aushilfslehrer die Schüler dementsprechend und drohte bei ungebührlichem Verhalten mit drastischen Strafen wie Stockhiebe auf das Hinterteil, Tatzen mit dem Rohrstock auf die ausgestreckte Hand, Schmalzfedern- und Ohrwaschelziehen oder eine saftige Watsch'n. Eingeschüchtert von den angekündigten Strafmaßnahmen, aber auch von der Autorität ausstrahlenden Persönlichkeit der hohen Geistlichkeit saßen die Schüler mucksmäuschenstill auf ihren Schulbänken oder Stühlen. Beim Eintreten des Visitators erhoben sich alle unaufgefordert, wie auf Kommando, von ihren Sitzplätzen. Sogleich ertönte lautstark die einstudierte Begrüßungsformel aus den Kehlen der Buben und Mädchen: „Grüß Gott, Hochwürdiger Herr Pfarrer Fischer, und ein herzliches Willkommen in unserer Schule." Hochwürden nickte wohlwollend gleichwie ernst angesichts der Ehrerbietung. „Den Willkommensgruß nehme ich gerne entgegen. Jedoch wollen wir zuerst noch einen anderen Herrn in unserer Mitte begrüßen." Ein kurzes gemeinsames Gebet schloss sich an, ehe sich die Schüler wieder setzen durften. Pfarrer Fischer kannte alle seine Schäflein in der Klasse mit Namen, denn er war bereits seit 1851, dem Geburts- und Taufjahr von Maria Diller, Ortspfarrer von Taufkirchen. Alle Schulkinder in der Klasse von der ersten bis zur siebten Jahrgangsstufe konnte er dem jeweiligen Elternhaus, ehelich oder unehelich geboren, zuordnen. Schon bei deren Taufe legte er großen Wert darauf, dass die Eltern dem Täufling einen Vornamen eines Heiligen gaben. Nun begann die gefürchtete Befragung: „Johannes, sag' mir doch, wozu wir Menschen auf Erden sind?" Der aufgerufene Schüler erhob sich und stotterte verlegen: „Wir sind auf Erden, um zu lernen und zu arbeiten." „Ja, und?", bohrte der Geistliche weiter: „Das ist zwar löblich, aber das kann doch nicht alles im Leben sein." Johannes wollte sich rechtfertigen und zitierte seinen Vater: „Mein Vater sagt tagein und tagaus zu mir, dass ich lernen soll und fleißig arbeiten, damit unser ‚Sach', Haus und Hof, weiter bestehen. Außerdem soll ich einmal eine gute Partie machen und eine Frau heiraten mit Geld und Besitz, damit sich unser Anwesen weiter vergrößert." „Nun ja, dagegen ist nichts einzuwenden. Allerdings darf unser Streben sich nicht nur auf die irdischen Güter beschränken. Im Katechismus findet sich auf meine Frage eine Antwort, die auf das Überirdische, auf unser Seelenheil, hinweist. Cäcilia, kannst Du mir sagen, wozu wir auf Erden sind?" Die gut genährte, etwas dickliche Cäcilia erhob sich schwerfällig, gab aber die gewünschte Antwort, so wie sie es im Religionsunterricht gelernt hatte: „Wir sind auf Erden, um Gott zu erkennen, ihn zu lieben, ihm zu dienen und einst ewig bei ihm zu leben." „Hast Du gut zugehört, Johannes? Am Sonntag werde ich Dich nach der Messe bei der Christenlehre aufrufen und dann erwarte ich von Dir den rechten Wortlaut, wie es Deine Mitschülerin Cäcilia richtig von sich gegeben hat. Mir scheint, dass die Mädchen viel eifriger im Lernen und frommer sind als die Buben. Ich werde den neuen Kooperator Lindhuber anweisen, im Religionsunterricht verstärkt das Auswendiglernen der Katechisimuswahrheiten streng zu überwachen." Dann wandte er sich an den Schüler Korbinian: „Kannst Du mir etwas über die Allwissenheit Gottes sagen?" Korbinian, ein schlaksiges, jedoch blitzgescheites Bürscherl, wusste sofort die richtige Antwort: „Gott ist allwissend, weil er alles weiß; er weiß das Vergangene, das Gegenwärtige und das Zukünftige, sogar unsere geheimsten Gedanken." „Hervorragend, aus Dir könnte einmal ein Priester werden. Hast Du schon einmal daran gedacht, in den geistlichen Stand einzutreten?" „Ja, Hochwürden, denn meine Großmutter sagt immer zu mir, dass aus mir ein Pfarrer werden könnte. Sie betet täglich für meine geistliche Berufung." Zum Aushilfslehrer gewandt: „Mir scheint, der Schüler Korbinian ist für eine höhere Schulart geeignet und sollte dahingehend gefördert werden. Ich werde mich weiterhin bei Ihnen nach seinem Wissensstand erkundigen. Scheinbar muss ich meine negative Meinung über die Buben revidieren. Unter ihnen gibt es doch einige brauchbare Exemplare." Nach einem flammenden Appell an die Schülerschar, sich stets gottesfürchtig, fromm und gut zu verhalten, verabschiedete sich der hohe Herr: „Nächsten Sonntag möchte ich Euch alle im Gottesdienst sehen und danach bei der Christenlehre. Ich werde diese höchstpersönlich leiten und das Unterrichtsgespräch in der Kirche fortsetzen."

*Christenlehre*

Neben dem Religionsunterricht in der Schule gab es im Königreich Bayern die Christenlehre in der Kirche am Sonntag. Diese musste von den schulpflichtigen Kindern besucht werden. Sie konnte am Sonntagvormittag nach der Messe oder am Nachmittag abgehalten werden. Die Christenlehre sollte von den Katecheten, Kooperatoren oder Pfarrern gestaltet werden. Die Schullehrer waren zur Teilnahme verpflichtet und sollten für Ruhe und Ordnung sorgen. So leitete der Ortspfarrer H.H. Fischer von Taufkirchen, wie bei der Visitation angekündigt, am nächsten Sonntag die Christenlehre. Alle Kinder mussten sich dafür nach dem Gottesdienst in den vorderen Bankreihen einfinden. Im Altarraum hinter der Kommunionbank stellte sich der Pfarrer auf und rief sofort den Johannes auf, die erste Katechismusfrage zu beantworten. Nach dem dieser in den letzten Tagen fleißig geübt hatte, konnte er jetzt den Lehrsatz fehlerfrei aufsagen. Etwas anderes hatte der Geistliche auch nicht erwartet, denn jeder unter der Schülerschar wusste, welche Folgen eine nicht erfüllte Aufgabe nach sich gezogen hätte. Selbst im heiligen Kirchenraum war man nicht vor einer Bestrafung in Form einer körperlichen Züchtigung geschützt. „Gut gelernt, Johannes, denn sonst wäre jetzt der Watschenbaum für Dich umgefallen." Anschließend stellte der Geistliche noch weitere Fragen wie etwa: „Wodurch gibt Gott sich zu erkennen? Wozu ist der Sohn Gottes Mensch geworden? Wovon hat Jesus uns erlöst? Wer begeht eine Sünde?" Nach deren zufriedenstellender Beantwortung rief er das Mädchen Maria auf: „Kannst Du mir sagen, warum wir Deine Namenspatronin verehren?" Bei dieser Frage brauchte die Angesprochene nicht lange zu überlegen und konnte prompt die Antwort geben: „Weil Maria die Mutter Gottes und unsere himmlische Mutter ist." Zu einem Lob konnte sich der Pfarrer nicht hinreißen lassen, vielmehr tat er die richtige Antwort mit der Bemerkung ab: „Habe nichts anderes von Dir erwartet, denn über seinen Namenspatron muss jeder hinreichend Bescheid wissen, ansonsten wäre er kein guter Christ."

Nach der Befragung durften alle Schüler bis einschließlich der sechsten Jahrgangsstufe die Kirche verlassen. Die Siebtklässler, also die Entlassungsschüler, mussten derweil noch weiter ausharren. Pfarrer Fischer nahm jetzt die 13- bis 14-jährigen Schulabgänger ins Gebet: „Ihr habt bald Eure siebenjährige Schulpflicht erfüllt und die meisten werden in die Arbeitswelt entlassen. Damit seid Ihr auch vom Besuch der Christenlehre befreit. Doch möchte ich Euch scharf ins Gewissen reden, den regelmäßigen Besuch des Gottesdienstes an Sonn- und Feiertagen nicht leichtfertig zu versäumen. Jeder Christenmensch ist verpflichtet, nach den Geboten Gottes und der Kirche zu leben. Ich werde deshalb weiterhin ein wachsames Auge auf Euch werfen und mich nicht scheuen, bei Nachlässigkeit tadelnd einzugreifen. Ich dulde in meiner Pfarrei keine Abweichler und keine schlechten Vorbilder. Ihr müsst bei Euren Dienstvorgesetzten die Teilnahme am Sonntagsgottesdienst erbitten, außer Ihr werdet dringend zum Haus- und Hofhüten gebraucht, während die Bauersfamilie beim Kirchgang ist. Aus einer Hausgemeinschaft müssen nicht alle den Gottesdienst besuchen, wenn die Herrschaften stellvertretend in der Kirche zugegen sind. Jedoch erwarte ich Euch dann am Nachmittag zur Andacht. Nun möchte ich noch ein anderes ernsthaftes Wort an Euch richten und auf Euren Lebensweg mitgeben: Je älter und reifer Ihr werdet, umso größer ist die Versuchung durch den Teufel. Immer mehr lauert die Sünde auf Euch, wenn es die Jungmädchen immer mehr zu den Jungmännern hinzieht. Denkt an die biblische Eva im Paradies: Sie ließ sich von der listigen Schlange verführen und reichte den verbotenen Apfel dem Adam. Die teuflische Schlange hat die Eva zu einer verwerflichen Tat verführt und so wurde sie selber zu einer Satansbraut. Ihr Mädchen sollt Eure Jungfräulichkeit bis zur Eheschließung bewahren und keusch und schamhaft leben. Und die Jungmänner sollen die Jungfräulichkeit der Mädchen achten und das andere Geschlecht nicht zur Sünde verführen. Wirtshausgelage, Tanzboden und anderweitige Lustbarkeiten solltet Ihr meiden, damit Ihr nicht einem Laster verfallt. Die Mädchen sollen nicht mit einem Mann alleine in einem Gehöft sich aufhalten, auch nicht in der Dunkelheit oder an nicht einsehbaren Orten verkehren. Schon im Katechismus steht geschrieben: ‚Eine leichtsinnige Bekanntschaft kann ein ganzes Leben verderben. Wer glücklich werden will, muss warten können, bis er für die Ehe reif ist'. Alle ehrbaren Jungfrauen tragen deshalb keine aufreizende Kleidung, um die Jungmänner nicht zu verführen und anzustacheln. Gar nackt sollte ein Mädchen sich nie einem Manne zeigen. Dazu heißt es im Katechisimus: ‚Das Schamgefühl drängt uns, die Geschlechtsteile bedeckt zu halten'. Deshalb bedeckte Gott auch den nackten Körper von Adam und Eva mit einem Rock aus Fellen, um nicht der Sündhaftigkeit Tür und Tor zu öffnen. Wegen der Sünde wurden beide aus dem Paradies vertrieben, und seitdem gibt es das Leid und den Tod. Unser Herr Jesus Christus hat uns aber durch seinen bitteren Kreuzestod von der Sünde erlöst. Solltet Ihr also einmal schwach werden und gegen die Schamhaftigkeit und Keuschheit verstoßen, dann müsst Ihr sofort zu mir in den Beichtstuhl kommen und die verwerfliche Tat bekennen, damit ich Euch von der Sünde lossprechen kann." Bei seinen heiklen Ausführungen zur Sündhaftigkeit der Geschlechtlichkeit senkten die Mädchen errötend und schamhaft die Köpfe und die Buben verzogen grinsend und kichernd ihr Gesicht. Dabei stießen sie sich gegenseitig mit den Ellenbogen an und flüsterten sich unflätige Bemerkungen zu, besonders als der Geistliche über das Sakrament der Buße sprach. Xaver deutete dabei mit seinen beiden Händen einen üppigen Frauenbusen an, in dem er die geöffneten Hände weit von sich streckte und seinem Freund, dem Hubert, zuraunte: „Solche ausladenden Möpse hat die Zenzi, unsere Magd. Durch ein Astloch in der Holzwand zu ihrer Schlafkammer habe ich einmal spioniert und ihren nackerten Busen gesehen." Jetzt wurde der Ortspfarrer auf das Gelächter und Geraune der Buben aufmerksam. Mit drohend erhobenem Zeigefinger und kräftig-lauter Stimme fuhr er den Xaver an: „Ich sehe und höre noch sehr gut, Du böser Lümmel. Sage mir, warum Du zu dem Hubert solch' widerwärtige Gesten gemacht und ihm etwas von Möpsen zugeflüstert hast? Was hast Du mit diesen Andeutungen gemeint?" Der Angesprochene zuckte zusammen, sein Gesicht lief feuerrot an und mit unterdrückter Stimme stammelte er: „Ich hab' dem Hubert nur erzählt, dass unsere Mopsdame kürzlich zwei kleine Möpse geworfen hat." Über die schlagfertige und listreiche Antwort war der Pfarrherr so erstaunt, dass er die Sache auf sich beruhen ließ, obwohl er wusste, dass es weit und breit in der Gemeinde keinen Mopshund gab, da diese als Wachhunde äußerst ungeeignet waren.

Nach der Christenlehre ging Maria noch ein gemeinsames Wegstück neben dem Xaver her und redete auf ihn ein: „Bitte, bitte, kann ich einmal die niedlichen kleinen Möpse sehen. Ich hätte zu gerne auch einen Mops. Könnte ich bitte einen von den zweien haben. Bei mir hätte er es gut." Xaver schüttelte sich vor Lachen und prustete los: „Mensch, Maria, Du bist aber naiv und dumm. Auf unserem Hof gibt es keine derartigen Hunde. Das war doch nur eine Ausrede." Verdutzt blickte Maria den Xaver an und stotterte verlegen: „Aber, was meintest Du dann mit der Mopsdame und den zwei kleinen Möpsen?" „Hast Du noch nie davon gehört, dass man zum Busen der Weiber auch Möpse sagt? Du solltest Dich wirklich bald von Deiner Pflegemutter aufklären lassen. Schließlich kommst Du bald ins heiratsfähige Alter. Es ist nicht zu übersehen, dass Du auch schon einen Busen hast, wenn auch nicht so einen üppigen wie unsere Zenzi." Mit einem hochroten, verlegenen Gesichtsausdruck wandte sich Maria bei der nächsten Wegabzweigung von Xaver ab und ging nachdenklich nach Hause.

*Aufklärung*

Zuhause wartete die Pflegemutter schon ungeduldig auf Maria. Die zubereiteten Speisen waren schon längst fertig und die geformten Kartoffelknödel drohten im heißen Wasser sich langsam aufzulösen. „Wo bleibst Du denn so lange? Hast Du wieder rumgetrödelt? Ich kann mir nicht vorstellen, dass die Christenlehre über alle Maßen gedauert hat. Die Pfarrhaushälterin achtet schließlich sehr darauf, dass der geistliche Herr und die Kooperatoren pünktlich zum Mittagsläuten den Sonntagsbraten serviert bekommen und alle sich zu Tisch einfinden. Steh' nicht weiter herum und setz' Dich!" Nach dem gemeinsam gesprochenen Tischgebet „Herr, sei unser Gast und segne, was Du uns bescheret hast!" ließen sich die Hebamme und ihr Ziehkind das Mittagsmahl schmecken. Noch während des Essens begann Maria von der Christenlehre zu erzählen: „Hochwürden hat alle Schulabgänger zu einer keuschen und schamhaften Lebensweise ermahnt. Wir Mädchen sollten uns vor den Mannsbildern in Acht nehmen und kein unsittliches Leben führen. Bei seinen Ausführungen habe ich nicht ganz durchgeblickt. Du solltest mich aufklären, meinte der Xaver auf dem Heimweg, damit ich nicht unwissend den Männern auf dem Leim gehe." Kunigund erwiderte: „Nach dem Essen und Abräumen bleiben wir noch auf der Eckbank sitzen und dann will ich versuchen, Dich in dieser Sache aufzuklären." Und so geschah es: „Schau', Maria, Du merkst an Dir doch selber, dass Dein Körper sich verändert. Aus dem Mädchen wird langsam eine erwachsene Frau. Du bist jetzt in einem Alter, in dem Du bereits Kinder bekommen könntest. Aus meinen

Erzählungen als Hebamme weißt Du bereits, dass ein Kind im Mutterleib heranwächst, von wo es nach neun Monaten herauskommt. Und genau da ist es bei der Frau bei der Zeugung durch einen Mann auch hineingekommen. Das ist so ähnlich wie im Tierreich. Du gehst doch täglich zum Nachbarn auf den Bauernhof und holst uns frische Milch. Da hast Du doch schon einmal beobachtet, wie ein Stier eine Kuh bespringt, sie besamt und ein Kälbchen zeugt. Auch bei den Schafen, Ziegen und Pferden auf der Weide hast Du das schon mehrmals beobachtet." „Ich habe mich schon immer gewundert, warum sie das machen", bestätigte Maria die Erklärung der Ziehmutter. „Auch in der Natur, bei den Blumen und Obstbäumen, ist das so", erklärte Kunigund weiter. „Damit sie Frucht bringen, müssen die Bienen, Hummeln, Schmetterlinge und Insekten sie bestäuben. Und die Blüten locken mit ihrem Duft und leuchtenden Farben die Insekten zur Bestäubung an. Bei uns Menschen finden wir einen ähnlichen Vorgang. Um ein Kind zu zeugen, müssen ein Mann und eine Frau zusammenkommen. Jedoch gibt es bei den Menschen einen großen Unterschied: Ein Paar soll dies nur tun, wenn sie sich wirklich lieb haben und verantwortungsvoll miteinander umgehen. Deshalb hat der hochwürdige Herr Pfarrer auch Euch ermahnt, dass dies nur Eheleute tun sollen, die einander lieben und die Treue halten und für das Kindlein Verantwortung tragen." „Aber warum gibt es dann so viele uneheliche Kinder in unserem Dorf?" „Weil es viele Mädchen gibt, die auf die falschen Versprechungen der Männer hereingefallen sind. Zum Teil sind sie selber schuld, weil sie die Männer anlocken und mit ihrer Schönheit reizen." Mit diesen bildhaften Erklärungen aus den Vorgängen in der Natur gab sich Maria vorläufig zufrieden.

### *Zeugnisverteilung und Arbeitsstellenantritt*

Am Ende der siebenjährigen Schulzeit stand am letzten Schultag des Sommers 1864 die Zeugnisverteilung an. Mit bangen Gefühlen fieberte Maria dem Tag entgegen, da die Zeugnisbemerkungen und Benotungen sicherlich nicht zu ihrem Wohlgefallen ausfallen würden. Als sie den Giftzettel, wie allgemein unter den Buben das Schulzeugnis betitelt wurde, in Händen hielt, bekam sie beim Durchlesen feuchte Augen. Die Eintragungen des Lehrers zum regelmäßigen Schulbesuch und zum sittlichen Betragen gehörten noch zu den positivsten Bemerkungen. Doch bereits ihr Fleiß wurde mit einer negativen Note bedacht.

Auch die einzelnen Unterrichtsfächer wie Lesen, Schönschreiben, Rechtschreiben und Rechnen wiesen keine erfreulichen Noten auf. Auch die Zensur zur Beurteilung über die Gemeinnützigen Kenntnisse ließ zu wünschen übrig. Nur im Singen gab ihr der Lehrer eine gute Note; ebenso der Kooperator im Fach Religion. Auch die allgemeine Beurteilung zu ihrem Lernvermögen und zu den Geistesgaben fiel keinesfalls zu ihrer Zufriedenheit aus. Dieses Zeugnis, das wusste Maria, verschwand am besten in der Schublade und war zur Belobigung im Verwandten- und Bekanntenkreis ungeeignet. Es reichte allenfalls zu einer Bewerbung als Dienstbotin, Magd oder Haushaltshilfe. Für diese niederen Dienste war keine großartige Vorbildung nötig, und es wurde dabei auch nicht nach Schönschreiben oder Rechtschreiben gefragt.

Bereits einige Tage nach der Schulentlassung Anfang August musste Maria ihre wenigen Habseligkeiten zu einem Bündel packen. Zum ersten Mal in ihrem Leben musste Maria in die Fremde, auch wenn der Hof nur eine gute Stunde zu Fuß von ihrem bisherigen Zuhause entfernt war. Doch diese Tatsache nützte ihr wenig, denn an den Werktagen konnte sie den Bauernhof kaum verlassen. Höchstens der Kirchgang am Sonntag bot Gelegenheit zu einer kurzen Begegnung mit ihrer Ziehmutter und vielleicht auch für einige Stunden des Zusammenseins, sofern es die Bauersleute erlaubten. Auf dem Hof der Bauernfamilie angekommen, musste sie sich schweren Herzens von der liebgewordenen Kunigund, die sie bis hierher begleitet hatte, verabschieden. Maria fragte sich, welches Leben sie wohl gegen das bei der Kunigund Kufmiller eintauschen würde. Räumlich wusste sie jedenfalls bald Bescheid. Gleich nach ihrer Ankunft wurde ihr eine ungemütliche Magdkammer unter dem Dach zugewiesen. Durch die Ritzen der schlecht verlegten Dachziegel pfiff der Wind herein – ein Zustand, der ihr jetzt schon Sorgen bereitete, wenn sie an die eiskalten Wintermonate dachte. Die Bettstatt mit einem strohgefüllten groben Leinensack versprach ebenso keine wohlige Nachtwärme. Ihr schauderte angesichts der vielen bevorstehenden dunklen Stunden in der Nacht. Im Bauernhaus wurde nur der Küchenherd und im Winter der Kachelofen geheizt. Wenigstens während des Tages konnte sie sich so aufwärmen, wobei sie immer wieder das schützende Haus verlassen musste, um Wasser aus dem Brunnen, Holzscheite aus der Scheune oder Lebensmittel aus dem Erdkeller zu holen. Gott sei Dank wurde sie von Erna hauptsächlich im Haushalt beschäftigt und ihr damit die dreckige

Arbeit im Kuh- und Schweinestall oder auf den Feldern erspart. Die Beschäftigung und Beaufsichtigung der fünf Kinder war aber auch kein Honigschlecken – vergleichbar mit dem Hüten eines Bienenschwarms. Todmüde fiel sie jeden Abend in ihr Bett.

*Trauer und Schmerz*

In Regensburg sollte derweil die Hebamme Amannsdorfer bezüglich ihrer Warnung recht behalten: Die Geburt des dritten Kindes von Franz und Franziska am 23. Juni 1864 verlief zwar komplikationslos, aber nur deshalb, weil das viel zu niedrige Geburtsgewicht der Kleinen dazu beitrug. Das Mädchen wurde am selben Tag wieder von Kooperator Sturm auf den Namen ‚Rosina' in St. Rupert getauft. Taufpatin war die Schulmeisterstochter Anna Beer aus Neustadt a. d. Donau. Die Schwester der Wöchnerin weilte schon seit zwei Wochen in Regensburg, um der Geschwächten auch nach der Geburt helfend zur Seite zu stehen. Doch die Fürsorge von Mutter, Taufpatin und Hebamme waren nicht von Erfolg gekrönt: Im dritten Monat, am 14. September 1864, schlief Rosina entkräftet, jedoch friedlich ein. Franziska haderte zunächst mit sich und mit Gott. Doch trotz der Warnung der Hebamme wurde Franziska noch im selben Monat abermals schwanger. Amannsdorfer schimpfte wie ein Rohrspatz: „Wie könnt Ihr nur so verantwortungslos handeln! Kann Dein Mann nicht rücksichtsvoller mit Dir umgehen? Du bist doch keine Gebärmaschine! Bedenke, dass Du im nächsten Jahr 35 wirst. In diesem Alter steckst Du eine erneute Schwangerschaft nicht mehr so leicht weg. Du musst Dich verstärkt schonen!" „Sie stellen sich das so leicht vor. Der Haushalt und die beiden Kinder erfordern meinen ganzen Einsatz und meine Kraft."

Neun Monate später, am 1. Juni 1865 morgens um 6:30 Uhr, brachte die Gebärende wieder einen Sohn zur Welt, der einige Stunden später in St. Rupert getauft wurde. Taufpate war dieses Mal Johannes Baptist Muck, ein Nachtwächter bei der Ostbahn, den Franz kurzfristig um diesen Dienst gebeten hatte. Auf den Namen des Paten wurde der Säugling von Kooperator Sickert getauft. Doch nur einen Monat später, am 3. Juli 1865, verstarb der nicht lebensfähige Säugling. In ihre Trauer und ihren Schmerz über diesen neuerlichen Verlust, goss Franz noch durch eine unbedachte Bemerkung zusätzlich ‚Öl ins Feuer': „Sei froh, in diesen schwierigen Zeiten einen Esser weniger zu haben. Jetzt haben wir im Himmel einen Engel mehr, der uns nichts kostet." „Spinnst Du! So kann auch nur ein unsensibler, gefühlsarmer Mann daherreden." „Entschuldige, so habe ich es nicht gemeint." „Wie denn dann? Überleg' Dir Deine Worte, bevor Du eine Meinung kundtust. Du hast mich zutiefst verletzt."

Auch in Taufkirchen brachte der Sensenmann Trauer und Schmerz in das Leben Marias. Ihre geliebte Ziehmutter Kunigund Kufmiller verstarb plötzlich mit 65 Jahren am 14. Juni 1865. Eine große Trauergemeinde geleitete die allseits bekannte Hebamme am 16. Juni zur letzten Ruhestätte. Kooperator Schreiber würdigte in seiner Predigt die Verdienste der geschätzten Geburtshelferin. All die gutgemeinten trostspendenden Worte und Beileidsbekundungen halfen Maria kaum über den Verlust hinweg. Mit versteinertem Gesicht und tränengefüllten Augen verfolgte sie schmerzerfüllt die Trauerzeremonie. Auch in den folgenden Monaten wurde sie immer wieder von Weinattacken und schwermütigen Gedanken heimgesucht. Nun stand sie ganz alleine auf der Welt da, ohne Vater und Mutter. Die Arbeit auf dem Hof als Magd ließ sie wenigstens für Stunden ihren Kummer vergessen. Doch neues Ungemach kam auf Maria zu: Da sie keinen verwandtschaftlichen Rückhalt mehr hatte, verschlechterte sich das Verhältnis zu den Bauersleuten zusehends. Nun musste das erst 14-jährige Mädel plötzlich auch bei der Stallarbeit und auf den Feldern mithelfen. Sie konnte es keinem mehr recht machen. Unberechtigte Schimpfkanonaden musste sie über sich ergehen lassen und diese unwidersprochen hinnehmen. Auch die Bäuerin Erna, die sie bisher als gutmütige Frau erlebte, piesackte sie unaufhörlich. Außerdem hatte diese ein wachsames Auge auf Maria geworfen, nachdem sie feststellte, dass diese sich körperlich mehr und mehr zur Frau entwickelte. Öfters hatte sie schon von sexuellen Übergriffen von Hofbesitzern oder von Knechten auf junge Mädchen gehört. Auf ihrem Hof sollte es derartige Vorfälle nicht geben. Das Mädel konnte zwar nichts dafür, dass sie mit ihren jugendlichen, ausgeprägten Reizen die Begierde der Männerwelt auf sich zog; doch bei dem geringsten auffälligen Anzeichen eines Knechtes oder ihres Mannes würde sie Maria sofort vom Hof schicken.

*Kriegskind*

In Regensburg blieb unterdessen Franziska weiter unbelehrbar. Bereits Anfang September 1865 wurde sie wieder schwanger. „Du siehst, Hebamm', ich bin eine empfängnis- und gebärfreudige Frau. Wir haben zwar schon zwei gesunde Kinder, aber Du weißt, wie schnell eine Krankheit sie hinwegraffen kann. Außerdem heißt es doch schon in der Bibel: ‚Seid fruchtbar und vermehret Euch'. Und auch der Herr Pfarrer betont immer wieder in seinen Predigten, dass viele Kinder ein Geschenk Gottes sind." „Sicherlich, aber schauen Sie auch auf Ihre Gesundheit! Keiner hat etwas davon, wenn es bei einer Geburt Komplikationen gibt und Sie im Kindsbett sterben. Sollen Ihre beiden Kinder dann ohne Mutter aufwachsen? Ich will Ihnen nur einen guten Rat geben; die Entscheidung liegt natürlich bei Ihnen und Ihrem Mann." Die Schwangerschaft verlief eigentlich ohne gesundheitliche Beschwerden, vielmehr wurde sie zuletzt durch die äußeren politischen Umstände gestört. „Franz, ich habe furchtbare Angst um Dich. Ich will Dich nicht verlieren. Du musst mir und den Kindern als Ernährer erhalten bleiben." „Aber, Franzi, was ist nur in Dich gefahren? Woher kommen plötzlich diese Ängste?" „Habe von einem Bruderkrieg, der auf deutschem Boden stattfinden soll, in der Zeitung gelesen. Das Königreich Bayern soll sich mit den Österreichern verbünden und gegen Preußen ziehen." „Ja, davon habe ich auch schon gehört. Jedoch, was hat es mit uns zu tun?" „Ich habe Angst, dass Du zu den Soldaten einberufen wirst und in den Krieg ziehen musst. Ich träume nachts schon von Deinem Heldentod auf dem Schlachtfeld und sehe mich als trauernde Witwe mittellos und bettelnd mit den Kindern umherziehen." „Davor brauchst Du keine Angst zu haben, denn mit meinen 49 Jahren bin ich zu alt für's Militär. Außerdem werde ich dringend als Maschinist bei der Eisenbahn gebraucht. Wir sind schon von der obersten Eisenbahnbehörde informiert worden, dass bei einem eventuell ausbrechenden Krieg verstärkte Truppenbewegungen auf der Schiene stattfinden werden und alle Mitarbeiter dringend gebraucht werden und pflichtbewusst für das Heimatland trotz Mehrbelastung den Dienst verrichten sollen." Nur scheinbar gab sich Franziska mit der Auskunft ihres Mannes zufrieden. In ihrem Inneren nagten jedoch die Angstgefühle; und je näher der Geburtstermin Anfang Juni heranrückte, umso unruhiger wurde es ihr ums Herz. Als dann Bayern seine anfängliche Neutralität aufgab und König Ludwig II. am 10. Mai 1866 die Mobilmachung verkündete, war Franziska völlig aus dem Häuschen und ihre Gemütslage katastrophal. Als Franz spätnachts vom Dienst nach Hause kam und ihr verweintes Gesicht sah, wusste er von den Sorgen seiner Frau. „Franzi, beruhige Dich, hab' keine Angst, es wird alles gut werden. Der Krieg wird sicherlich nicht lange dauern. Durch das neue Verkehrsmittel Eisenbahn sind die Truppen schneller und ausgeruhter am Schlachtfeld. Alle können von Glück sagen, dass das Eisenbahnnetz in Ostbayern so gut ausgebaut wurde und die Österreicher mit unserer Hilfe nach Böhmen transportiert werden können. Durch die vielen Truppentransporte und durch die Beförderung von Kriegsmaterial werde ich in den kommenden Monaten übermäßig arbeiten müssen. Dem kann und darf ich mich nicht entziehen, auch wenn es mir wegen der bevorstehenden Geburt nicht leicht fällt. Ich kann Dich jetzt in dieser schweren Zeit kaum unterstützen. Hol' doch wieder Deine Schwester Anna aus Neustadt zu Dir – das würde mich beruhigen."

Franz war als Maschinist bei der Ostbahn am Bahnhof von den Militärs schon unangenehme Auftritte gewohnt. Zu den Manövern und der Einberufung neuer Reservisten und bei Beendigung des Militärdienstes hatte er so manche lautstarke, ungehobelte Auftritte der Soldaten erlebt. Vandalismus am Fahrmaterial und den stationären Einrichtungen waren allein in Friedenszeiten bekannte Begleiterscheinungen. Doch was er jetzt, in der aufgeheizten Kriegsatmosphäre erlebte, stellte alles Bisherige in den Schatten. Es war ein regelrechter Horror, der sich in den Militärzügen und auf den Bahnhöfen abspielte. Da österreichische und bayerische Truppen in den Militärzügen auch über Regensburg geleitet wurden und dort oft tagelang Station machten, breitete sich ein übler Gestank über das Bahnhofsgelände aus, wo in der Nähe für die menschlichen Bedürfnisse Latrinen mit Längsbalken für 50 bis 60 Mann errichtet worden waren. Auch die Versorgung mit Lebensmitteln und Getränken war eine große Herausforderung; der übermäßige Alkoholkonsum steigerte zusätzlich die Aggressivität der Soldaten. Damit nicht genug, hatte das Bahnpersonal es auch noch mit überschwänglichen Sympathiebekundungen der Bevölkerung, die den Bahnhofsvorplatz und die Bahnsteige zusätzlich verstopften, zu tun.

Franz war genervt und übermüdet von der anstrengenden Mehrbelastung, dem gefährlichen Umfeld und den entsetzlichen Zuständen an seinem Arbeitsplatz. Deshalb hatte er auch keine Zeit für seine hochschwangere Frau und konnte ihr die dringend nötige Aufmerksamkeit nicht schenken. Während Anfang Juni die Truppen ins Kriegsgebiet transportiert wurden, setzten bei Franziska die Wehen ein. Am 4. Juni 1866 um 4:30 Uhr morgens gebar sie mit dem Beistand der Hebamme Amannsdorfer einen Sohn, der von Kooperator Haarlander auf den

Namen Josephus getauft wurde. Taufpatin Anna Beer, Schulmeisterstochter aus Neustadt a. d. Donau, trug den Täufling zum Taufbecken in St. Rupert. In einer kurzen Ansprache beglückwünschte der Geistliche die Familie zur Geburt des neuen Erdenbürgers und lobte die Namensgebung des Neugetauften mit den Worten: „Der biblische Josef war der Beschützer der Heiligen Familie und so soll er in diesen schweren Kriegszeiten auch schützend seine Hände über die Familie Peierl/ Diller halten."

Der Kriegszustand dauerte Gott sei Dank nur zweieinhalb Monate und endete am 2. August 1866 mit einem Waffenstillstand, nachdem die Preußen bei Königsgrätz siegreich waren. Damit kehrte jedoch noch keine Ruhe ein: ‚Preußenfurcht' breitete sich in Ostbayern aus. Österreichische, bayerische und sächsische Truppen wurden eilends rücktransportiert; darüber hinaus musste das Fahrmaterial der sächsischen Staatsbahnen vor dem Zugriff der nachrückenden Preußen gerettet werden. Über 85 sächsische Dampflokomotiven musste allein der Regensburger Bahnbetrieb unterbringen, so dass diese sich auf dem Ländegleis an der Donau bis zum Nebengleis des Bahnhofs stauten. Nach dem endgültigen Kriegsende musste das Fahrmaterial wieder einsatzbereit für die Rückführung hergerichtet werden. Außerdem stand der Rücktransport der sächsischen Truppen aus Österreich bevor, der meist über Regensburg abgewickelt wurde. Bis in den Herbst hinein war das Bahnpersonal mit den Kriegsauswirkungen beschäftigt und war über das Ende der Mehrbelastung im Winter heilfroh. „Franzi, jetzt habe ich wieder mehr Zeit für Dich, den Franzl, die Anna und für unser ‚Kriegskind' Josephus." „Sag' doch so was nicht. Wie sich das anhört: ‚Kriegskind'. Josephus ist ein Kind der Liebe, auch wenn er im Krieg geboren wurde."

### *Ein nasses, gefährliches Spielvergnügen*

Franziska war vollauf beschäftigt mit der Versorgung und Erziehung ihrer drei Kinder. Besonders mit Josephus, dem Jüngsten und Neugeborenen, hatte sie alle Hände voll zu tun und keine Zeit für irgendwelche geschlechtlichen Gelüste. Dieses Mal auch dem Rat der Hebamme folgend, achtete sie anfangs darauf, nicht sofort wieder schwanger zu werden. Erst nach einem Jahr, im Mai 1867, stellte sie fest, dass sie wieder Mutter werden würde. Um sich und das werdende Kind zu schonen, versuchte sie, in den Monaten ihrer Schwangerschaft

Franz in die Haushaltsaufgaben und Erziehung der Kinder miteinzubeziehen. „Franz, Du könntest mir einen großen Gefallen tun und mich entlasten, wenn Du heute am Nachmittag mit dem Franzl und dem Annilein etwas unternehmen könntest. Geh' doch mit den beiden zur Hundsumkehr und spiele mit ihnen Schussern. Dort auf dem festen Erdboden kannst Du eine kleine Kuhle auskratzen und sie spielen lassen, denn auf den grob gepflasterten Gassen ist dies kein Spielvergnügen. Kannst ja nebenher auf einer Parkbank sitzend die Zeitung lesen. Bleib' aber in ihrer Nähe und beobachte die Kinder, damit sie nicht zum Donauufer laufen und ins Wasser fallen." „Bei dem schönen Wetter wüsste ich für mich eine bessere Freizeitbeschäftigung: nämlich ganz genüsslich in den Biergarten gehen ohne das Gequengle und Geplärre der Kinder. In Gedanken kann ich mir vorstellen, unter einem schattigen Kastanienbaum zu sitzen, vor mir auf dem Holztisch eine kühle Maß, in die ich eine Virginia mit dem vorderen Ende in den Bierschaum eintauche, dann einen erfrischenden Schluck zu mir zu nehmen und einen tiefen Zug von der Zigarre." „Hör' auf, Franz, aus diesen Gedankenspielen wird nichts. Und bilde Dir ja nicht ein, die Kinder in einen Biergarten mitzuschleppen, statt zur Hundsumkehr mit ihnen zu gehen. Die Kinder würden sich unter all den trinkfreudigen Männern nur langweilen und ordinäres Geschwätz hören, das für Kinderohren nicht bestimmt ist. Womöglich lassen Deine Saufkumpanen sie zur Belustigung auch noch den Bierschaum wegtrinken und ihnen die Noagerln zum Austrinken geben. Ich werde den Franzl und das Annilein bei der Heimkehr ausfragen, und untersteh' Dich, ihnen das Lügen beizubringen." „Ich verspreche Dir, zwar schweren Herzens, mit ihnen zum Spielen zu gehen. Hoffentlich treffen wir dort keine Frauen mit ihren Kindern. Die Unsrigen würden sich zwar über Spielkameraden freuen, doch ich als Mann würde im Erdboden versinken. Kann mir jetzt schon ihr spöttisches Getuschel vorstellen." „Stell' Dich nicht so an. Geh' jetzt und vergesst die Schusser nicht!" Der Weg an der Holzländ entlang zur Hundsumkehr war selbst für die tapsigen, kleinen Kinderfüße leicht zu bewältigen. Der fünfjährige Franzl war natürlich der jüngeren, vierjährigen Anna beim Schussern mit den bunt bemalten Steinkugeln überlegen und gewann ständig das Einschubsen seiner Kugeln in die Kuhle. Auch das O'schlag'n an der Mauer und das Wegdäpfen von Annas Schussern beherrschte Franzl viel besser. Deswegen verlor Anna schnell das Interesse am Schussern, auch weil Magdalena sich dazugesellte und ihre wunderschön farbig leuchtenden Glaskugeln mitbrachte. Das erregte bei Anna Neidgefühle, weil sie solche nicht besaß, und sie begann, mit den Füßen stampfend laut zu plärren: „Papa, wieso hab' ich keine Glaskugeln? Kauf' mir doch bitte welche! Geh' sofort zur Kramerin und bring' sie mir mit." Franz versuchte, seiner Tochter zu erklären, dass er für die teuren Glaskugeln das Geld nicht habe und sie mit den Steinkugeln zufrieden sein sollte. Anna war jedoch mit dieser Erklärung nicht zu beruhigen und Tränen rollten ihr über das verweinte Gesicht. Da zwei anwesende Mütter auf das Geheule aufmerksam wurden und kopfschüttelnd auf das lärmende Geschehen reagierten, machte der genervte Vater seiner Tochter einen unbedachten Vorschlag: „Komm, Annilein, wir gehen ans Ufer hinunter und versuchen, kleine Fischerl zu fangen." Schlagartig hörte die Heulsuse mit dem Geplärre auf und ließ sich bereitwillig an der Hand ihres Vaters zum Donauufer geleiten. Dieses war mit großen, kantigen Bruchsteinen gegen die Wellen der Boote und Lastkähne und gegen das Ausschwemmen des Ufers gesichert. Franz kletterte mit der Kleinen die Böschung hinab und begann, an einer seichten Stelle zwei Steine so zu verlegen, dass dadurch ein kleines Becken mit Donauwasser entstand. Dann versuchten Vater und Tochter, aus dem Fluss winzige Fischlein mit den Händen zu fangen und in den so entstandenen kleinen Weiher zu geben oder hineinzulotsen. Anna war mit Begeisterung bei der Sache, auch wenn sie mit ihren patschigen Händchen, zu einer Schale geformt, weniger Glück bei den Fangversuchen hatte als ihr Vater mit seinen breitflächigen, großen Bratzen. Da Anna es unbedingt ihrem Vater gleichtun wollte, beugte sie sich in ihrer Hockestellung zu weit nach vorne und verlor das Gleichgewicht. Sie plumpste kopfüber ins Wasser und versank in das tief abfallende Flussufer. Erschrocken stand Franz auf und sprang seiner Tochter in das kalte Wasser hinterher. Gott sei Dank konnte er Anna bei den Füßen packen und an das rettende Ufer ziehen. Patschnass kletterte er mit ihr auf dem Arm ans Ufer. Weinend und lachend zugleich hustete Anna das verschluckte Donauwasser aus ihrer Kehle heraus. Franz, dem das Lachen vergangen war, umarmte sein Annilein und meinte mehr belehrend als schimpfend: „Da haben wir beide noch einmal Glück gehabt. Das darf uns nicht mehr passieren. Du musst so schnell wie möglich schwimmen lernen, damit Du bei einem Sturz ins Wasser Dich selber retten kannst. Aber jetzt müssen wir schnell nach Hause, damit wir uns nicht erkälten. Das Donnerwetter Deiner Mutter kann ich mir jetzt schon lebhaft vorstellen. Aber hab' keine Angst, das geht vorüber und wird wohl hauptsächlich mich betreffen."

*Ängstliche Schwimmversuche*

Das Donnerwetter, welches über Franz hereinbrach, beruhigte sich bald, da Franziska über den glücklichen Ausgang heilfroh war: „Da habt Ihr beide mehr Glück als Verstand gehabt und einen Schutzengel dazu. Franzl und Anna müssen alsbald das Schwimmen erlernen. Wir leben so nahe an der Donau und da wäre es geradezu töricht, es den Kindern nicht beizubringen." Am nächsten Tag begannen sie mit den Übungen in der Küche: „Wir beginnen zuerst mit den Trockenschwimmübungen", sagte die Mutter. „Dazu legt sich der Franzl mit dem Bauch auf den Küchentisch und lernt das Brustschwimmen. Die Beine bewegst Du wie ein Frosch: anziehen und nach außen wegstoßen. Die Hände faltest Du zusammen, wie beim Beten, streckst sie nach vorne und bewegst sie ebenfalls dann seitswärts nach außen, wie wenn du rudern würdest." Anna lachte hellauf über die komisch anzusehenden Schwimmübungen ihres Bruders und prustete voll Vergnügen: „Quack, quack, ein Frosch wälzt sich auf unserem Küchentisch. Er ist so plump und kommt nicht vorwärts, hi, hi." Franzl war nicht zum Scherzen aufgelegt: „Wart' nur, bis Du auf dem Tisch liegst und Dich dabei blöd anstellst, dann zahle ich Dir Deine dummen Bemerkungen heim." Als Anna dann auf dem Tisch lag, stellte sich Franzl an die Stirnseite, vor ihr Gesicht, machte einige Grimassen und spottete: „Was liegt denn da für eine fette Kröte auf ihrem Bauch? Ha, ha, bewegt sich kaum, wie eine lahme Ente. So wirst Du niemals das Schwimmen erlernen." „Schluss jetzt, Ihr Kindsköpfe!", schimpfte die Mutter. „Es ist noch kein Meister vom Himmel gefallen. Erst im Wasser zeigt sich, wer es von Euch beiden besser kann."

Nach den theoretischen Übungen kam an einem warmen Sommertag der praktische, sprich heikle Teil. Franzl und Anna bekamen je einen gestrickten, wollenen Badeanzug angezogen und dann ging es mit den Eltern ans Donauufer. Zuerst bekam Franzl einen Schwimmgurt aus Korkplatten, welcher an einer langen Seilleine angeknotet war. Vorsichtig glitt der Fünfjährige über die glitschigen, bemoosten Steine ins Wasser. Hastig und ängstlich vollführte er die erlernten Schwimmzüge. Der Vater hielt indes seinen Sohn an der Leine fest und begleitete ihn vom Ufer aus einige Schritte flussabwärts. Dann stieg Franzl wieder ans Ufer und kletterte über die Ufersteine aufwärts, um dann die Schwimmversuche zu wiederholen. Anschließend kam Anna an die Reihe. Während Franziska ihren Sohn abtrocknete, legte Franz seiner Tochter den Korkschwimmgürtel an. Doch als es ernst wurde, verließ sie der Mut und sie traute sich nicht mehr ins Wasser. Alles Zureden der Eltern half nichts. Erst als der Vater versprach, mit ihr auf die Stadtamhofer Dult zu gehen und mit ihr dort Kinderkarussell zu fahren, kletterte sie ins Wasser hinein. Die erlernten Schwimmübungen vergaß sie jedoch in der Aufregung und zappelte mit den Füßen und Händen wie ein junger Hund. Das Köpfchen kaum übers Wasser haltend, nach Luft schnappend, schluckte sie dabei das dreckige Donauwasser. Der Vater zog sie deshalb schnell an der Leine wieder ans Ufer zurück. So endeten für Anna die ersten Schwimmversuche kläglich, und alle Überredungskünste konnten sie nicht zu einem erneuten Versuch bewegen. Dieser wäre auch nicht mehr möglich gewesen, da ein Gendarm am Uferweg entlang kam, bei ihnen stehen blieb und die Eltern ermahnte: „Das Baden in der Donau außerhalb der vorgesehenen Badeplätze an der Kuhwiese und am Unteren Wöhrd zwischen dem Nachtwächterhäuschen und der Schreinerlände ist verboten. Und auch dort ist es nur zu den erlaubten Zeiten, morgens und abends jeweils von vier Uhr bis neun Uhr, gestattet. Bei einer erneuten Zuwiderhandlung muss ich Sie mit einer Strafe belegen. Also: Halten Sie sich an die städtischen Vorschriften! Es ist nur zu Eurer Sicherheit, da die Donaustrudel, ein hoher Wellengang und die Untiefen eine große Gefahr darstellen. Bedenken Sie auch die dreckigen Abwässer der vielen Kanaleinlässe – sicher nicht gerade bekömmlich für die Gesundheit Ihrer Kinder, wenn diese das Wasser schlucken. Es ist zwar löblich, dass Sie den Kindern das Schwimmen beibringen wollen, damit sie nicht ertrinken, wenn sie einmal in die Donau fallen sollten. Mein Ratschlag: Warnen Sie ihre Kinder davor, zu nahe ans Ufer heranzutreten. Es könnte der Wassermann oder die Wasserhexe entsteigen – so werden sie aus Angst die Donau meiden."

*Sprüche, Märchen und Weisheiten*

Am Abend setzte sich die Mutter noch ans Bett ihrer Tochter und sie beredeten die Ereignisse des Tages: „Mama, gibt es wirklich den Wassermann und die Wasserhexe, die aus der Donau steigen?" „Nein, Annilein, Du kannst ganz beruhigt sein, das sind nur Märchen, um den Kindern Angst einzujagen und sie vor

Gefahren zu warnen." „Ich habe noch eine Frage: Wir bekommen doch bald ein Geschwisterchen; und der Papa erzählt mir, dass es der Storch bringt, und der Franzl sagt wieder etwas anderes. Was stimmt nun?" „Was weiß er denn, der Franzl?" „Er hat mir ins Ohr geflüstert, dass die kleinen Babys aus dem Dombrunnen gezogen werden." „Da haben Dir der Franzl und der Papa einen Bären aufgebunden. Es stimmt weder das eine noch das andere. Das Baby wächst in meinem Bauch heran und wird von Tag zu Tag größer. Und wenn es nach neun Monaten groß genug ist und es ihm in meinem Bauch zu eng wird, dann kommt es auf die Welt. Aber jetzt schlaf' schon und träum' was Schönes. Gute Nacht."
Nach einem Gute-Nacht-Kuss auf die Stirn der kleinen Anna wendete sich die Mutter ihrem Sohn zu: „Na, Franzl, was sagst Du zu Deinen erfolgreichen Schwimmversuchen? Du hast es gut gemacht und kannst stolz sein." „Ja, schon, aber der Vater hat der Anna eine Karussellfahrt auf der Dult versprochen und mir dagegen keine Belohnung." „Du kommst selbstverständlich mit auf die Dult und darfst auch Karussell fahren." „Das will ich aber nicht. Viel lieber würde ich mit dem Vater einmal zum Bahnhof gehen und auf dem Führerstand einer Dampflokomotive stehen, wie ein richtiger Lokomotivführer. Immer hat er Nein gesagt, wenn ich diesen Wunsch geäußert habe." „Na gut, dann werde ich mit dem Vater reden und wir werden gemeinsam einmal zum Bahnhof gehen." Dem Vorschlag widersprach jedoch das Annilein: „Nein, das will ich nicht. Ich habe Angst vor den qualmenden und lauten Dampfrössern; das sind schwarze, unheimliche, stinkende Ungetüme. Da bringen mich keine zehn Pferde hin." „Du musst nicht mitgehen, wenn Du dazu keine Lust oder Angst vor den Dampfmaschinen hast. Aber sag' einmal, woher hast Du denn dieses Sprichwort mit den zehn Pferden?" „Das hat mir der Franzl beigebracht. Er hat gesagt, wenn man etwas zum Verrecken nicht will, dann sagt man vornehmer: Da bringen mich keine zehn Pferde hin." „Da hat Dir der Franzl wenigstens einmal was G'scheit's gelernt, denn meistens hat er nur Unfug im Sinn und kennt von den Gassenbuben nur derbe, unflätige Sprüche. Aber jetzt beenden wir die Debatte. Augen zu und Gute Nacht."
Der Dultbesuch am nächsten Tag fiel leider ins Wasser, weil Anna noch in der Nacht über Bauchweh klagte und am Morgen hoch auffieberte. Stattdessen packte Franziska die Kleine und ging mit ihr zu Dr. Pförringer. Dieser untersuchte Anna eingehend und tastete ihren Bauch ab. „Vermutlich hat sie sich beim

Schwimmen in der Donau erkältet. Wenn dem so ist, dann kann ich Entwarnung geben. Machen Sie Wadenwickel, um das Fieber zu senken, und geben Sie ihr ausreichend Flüssigkeit zum Trinken. Sollten jedoch Durchfälle und Erbrechen dazukommen, dann schaut die Sache schon schlimmer aus. Dann könnte sogar Typhus oder Cholera im Spiel sein. Noch immer werden die ganzen Abwässer der Stadt ungefiltert in die Donau geleitet. Es gibt noch unzählige Abortgruben und undichte alte Kanalleitungen neben den Trinkwasserbrunnen. Kochen Sie deshalb vorsichtshalber ihr Trinkwasser ab, bevor Sie der Kleinen zu trinken geben. Sollten sich die Beschwerden verschlimmern, dann konsultieren Sie mich sofort." Mit diesem vorläufigen Untersuchungsergebnis und den ärztlichen Ratschlägen entließ sie Dr. Pförringer. Derweil wartete zuhause der Rest der Familie auf die Rückkehr der kranken Anna mit der Mutter. Diese berichtete vom Arztbesuch und den Ratschlägen. Dann legte sie Anna ins Bett und umwickelte ihre Beine mit nasskalten Stoffwickeln. „Ihr braucht jetzt nicht untätig den ganzen Tag rumstehen. Franz, geh' mit dem Franzl zum Bahnhof und zeig' ihm die Lokomotiven. Ihr könnt mir sowieso nicht helfen, und Franzl würde sich darüber sehr freuen. Nehmt den Weg über die Leonhardikirche und zündet eine Kerze an, um den himmlischen Beistand zur Gesundung der Anna zu erflehen." Wie von der Mutter gewünscht schritt der Franzl neben dem Vater über die Lederergasse durch das Kuhgassl zur Leonhardikirche. Das Kuhgässchen war so schmal, dass Vater und Sohn nicht nebeneinander gehen konnten. „Papa, warum sind da an der Hauswand zwei runde steinerne Kugeln angebracht?" „Das sollen zwei Semmeln sein und keine Kugeln. In einer alten Legende wird von einem Bäckerjungen erzählt, der mit den Brotwaren in seiner Kirb'n durch das enge Gässchen ging. Da ist ihm ein Bauer entgegengekommen, der eine Kuh vor sich hertrieb. Der Junge wurde von der Kuh an die Mauer gedrückt, so dass er kurz darauf starb. Zur Erinnerung daran wurden diese zwei steinernen Semmeln angebracht." „Ist die Geschichte wirklich so passiert?" „Diese Frage kann ich Dir leider nicht beantworten. Jedoch, was lernst Du aus dieser Erzählung? Lieber einem entgegenkommenden Hindernis aus dem Weg gehen oder zurückweichen. Niemals etwas erzwingen wollen, wenn die Aussicht auf Erfolg nur sehr gering ist. Der Bäckerjunge hätte zurückgehen müssen und der Kuh Platz machen, denn ein Tier ist unverständig. Du als Mensch, mit Verstand ausgestattet, jedoch nicht. Aus dem Weg gehen war nicht möglich, da die Gasse zu

schmal ist. Lieber einige Schritte mehr gehen und einen Umweg machen, wenn dies der sichere Weg zum Ziel ist."
In der Leonhardikirche zündete der Vater zwei Kerzen an und steckte sie auf den Kerzenhalter vor dem Marienaltar. „Wieso hast Du zwei Kerzen angezündet? Die Mutter hat doch nur von einer Kerze für das Annilein gesprochen?" „Das stimmt schon. Das zweite Kerzlein ist für das Baby im Bauch Deiner Mutter. Es soll gesund auf die Welt kommen und die Mutter soll die Geburt heil überstehen." „Vati, weißt Du, was ich mir wünsche? Es soll ein Mädchen werden und ich wüsste auch schon einen Namen. Es soll Franziska heißen." „Wie kommst Du denn darauf?" „Ich habe doch auch denselben Vornamen, wie Du, Vati. Und weil doch die Mutter auch Franziska heißt, dann sollte die Kleine auch ihren Vornamen bekommen." „Das hast Du Dir fein ausgedacht, mein Sohn. Deine Eltern werden es sich überlegen, wenn es soweit ist. Allerdings kommen wir bald durcheinander mit den gleichen Vornamen: Vater Franz, Mutter Franziska, Sohn Franzl – ja, wie würden wir sie dann rufen, um nicht durcheinander zu kommen – etwa ‚Franzilein'?" Nach einem kurzen Verweilen im Gebet verließen sie das Kirchlein wieder und gingen am Nonnenplatz vorbei in die Wollwirkergasse. „Schau, Vati, da an der Hauswand sind wieder zwei steinerne Semmeln eingemauert." „Dummerl, diesmal sind es zwei Kugeln und keine Semmeln. Im Dreißigjährigen Krieg belagerten die Schweden unsere Stadt. Mit ihren Kanonen haben sie die Stadtmauer und Häuser beschossen, um sie zu erobern. Diese beiden Kanonenkugeln erinnern an dieses traurige Ereignis." „Vati, jetzt weiß ich auch, warum der Nonnenplatz so heißt: wegen den Kanonen der Schweden." „Wieder falsch geraten, mein Sohn. Am Nonnenplatz liegt das Kreuzkloster – und zu den dort lebenden Schwestern sagt man auch ‚Nonnen' – deshalb Nonnenplatz." „Können wir das Kloster besichtigen und die Nonnen besuchen?" „Nur die wunderschöne Kreuzkirche können wir anschauen, aber das Kloster ist für uns verschlossen. Die Nonnen leben dort in Klausur." „Was bedeutet Klausur, Vati?" „Das ist ein Fremdwort und heißt, dass die Nonnen dort in Abgeschiedenheit zusammenleben, arbeiten und beten. Niemand von außen darf das Kloster betreten und den Tagesablauf der Schwestern stören. Man kann sie besuchen, jedoch nur in einem Sprechzimmer, und sogar da sind sie nur hinter einem Gitter zu sehen." „Sind die Nonnen dort eingesperrt, wie in einem Gefängnis?" „Nein, so kann man es nicht sagen. Sie ha-

ben ja freiwillig, aus Liebe zu Gott, dem Leben hier draußen entsagt, um ganz im Gebet für den Herrgott da zu sein. Sie leben nicht ganz in Abgeschiedenheit, denn wie ich Dir schon erzählte, dürfen sie Besuch empfangen und unterrichten als Lehrerinnen die Mädchen in der Schule." „Vati, was ist denn eine Schule?" „Du fragst mir noch ein Loch in den Bauch. Eine Schule ist ein Haus, in dem die Kinder zusammenkommen, um dort das Schreiben, Lesen und Rechnen zu lernen." „Und wieso gehe ich nicht in diese Schule?" „Weil erst Sechsjährige eingeschult werden und Du bist ja noch fünf Jahre alt. Nächstes Jahr wirst Du die Schule kennenlernen und dann ist es vorbei mit dem Nichtstun und Spielen. Dann heißt es: lernen, üben, Hausaufgaben erledigen." „Und wenn ich das nicht mache und dem Lehrer nicht folge?" „Dann wird er Dich zur Strafe mit dem Spanischen versohlen oder Dir eine Watsch'n verpassen." „Oh je, da will ich lieber nicht hingehen und zuhause bleiben." „Das geht nicht, mein lieber Sohn, denn jedes Kind muss mit sechs Jahren in die Schule gehen, das ist eine Pflicht, so wie ich auf die Arbeit gehen muss. Da fragt mich keiner, ob ich will oder nicht. Wenn Du einmal zur Eisenbahn gehen willst, um dort zu arbeiten, dann musst Du vorher Lesen, Schreiben und Rechnen können. Apropos Eisenbahn, wir wollten doch zum Bahnhof die Lokomotiven und den Fahrbetrieb anschauen. Jetzt haben wir mit dem kleinen Umweg, dem Kirchenbesuch und Deiner Fragerei die Zeit vergessen. Wir verschieben wohl besser unser Vorhaben auf einen anderen Tag und Du kannst noch mit Deinen Freunden in der Winklergasse spielen. Derweil gehe ich noch zum Kneitinger auf eine kühle Erfrischung."

*Zwistl'n*

Franzl wusste sehr wohl, aus welcher Form die kühle Erfrischung für seinen Vater bestand, nämlich in einer Maß Bier. Und davon konnte ihn keiner abbringen, selbst wenn der Filius in Geheule und Geschrei ausgebrochen wäre wegen dem nicht eingehaltenen Versprechen. Die Aussicht, mit den Freunderl'n auf der Gasse zu spielen, entschädigte jedoch das gebrochene Wort. Und schon war Franzl mittendrin unter den Gassenjungen beim Verstecken- und ‚Fanggei'-Spielen. Als sie jedoch zur Donau wollten zum ‚Speitl'-Werfen verneinte er folgsam das Vorhaben. Das Verbot seiner Eltern und die Strafandrohung bei Zuwiderhandlung konnten auch die Überredungskünste seiner Freunde nicht entkräften: „Komm' schon, Franze, wir gehen schon nicht zu nahe an den Uferrand. Und außerdem sehen Dich Deine Eltern nicht. Keiner von uns wird Dich verraten. Hand d'rauf und Ehrenwort." „Nein, lieber nicht; ich habe es den Eltern versprochen und musste sogar schwören. Und ein Schwur, sagt meine Mutter, ist ein heiliger Eid, der nicht gebrochen werden darf. Sonst holt einen der Teufel." Selbst als die älteren Buben ihn wegen dieser Aussage auslachten, blieb er standhaft. Da sie Franzl jedoch beim Spielen dabei haben wollten, schlugen sie andere Spielarten vor. Zum nicht ganz ungefährlichen ‚Zwistl'-Schießen war Franzl dann bereit. Aus einem Versteck in einer Holzschupfer im Hinterhof holen sie die Schleudergabeln und bildeten durch Abzählen zwei Mannschaften. Da gerade noch die Kanalneubauten in ihrer Gasse waren, konnten sie sich hinter den ausgehobenen Erdwällen verschanzen und gegenseitig mit kleinen Steinchen beschießen. Wurde ein Gegenspieler getroffen, musste dieser aus dem Spiel aussteigen. Gewinner war jene Mannschaft mit den meisten Treffern. Unter den Getroffenen war Franzl, der aus einer kleinen Wunde an der Stirn blutete, nachdem ein Geschoss auf ihn geprallt war. Ausgerechnet jetzt öffnete sich ein Fenster der elterlichen Wohnung und die Mutter blickte auf das laute Geschehen. „Franzl, was fällt Dir ein, Du bist ja verletzt, komm' sofort herauf!" Franzl musste der mütterlichen Anordnung folgen, um keine Watsch'n zu riskieren. Mit einem nassen Tuch reinigte die Mutter die Wunde: „Das hätte ins Auge gehen können. Mach' ja nicht mehr mit bei diesem gefährlichen Spiel. Ich dachte Dich behütet bei Deinem Vater, doch stattdessen treibst Du Dich auf der Gasse rum. Wo ist Dein Vater überhaupt?" „Wir hatten keine Zeit mehr zum Bahnhof zu gehen und deswegen durfte ich mit meinen Freunden spielen. Der Vater hat es mir erlaubt. Er ist noch zum Kneitinger gegangen, um sich abzukühlen." Damit war die Sache für Franzl erledigt, jedoch nicht für den irgendwann heimkehrenden Vater. „Wie kannst Du so unvernünftig sein und den Buben unbeaufsichtigt mit den viel älteren Burschen spielen lassen? Sie hätten beim Zwistl'n ihm beinahe ein Auge ausgeschossen. Ich muss mich auf Dich verlassen können, wenn ich Dir den Franzl mitgebe. Ein verantwortungsvoller Vater handelt nicht so fahrlässig wie Du." „Jetzt reg' Dich nicht so auf, Franzi, es ist doch nur eine Schramme. Jeder Bursche fällt einmal hin und schlägt sich das Knie auf oder holt sich bei einer Rauferei blaue Flecken. Das ist doch normal. Das wird ihm eine Lehre sein. Und jetzt beruhige Dich. Wir sind zwar nicht zum Bahnhof gekommen, dafür waren wir, wie Du es gewünscht hast, in der Leonhardikirche und haben Kerzen entzündet. Dabei hat der Franzl, unser pfiffiger Sohn, einen klugen Namensvorschlag für unseren neuen Erdenbürger gemacht: Bei einem Mädchen sollten wir es Franziska nennen, nach Dir, der Mutter. Was hältst Du davon?" „Den Namen suchen immer noch wir aus, die Eltern. Aber wenn es auch Dein Wunsch ist, dann bin ich einverstanden. Hoffentlich kommen wir bei den vielen gleichen Vornamen nicht durcheinander." „Keine Sorge, wir sprechen dann den Namen des Babys voll aus oder nennen es ‚Franzilein'. Dann gibt es keine Verwechslungen. Doch vorläufig wissen wir ja noch gar nicht, ob es ein Mädchen wird. Kann ja auch ein Bub werden. Warten wir's ab. Aber nachdem wir schon zwei Buben haben und nur ein Mädchen, wäre zur ausgleichenden Gerechtigkeit wieder einmal ein Mäderl dran."

### *Geburt der Schwester Franziska*

Ungeduldig wartete Franzl in doppelter Hinsicht auf das bevorstehende Weihnachtsfest: Zuerst auf das Kommen des Christkindes und dann auf die Geburt einer Schwester. „Franzl, alles hat seine Zeit. Der Advent ist die Zeit des Wartens. Alles Warten hat einmal ein Ende; und wenn es soweit ist, dann können wir Ankunft feiern. Nach der Berechnung der Hebamme müsste unser Buzzerl noch in der Advents- oder Weihnachtszeit geboren werden. Damit für Dich die Zeit des Wartens schneller vergeht, hole ich aus dem Keller die Weihnachtskrippe – und zwar nur den leeren Stall mit der Futterkrippe ohne das Jesulein. Dann schneiden wir mit der Schere aus Strohhalmen 24 kleine Strohstückchen, und jeden Tag darfst Du davon eines in die Krippe legen. Wenn wir dann seine Geburt feiern, hat das kleine Wachsjesulein eine weiche Unterlage. Und am Heiligen Abend darfst Du, mein Großer, das Christkindlein in die Krippe legen." „Wann darf ich den ersten Halm in die Krippe legen?" „Bereits morgen, am 1. Adventssonntag, denn da ist auch der 1. Dezember." Ab jetzt hüpfte Franzl jeden Tag in aller Frühe aus der Bettstatt, rannte barfüßig im Nachthemd zur Krippe und legte einen Halm hinein. Seine Begeisterung wurde etwas getrübt, weil Anna sich daran beteiligen wollte. Doch meistens kam er ihr zuvor, wodurch jeden Tag bei Anna einige Tränen die Wange herabkullerten. Wenn Franzl später vormittags mit seinen Freunden auf der Gasse spielte, dann nahm die Mutter ein Strohhalmchen wieder heraus, gab es der Anna und diese durfte es voller Stolz wieder in die Krippe legen. Doch einmal kam sie ihm zuvor – ausgerechnet am Geburtstag des Schwesterchens. Als nämlich am Vorabend die Wehen bei der Mutter einsetzten, mussten alle Kinder frühzeitig ins Bett und jedes bekam Watte in die Ohren gesteckt, um das Wehgeschrei der Mutter nicht zu hören. Anna nahm im Bett jedoch verstohlen die Watte wieder heraus, um das Geburtsgeschehen nicht zu versäumen. Sie wollte unbedingt die Geburt eines Kindes mitansehen. Tatsächlich wurde Anna in den Morgenstunden durch wiederholte Schreie der Gebärenden aufgeweckt. Leise schlug sie die wärmende Bettdecke zur Seite und schritt barfüßig auf leisen Sohlen zum Schlüsselloch. Den genauen Geburtsvorgang konnte sie zwar nicht sehen, da ausgerechnet die Hebamme und die Tante Maria zeitweise die Sicht versperrten; das schmerzverzerrte, schweißtriefende Gesicht der Mutter prägte sich jedoch tief in ihr Gedächtnis ein. Um 3:30 Uhr morgens, den 16. Dezember 1867, war die Tochter schließlich da. Darüber waren nicht nur die Gebärende, Tante Maria und die Hebamme erleichtert, sondern auch die heimliche Beobachterin Anna, die frierend immer noch vor dem Schlüsselloch verharrte. „Igitt, wie verhunzelt und verschmiert sieht denn das Neugeborene aus", murmelte Anna erschrocken vor sich hin, als sie das Kindlein kurz erblickte. Als die Hebamme das kleine krächzende Wesen im warmen Wasser der Metallwanne von der weißlich-gelben Käseschmiere reinigte, öffnete Anna leise die Zimmertüre und schlich fast unbemerkt zu der erschöpften Mutter. Als diese die Augenlider öffnete und Anna erblickte, murmelte sie ihr stockend und leise flüsternd zu: „Du solltest doch tief schlafen und nicht mit nackten Füßen im Nachthemd hier stehen. Aber es ist lieb von Dir. Du hast ein Schwesterchen bekommen." „Wir könnten die Kleine doch Anna-Maria nennen." „Nein, wir haben schon einen Namen. Franziska soll sie heißen. Das hat der Franzl schon vorgeschlagen und wir haben es ihm versprochen." „Immer setzt sich der Franzl durch", schluchzte Anna. „Dafür darfst Du heute den Strohhalm in die Krippe legen und die Tante Maria mit der Franziska zur Taufe begleiten." Sofort lief Anna zur Krippe und legte den sechzehnten Strohhalm hinein. Dann huschte sie ins Schlafzimmer zurück und verkroch sich unter der wärmenden Decke ihres Bettes, ohne dass es die anderen Geschwister bemerkten. Noch schlaftrunken am Morgen schluckte Franzl mehrmals erstaunt über die Neuigkeiten, die er zu hören bekam: die Geburt des Schwesterchens, die Vorwegnahme des Strohhalm-Legens durch Anna und dass nur diese während des Tages die Taufpatin Maria Baierl nach St. Rupert zur Taufe begleiten durfte. Dort wurde das neugeborene Mädchen auf den Namen Franziska durch Kooperator Haarlander getauft. Zumindest mit der Namensgebung für die neugeborene Schwester war Franzl zufrieden. Um seine Schwester Anna zu ärgern, betonte er fortan bei jeder sich bietenden Gelegenheit, dass die Eltern eben auf ihn hörten, wenn es um wichtige Angelegenheiten ging. Außerdem tat er Anna weh, wenn er morgens in die Wiege schaute und hörbar für alle rief: „Na, wie geht es heute unserem kleinen Franzilein? Hat meine Prinzessin gut geschlafen? Du bist halt doch die Schönste und meine Liebste." Wenn Anna diese liebkosenden Worte hörte, durchzuckte sie ein innerer Schmerz, weshalb sie sich bei der Mutter beschwerte: „Mama, der Franzl ärgert mich. Immer wieder singt er: ‚Annamirl, Z'widerwurz'n, geh' mit mir in'n Keller, dort verhau' ich Dir den Arsch, dass Du nicht mehr sitzen kannst'." „Franzl", schimpfte die Mutter, „untersteh' Dich, weiterhin die Anna so zu ärgern. Der Liedtext stimmt in keinster Weise. Haben Dir das Deine Gassenfreunde beigebracht? Das Lied beginnt: ‚Annamirl, Zuckerschnürl…'." „Aber die Anna ist keine zuckersüße Schwester, sondern manchmal unausstehlich", verteidigte sich Franzl, „eine richtige Z'widerwurz'n."

### *Weihnachten 1867*

„Mama", beschwerte sich Anna, „der Franzl hat geschummelt." „Wobei hat er denn geschummelt?" „Er hat heute zwei Strohhalme in die Krippe gelegt und gemeint, dass dann das Christkind schneller auf die Welt käme." „Halt's Maul, alte Petze!" „Franzl, jetzt hör' mir einmal zu: Ständig höre ich von Dir nur noch grobe und unflätige Ausdrücke, und jetzt fängst Du auch noch an, zu schummeln. Deswegen kommt das Christkind auch nicht schneller auf die Welt. Und wenn Du Dich die letzten Tage bis Weihnachten nicht besserst, dann wirst Du am Heiligen Abend bei der Bescherung leer ausgehen. Schreib' Dir das hinter die Ohren. Und jetzt geh' und nimm einen Strohhalm wieder aus der Krippe." Gerade für die beiden älteren, verständigeren Geschwister Anna und Franzl zogen sich die 24 Adventstage unendlich lange hin. Endlich, am Dienstag, den 24. Dezember, durfte Anna den letzten Halm in die Krippe legen; denn um Besserung bemüht und aus Angst, kein Geschenk vom Christkind zu bekommen, überließ Franzl großzügig seiner Schwester diesen Akt. Doch seine Großzügigkeit kannte am Abend der Bescherung ihre Grenzen: Auf das Hineinlegen des Wachsjesulein in die Krippe wollte er nicht verzichten. Als der Vater am Nachmittag das elterliche Schlafzimmer für die Bescherung herrichtete und die Zimmertüre zusperrte, wussten die Kinder, dass jetzt bald das Christkind in die Stube fliegen und Geschenke vorbeibringen würde. Durch das Schlüsselloch zu gucken war strengstens verboten, denn davon, so sagte die Mutter, würde man blind werden. Als um fünf Uhr nachmittags die Dämmerung hereinbrach und der Vater in das Schlafzimmer ging, hatte das Warten endlich ein Ende. Unterdessen stellten sich die Mutter mit der kleinen Franziska auf dem Arm, die viereinhalbjährige Anna händchenhaltend mit dem eineinhalbjährigen Joseph und der fast sechsjährige Franzl vor der Türe auf und begannen zu singen: „Ihr Kinderlein, kommet, o kommet doch all, zur Krippe her kommet in Betlehems Stall, und seht, was in dieser hochheiligen Nacht der Vater im Himmel für Freude uns macht". Nach der ersten Strophe erklang ein Glöcklein und zugleich öffnete sich die Türe. Jetzt durften alle eintreten. Auf dem Nachtkästchen stand der Stall mit den Figuren Maria, Josef, zwei Hirten, einem stehenden und einem liegenden Schaf und einem vom Dachfirst herabhängenden Engel. In die noch leere Krippe durfte Franzl mit leuchtenden Augen, andächtig und fromm, das Wachsjesulein legen. Erst jetzt sangen sie die zweite Strophe: „Da liegt es, das Kindlein, auf Heu und auf Stroh, Maria und Josef betrachten es froh. Die redlichen Hirten knien betend davor, hoch oben schwebt jubelnd der Engelein Chor". Einen Christbaum suchte man vergeblich. Das war damals nicht üblich, und hierfür wäre auch kein Platz im Elternschlafzimmer gewesen. Stattdessen hatte der Vater von einer Bettstatt das Kopfkissen und die Bettdecke beiseite geräumt und die bescheidenen Geschenke darauf aufgebaut. Für Franzl gab es zu seiner großen Freude eine Holzeisenbahn: eine Lokomotive mit Tender, zwei Personen- und zwei offene Güterwägen. Gleise benötigte das Spielzeug nicht, denn mit den Holzrädern an der Eisenbahn konnte Franzl auf dem Fußboden durch alle Zimmer seinen Zug lenken. Für Franzl ging damit ein Traum in Erfüllung, wollte er doch auch wie sein Vater einmal bei der Eisenbahn arbeiten – vielleicht sogar als Lokomotivführer oder in einer adretten Uniform als Zugbegleiter oder Stationsleiter. Für Anna hatte das Christkind eine wollene Puppe mit einem Schurz bekleidet als Geschenk abgelegt. Anna nahm diese sofort in ihre Arme und drückte sie an sich. Jetzt würde es ihr leichter fallen, abends im dunklen Schlafzimmer einzuschlafen, wenn sie die Puppe an ihrer Seite spürte. Sie schloss sie sofort in ihr Herz und gab ihr den Namen ‚Annegret'. Joseph musste sich mit hölzernen Bauklötzen zufrieden geben, obwohl er lieber mit der Holzeisenbahn gespielt hätte. Immer wieder wehrte Franzl derlei Versuche seines Bruders ab – ein lautstarker Streit zwischen den Brüdern folgte. Die Mutter versuchte die Harmonie des Heiligen Abends zu retten: „Komm', Franzl, Du bist doch der Ältere und solltest auch der Vernünftigere sein. Lass' doch den kleinen Joseph auch einmal mit dem Zug spielen. Ihr könntet beide die Güterwägen mit seinen Bauklötzen beladen, transportieren und wieder entladen. Gemeinsam spielen macht vielmehr Spaß. „Immer soll ich nachgeben. Ich will auch einmal alleine ein Spielzeug, das nur mir gehört." „Franzl, wir sind eine Familie und müssen zusammenhalten. Wenn jeder nur auf sich schaut, ohne an den anderen zu denken, wo kämen wir da hin. In einer Gemeinschaft müssen wir mit den anderen Mitgliedern teilen. Der Joseph trägt jetzt Deine Kleidung, aus der Du längst herausgewachsen bist. Wir haben nicht so viel Geld, dass wir immer für jeden neue Kleider oder Spielsachen kaufen könnten. Erlaube dem Joseph das Mitspielen – er muss sowieso bald ins Bett und dann kannst Du noch eine kleine Weile alleine mit der Eisenbahn sein."

### *Franzls Einschulung*

Im Jahre 1868 war für Franzl Schluss mit nur Spielen – der sogenannte Ernst des Lebens begann. Mit dem Erreichen des sechsten Lebensjahres war für ihn die Zeit der Einschulung gekommen. Das stundenlange Herumtreiben mit den Freunderl'n in den Gassen und am Donauufer der Westnerwacht gehörte der Vergangenheit an. Von nun an hieß es, an den Werktagen die Schulbank, und an den Sonntagen die Kirchenbank zur Christenlehre zu drücken. Schon am Vorabend des ersten Schultages hatte Franzl über Bauchschmerzen gejammert und der Mutter sein Leid geklagt: „Morgen kann ich unmöglich zur Einschulung gehen – ich bin krank, ich habe furchtbares Bauchweh." Dabei rieb er sich mit beiden Händen über die Magengegend. „Ich werde wohl erst im nächsten Jahr den Schulunterricht antreten können. Kannst Du mich nicht derweil zuhause unterrichten, Mama?" „Keine Sorge, Franzl, Dein Bauchweh kommt mir bekannt vor und ist nicht krankhaft, sondern nur eingebildet, weil Du Bammel vor der Schule hast. Also, vergiss einfach Deine angeblichen Schmerzen. Reiß' Dich am Riemen und sei keine Heulsuse. Hast Du Deinen Ranzen schon gepackt?" Die wichtigsten Lern- und Arbeitsutensilien, Schiefertafel, Schwämmchen, Lappen und Griffel, waren schon ordentlich verstaut. „Mama, kannst Du mich morgen ins Schulhaus und ins Klassenzimmer begleiten?" „Natürlich werde ich Dich am ersten Schultag hinbringen, aber in Zukunft wirst Du alleine oder mit Deinen Spiel- und Schulkameraden den Schulweg gehen. Du bist doch schon ein großer Bub!" Am nächsten Tag beim Betreten des Schulhauses kullerten einige Tränen Franzls Backe herab, und ein hörbares Schluchzen signalisierte der Mutter die Angstgefühle ihres Sohnes. „Geh, Franzl, jetzt hab' Dich nicht so. Da muss man sich ja vor den anderen Schülern und Müttern mit Dir schämen. In der Schule wird Dir nicht der Kopf abgerissen. Keiner tut Dir etwas zuleide." Im zugewiesenen Klassenzimmer versammelten sich die Schüler verschiedener Jahrgangsstufen, die alle von einer Lehrkraft unterrichtet wurden. Die Erstklässler mussten sich zu viert eine Schulbank teilen und saßen deshalb sehr beengt beieinander, was wiederum das Schwätzen untereinander begünstigte. Der gestrenge Herr Lehrer ermahnte sogleich die anwesenden Schüler, folgsam, gehorsam und stets aufmerksam zu sein. Dabei nahm er den Rohrstock in die Hand und drohte, bei Nichtbeachtung den Spanischen tanzen zu lassen. Franzl wusste bereits von den älteren Gassenjungen um welche Bestrafung es sich hierbei handelte: Entweder wurde dem zu Bestrafenden das Hinterteil versohlt, oder es gab Tatzen auf die ausgestreckte Hand. Da Franzl am ersten Schultag noch ruhig und ängstlich dem Unterricht folgte, entging er einer disziplinarischen Strafe – anders als einige Mitschüler, wie er später eifrig erzählte: „Stell' Dir vor, Mama, der Schorschi bekam vom Herrn Lehrer eine Kopfnuss. Und den Hansi hat er an den Schmalzfedern vom Stuhl hochgezogen, und dem Seppl hat er die Ohrwaschel langgezogen, dass er vor Schmerz geschrieen hat. Sogar einer von meiner Schulbank bekam eine Ohrfeige, nur weil er nicht aufpasste und zum Fenster hinausschaute. Und dann gibt es auch noch eine Eselsbank für jene renitenten Schüler, die nicht aufpassen oder nachsitzen müssen." „Und was hast Du gelernt?", wollte die Mutter wissen. „Mit den Fingern mussten wir das Rechnen von eins bis fünf üben und die Zahlen mehrmals auf die Schiefertafel mit dem Griffel malen, bis sie dem Lehrer gefielen. Das war nicht so einfach; mir tut jetzt noch die rechte Hand weh. Dem Rudi hat er mit dem Lineal auf die Hand geschlagen, weil dieser es mit der linken Hand versuchte. Wir dürfen alle nur mit der rechten Hand den Griffel halten und schreiben. Als Hausaufgabe müssen wir die ersten fünf Zahlen mehrmals auf die Tafel malen und morgen dem Lehrer zeigen. Auf die Rückseite sollen wir ebenfalls mehrmals abwechselnd den Buchstaben O und T schreiben, bis die Tafel voll ist. O und T brauchen wir morgen für das Wort ‚OTTO'." Während Franzl vom ersten Unterrichtstag berichtete, stellte die Mutter das karge Mittagsmahl auf den Tisch. „Dann löffle schnell die Milchsuppen aus und mach' dann auf dem Küchentisch Deine Hausaufgaben."

Zum werktäglichen Schulunterricht kam an den Sonntagen der Besuch der Sonntagsmesse mit anschließender Christenlehre hinzu. Mit dem lateinischen Gemurmel des Pfarrers und dem gregorianischen Gesang des Chores konnte der ABC-Schütze Franzl wenig anfangen und saß deshalb gelangweilt unter vielen anderen Buben in der Kirchenbank. Während der Stadtpfarrer den Gottesdienst zelebrierte, beaufsichtigte der Kooperator die überaus stattliche Kinder- und Schülerschar vom Mittelgang aus und sorgte so für eine fromme Andachtshaltung. Dies erforderte dessen volle Aufmerksamkeit, da die Buben meistens ihren Unsinn versteckt und schlecht einsehbar für den geistlichen Herrn trieben. Mit dem Zeigefinger auf dem Mund und drohenden Gesten versuchte er Stille und Aufmerksamkeit zu erzwingen. Selten allerdings blieben seine Einschüchterungsversuche von durchschlagendem Erfolg gekrönt. Umso heftiger fiel dann das Donnerwetter im Anschluss an die Messe während der Christenlehre aus.

### *Eheschließung und Legitimierung der Kinder*

1868 änderte sich für die Beziehung von Franziska und Franz etwas Grundlegendes: War durch die alte, diskriminierende Regelung des Heimatrechtes eine Eheschließung bisher nicht möglich gewesen, wandelte sich dies mit der bayerischen Gesetzgebung zu einem neuen Heimatrecht. „Franzl, hast Du schon die Neuigkeit gehört? Überall wird erzählt, dass unsere bayerische Regierung das Heimatrecht neu geregelt hat. Die Stadtverwaltung darf nun den neu Zugezogenen das Heimatrecht und damit auch die Eheschließung nicht mehr verweigern." „Ja, und was willst Du mir damit sagen?" „Wir können sofort heiraten." „Liebe Franzi, wir sind jetzt fast schon neun Jahre ein Paar ohne den Segen der

Kirche. Wozu noch heiraten? Kostet nur Geld und außerdem wissen dann alle, Nachbarn und Arbeitskollegen, dass wir bisher in einem g'schlamperten Verhältnis zusammengelebt haben. Vergiss diese Schnapsidee." „Das ist keine g'spinnerte Idee von mir. Immer mehr ältere Personen nutzen bereits diese Neuregelung und lassen ihr sündhaftes Verhältnis sanieren. Ich will auch mein Gewissen beruhigen und als rechtmäßige Ehefrau gelten und mit Stolz den Familiennamen ‚Diller' tragen. Und einen wichtigen Aspekt darfst Du nicht vergessen: Deine Kinder gelten dann nicht mehr als ledige Bangerten mit dem Namen der Mutter, sondern erhalten rückwirkend Deinen Familiennamen, wie es sich gehört." „Woher weißt Du das so genau? Wer garantiert mir die Änderung?" „Ich habe nach der Sonntagsmesse mit dem Kooperator von St. Rupert gesprochen und dieser hat mir versichert, dass im Taufbuch bei unseren Kindern der Name ‚Peierl' und das Wort ‚illegitim' durchgestrichen wird und mit dem neuen Zusatz ‚durch Heirat am soundsovielten legitimiert' und mit dem Namen ‚Diller' ergänzt wird." „Dann gibt es gegen eine Heirat auch von meiner Seite nichts mehr einzuwenden. Jedoch wünsche ich keine große Hochzeitsfeier, um uns nicht finanziell zu verschulden und auch, weil wir schon so lange ein Paar mit Kindern sind. Alles andere wäre in meinen Augen unpassend." „Da stimm' ich Dir zu, Franz. In unserem Alter müssen wir nicht mehr den Jungen nacheifern und ausgelassen, pompös mit Tanz feiern." „Liebe Franzi, was soll diese Anspielung mit dem Alter? Bin ich Dir vielleicht mit meinen fast 51 Jahren für eine Heirat zu alt? Schließlich bin ich im besten Mannesalter und traue mir zu, eine stattliche 39-jährige Frau zum Traualtar zu führen." „Schluss damit! So habe ich es nicht gemeint. Bist mir nach wie vor lieb, Franz Diller, und werde Dir bereitwillig das Jawort geben. Deshalb werde ich baldmöglichst mit dem Kooperator einen Trauungstermin ausmachen. Wir können diesbezüglich nicht wählerisch sein – im nächsten Jahr wollen hunderte Paare den Ehebund nachträglich eingehen."

An einem kalten winterlichen Montagmorgen, am 18. Januar 1869, vollzog Kooperator Johannes Baptist Koenig während der Frühmesse in St. Rupert die sakramentale Eheschließung zwischen „Franz Diller, geboren am 6. Oktober 1817, aus Taufkirchen, Maschinenwärter bei der Osteisenbahn, Witwer der Theresia Huber aus Wickering, Sohn des Johannes Diller aus Merkendorf, Scheßlitz, Ehemann der Margareta Schmid aus Weichendorf, und der Maria Franziska, geboren am 23. Oktober 1830, eheliche Tochter des Ignatius Peierl, Schulmeister in Neustadt a. d. Donau und dessen Ehefrau Elisabeth, geborene Triebswetter". Als Trauzeugen fungierten Johannes Zwosta, Lokomotivputzer, und Johannes Muck, Arbeiter bei der Eisenbahn. So wurde es festgehalten im Kirchenbuch der Pfarrei St. Rupert zu Regensburg. Sodann wurden in den Taufbüchern der Pfarreien St. Ulrich und St. Rupert die Eintragungen bei den Kindern korrigiert und, wie vom Kooperator versprochen, mit dem Familiennamen ‚Diller' bedacht.

Für Franzi bedeutete diese Änderung mehr als nur eine Richtigstellung. Bei der Einschulung von Franzl im letzten Jahr hatte sie schmerzlich die geringschätzigen Blicke des Klassleiters und einiger Mütter bemerkt, als sie die uneheliche Geburt ihres Sohnes preisgeben musste. Am baldigen ersten Schultag von Anna brauchte sie sich also nicht mehr zu schämen. Jetzt konnte sie hocherhobenen Hauptes ihre Tochter als legitimes Kind der Eltern ‚Diller' ausgeben. Zu diesen glücklichen Momenten des Jahres 1869 kam auch noch die Gewissheit einer erneuten Schwangerschaft sowie ein anderes bedeutendes Ereignis: Nach zehnjähriger Bauzeit wurden die Domtürme der Regensburger Bischofskathedrale fertiggestellt. Für die Stadt und ihre Bürger war dies ein erhebender Moment. Die beiden himmelwärts zugespitzten Turmhelme ragten nun über 105 Meter imposant in die Höhe und erregten so weithin große Aufmerksamkeit. Anlässlich der Einweihung durch Bischof Ignatius von Senestrey wurde am 29. Juni 1869 ein großes Domfest gefeiert. Alle Kinder hatten an diesem Tag – sehr zur Freude Franzls – schulfrei.

*Der Deutsch-Französische Krieg*

Das im Jahre 1869 gezeugte Kind wurde am 2. April des Folgejahres um drei Uhr morgens mit der Unterstützung der bekannten und bewährten Hebamme Amanndorfer geboren und noch am gleichen Tag von Kooperator Hofstetter zu St. Rupert auf den Namen ‚Catharina' getauft. Taufpatin war die verwandte Witwe Catharina Kappel aus Neustadt a. d. Donau. Die Freude über die glückliche Geburt von Catharina wurde jedoch getrübt angesichts einer drohenden Kriegsgefahr. Tatsächlich erklärte der französische Kaiser am 19. Juli 1870 gegen Preußen den Krieg. Da die süddeutschen Staaten eine Beistandspflicht mit dem Norddeutschen Bund eingegangen waren, wurde auch das Königreich Bayern in die kriegerischen Auseinandersetzungen mithineingezogen. Mitte Juli wurde deshalb die Mobilmachung des bayerischen Heeres verkündet. Da auch wehrpflichtige Bahnarbeiter für die Eisenbahn-Feldabteilung rekrutiert wurden, bekam es Franziska mit der Angst zu tun. „Franz, hoffentlich wirst Du nicht in den Krieg hineingezogen und dienstlich abkommandiert, um die gefährlichen Militär- und Versorgungszüge zu begleiten. Es wäre furchtbar für mich, wenn ich als Witwe mit fünf unmündigen Kindern ohne Dich das Leben meistern und für den Unterhalt der Familie sorgen sollte." „Mach' Dir keine unnötigen Sorgen, Franzi, mit 53 Jahren bin ich für die kämpfende Truppe oder für die Truppentransporte zu alt. Ich werde hier am Bahnhof dringend gebraucht: Von oder über Regensburg verlaufen viele Kriegstransporte."

Tatsächlich sollten von Ostbayern aus über 1.300 Militärzüge ins Aufmarschgebiet nach Frankreich fahren. Fast 1.000 Personen- und Güterwägen musste allein die Ostbahn für das Militär bereitstellen. An den Verladerampen mussten die Pferde versorgt und in über 400 Pferdewägen verladen werden. Auch unzählige Proviantzüge für die Truppenverpflegung und Munitionszüge gingen von Regensburg aus in die Schlachtgebiete. Hinzu kamen Verwundeten- und Gefangenentransporte, die für eine weitere Belastung im Eisenbahnverkehr sorgten. Wochenlange Verkehrsstörungen und Zugverspätungen sorgten für Unmut unter den Bahnbediensteten und der Bevölkerung. Jegliche Ordnung ging im überlasteten Bahnhof verloren. Der Rangierdienst wurde immer schwieriger, da Züge einfach auf Seitengleisen abgestellt wurden. Die ankommenden Lazarettzüge mit den schwerverwundeten Soldaten taten ein Übriges. Durch die angeordnete Abgabe von Lokomotiven und Fahrwägen ans Militär nach Frankreich fehlte überdies das dringend benötigte Fahrgerät für die Versorgung der ostbayerischen Bevölkerung. Das Bahnpersonal stöhnte unter dieser Situation, zusätzlich verschlimmert durch eine Personalknappheit, da viele Bahnarbeiter ins Kriegsgebiet versetzt wurden oder sich selbst zum Kriegseinsatz meldeten. Auch der im Frühjahr 1870 begonnene Neubau der Bahnstrecke von Regensburg nach Nürnberg litt kriegsbedingt unter dem Arbeitskräftemangel und kam nur schleppend voran. „Glaub' mir, Franzi, durch die stressige Mehrbelastung komme ich auch schon wie alle anderen Kollegen auf dem Zahnfleisch daher. Außerdem ist das zurückkehrende Fahrmaterial in einem schrecklichen Zustand und hat durch den Krieg stark gelitten. Wir sind in der

Werkstätte auf Monate hinaus nur mit Instandsetzungsarbeiten und Verschrottungen beschäftigt. Zudem müssen wir beim Ausladen der furchtbar zugerichteten Verwundeten sowie beim Reinigen der nach Eiter übelriechenden Lazarettwägen mithelfen." Trotz oder gerade wegen der grauenhaften Nachrichten von schweren Verlusten der bayerischen Truppen bei den Kämpfen und der kriegsbedingten üblen Zustände an seinem Arbeitsplatz suchte Franz bei seiner Ehefrau liebevolle Momente des Glücks. Die Folge ließ nicht lange auf sich warten: In den tristen Kriegstagen Ende August wurde Franzi wieder schwanger.

*Verletzte Gefühle*

Auch im Taufkirchener Land wurde, allerdings mit sehr gemischten Gefühlen, Nachwuchs erwartet – bei der erst 19-jährigen Magd Maria. Das war so gekommen: Im Frühjahr 1870 hatte sie auf einem Markttag den Bäckergesellen Heinrich kennengelernt. An ihrem freien Sonntagnachmittag war sie ganz unbedarft entlang der aufgestellten Markt- und Verkaufsbuden geschlendert. Als sie am Backwarenstand vorbeigegangen war, hatte ihr der besagte Bäckergeselle zugerufen: „Hallo, schönes Fräulein, wie wäre es mit einer Zuckerstange, die sicherlich so gut schmeckt wie ein Busserl?" Maria hatte zuerst die anzügliche Bemerkung ignoriert und schnurstracks weitergehen wollen. Doch der Geselle hatte nicht so schnell aufgegeben, war hinter seinem Verkaufsstand hervorgetreten und hatte ihr die Zuckerstange direkt vor das Gesicht gehalten: „Es ist ein Geschenk von mir!" Verdutzt war Maria stehengeblieben und, weil sie nicht unhöflich sein wollte, hatte sie ihm zur Antwort gegeben: „Wie komme ich zu dieser Ehre? Ich kenne Sie doch nicht! Kann doch nicht von einem wildfremden Mann ein Geschenk annehmen." „Wieso nicht?", hatte der Geselle erwidert. „Heut' ist doch so ein schöner Frühlingstag, alle Leut' sind fröhlich. Da muss ich einfach einem bezaubernden Mädchen ein Geschenk machen. Bitte nehmen Sie es an." „Na gut, geben Sie schon her!", hatte sie geantwortet und bald an der Zuckerstange geknappert. „Ich bin der Heinrich. Sie dürfen aber ruhig ‚Heini' zu mir sagen, wie all' meine Freunde. Und wie heißen Sie?" „Sie gehen aber forsch ran. So schnell ist noch kein junger Mann mit mir ins Gespräch gekommen. Ich heiße Maria." Da das Geschäft brummte und vor dem Stand mehrere Leute angestanden waren, hatte der Bäckergeselle die kurze Begegnung beenden müssen: „Von jetzt an können wir uns mit dem Vornamen anreden.

Und wann sehen wir uns wieder?" „Ja, wenn, dann findest Du mich nächsten Sonntag in der Kirche. Aber untersteh' Dich, mich im Gotteshaus oder am Gottesacker anzusprechen. Das ist unpassend und gehört sich nicht. Kannst ja am Eingangstor auf mich warten, wenn Du mich unbedingt sehen willst." Genauso war die nächste Begegnung abgelaufen. Von da an bis fast jeden freien Sonntag in den Sommer hinein trafen sie sich nach dem Kirchgang. Dazu brachte Heini jedes Mal zur Freude von Maria eine Zuckerstange mit. Dann spazierten sie eilends hinaus in die freie Natur, um nicht gesehen zu werden. Sie legten sich bei schönem Wetter ins Gras oder auf Stroh in einem Stadel. Sehr bald kam es zum Austausch von Zärtlichkeiten und Küssen. Von Heinis Liebesschwüren beeindruckt legte Maria ihre Scheu und Scham ab. An einem schwül-heißen Julisonntag verlor Maria in einem Heustadel ihre Unschuld. Heini hatte sie dazu überreden können: „Wenn Du mich wirklich liebst", redete er fordernd auf sie ein, „dann kann es kein Hindernis mehr zwischen uns geben." Maria hatte sich anfangs noch dagegen gesträubt und gemeint: „Aber, wenn ich ein Kind bekomme, dann stehe ich unehrenhaft da und werde als ledige Mutter schief ang'schaut." Ihre Befürchtungen räumte Heini sofort aus dem Weg, indem er ihr hoch und heilig versprach: „Dann heiraten wir halt, ist auch kein Problem. Nun zier' Dich nicht weiter!" Von Heinis Eheversprechen überzeugt gab Maria nach, trotz der einstigen eindringlichen Mahnrede des Pfarrers vor unkeuschem Treiben. Dies blieb nicht folgenlos, denn bereits im Herbst war ihre Schwangerschaft kaum mehr zu übersehen. Als sie Heini daraufhin wegen der versprochenen Heirat ansprach, wiegelte dieser ab: „Ich kann als Geselle Dich unmöglich heiraten und mit Dir eine Existenz aufbauen. Du musst warten, bis ich einmal als Bäckermeister ein eigenes Geschäft eröffnen kann." Trotz mehrfach vorgetragener flehentlicher Bitten, sie nicht dem Gespött der Leute preiszugeben, ließ sich Heini nicht erweichen. Jetzt zeigte sich, dass sein Eheversprechen nicht wirklich ernst gemeint, sondern nur als Druckmittel gedacht war, um sein damaliges Verlangen durchsetzen zu können. „Und vielleicht", so dachte er sich insgeheim, „ergibt sich irgendwann noch eine bessere Partie." Er wollte sich für die Zukunft noch alle Möglichkeiten offen halten. Maria musste traurig erkennen, dass sie auf eine Lüge hereingefallen und auf Heini kein Verlass war. Noch vor Weihnachten musste sie ihren Fehltritt der Bäuerin beichten, in der Hoffnung auf gnädiges Wohlwollen. Doch auch das bevorstehende Geburtsfest des

Jesukindleins konnte die Bäuerin nicht milde stimmen: „An Lichtmess verlässt Du unseren Hof. Was sollen meine heranwachsenden Kinder denken, wenn sie in unserem Haus eine schwangere Magd sehen, die nicht verheiratet ist? Für unmoralische Leut' ist in unserem Haus kein Platz. Müsste mich womöglich für Dein Fehlverhalten noch vor dem Pfarrherrn rechtfertigen? Diese Schande gilt es zu vermeiden." Maria musste sich einen anderen Platz suchen, wo sie sich und auch ihr Kind durchbringen konnte. Kein leichtes Unterfangen. Doch da kam ihr ein glücklicher Zufall zu Hilfe: Kurz vor dem Christfest kam Juliana Staudinger, Hafnerin aus Volksdorf, auf den Hof und brachte verschiedene bestellte Keramikartikel, wie Teller und Schüsseln, vorbei. Da die Bäuerin unterwegs war, nahm Maria die getöpferten Waren entgegen. „In welchem Monat bist? Ist ja nicht mehr zu übersehen!", fragte die bis ihr dahin unbekannte Töpferin. „Vermutlich im sechsten Monat, genau weiß ich es nicht!", gab Maria zur Antwort und bekam bei diesen Worten feuchte Augen. „Geh', Mädel, das ist doch kein Grund zum Weinen. Oder hast etwa keinen Vater für das Kind, der sich um Euch kümmert?" „Der Mistkerl hat mir das Blaue vom Himmel versprochen und hält nun sein gegebenes Wort nicht! Zudem muss ich an Lichtmess den Hof verlassen und weiß nicht wohin. Die Bäuerin wirft mich am Ende des Dienstbotenjahres hinaus, da ich Schande über den Hof und ihre Familie bringen würde." Die Hafnerin hatte Mitleid mit der unglücklichen Magd und machte ihr einen Vorschlag: „Gib die Hoffnung nicht auf! Solltest Du am Wechseltag keine neue Stellung und Unterkunft gefunden haben, dann komm' bei mir in Volksdorf vorbei. Wäre doch gelacht, wenn ich nicht für Dich einen Unterschlupf hätte. Kannst bei mir wohnen und wenn es Dein Zustand bis zur Niederkunft erlaubt, mir im Haushalt zur Hand gehen. Und wenn es soweit ist, dann holen wir die alte Wiege vom Dachboden. Machst mir wirklich keinen Umstand." Erleichtert schnaufte Maria auf: „Mit so einer glücklichen Fügung hätte ich nicht gerechnet. Vergelt's Gott und tausend Dank." Am 2. Februar, dem Lichtmesstag, packte Maria ihre wenigen Habseligkeiten zu einem Bündel zusammen und verabschiedete sich bei den Hofleuten. Die Bäuerin wünschte ihr eine gute Zukunft und eine glückliche Zeit. „Hast uns auf dem Hof immer treu gedient, deshalb bekommst Du neben Deinem Jahreslohn noch ein paar Schuhe von mir geschenkt." Eine dankbare und wertschätzende Geste, hätte die Bäuerin nicht noch jenen damals allseits bekannten, ironisch gemeinten Spruch hinzugefügt:

„Neue Schuhe, neue Liebe!" Nach dem Motto: Wirst Dir schon wieder einen Liebhaber angeln, der Dich und Dein Kind versorgt. Maria schluckte die hintergründige Bemerkung stillschweigend hinunter und verließ den Hof in Richtung Volksdorf. Einige Wochen später, am 22. März 1871 um zehn Uhr vormittags, brachte Maria ihr erstes uneheliches Kind zur Welt. Das Mädchen, mit Namen Juliana, wurde noch am selben Tag in Taufkirchen von Kooperator Rupert Schreiber getauft. Taufpatin war, wie konnte es anders sein, ihre Herbergsmutter Juliana Staudinger. Zehn Wochen später, am 31. Mai, verstarb Juliana und wurde am 2. Juni von Pfarrer Sebastian Eckert in Taufkirchen zu Grabe geleitet. Ins Sterbebuch wurde als Krankheit bzw. Todesursache „Abzehrung" eingetragen.

Das sollte nur der Anfang von mehreren Schicksalsschlägen sein: In den folgenden Jahren brachte Maria weitere uneheliche Kinder zur Welt, die fast alle im Kleinkindalter verstarben. Auch mit den Männern schien sie kein Glück zu haben. Einmal begriffen im Strudel der hilflosen, unbemittelten Frau war es das Schicksal vieler ihres Standes und ihrer Herkunft, dass sie die auf ihre Gesellschaftsschicht wie unsichtbar gelegte Decke nicht durchbrechen konnten. In nicht geordneten Verhältnissen aufgewachsen, sollte es ihr selbst so auch nie gelingen, ein geregeltes Leben zu führen. Was wohl ihre bald nach ihrer Geburt verstorbene Mutter sagen würde, dachte Maria oft bei sich. Jedenfalls stellte sie sich diese liebevoller, verständnisvoller und fürsorglicher als ihren Vater vor. Doch für sentimentale Gedanken und Bemitleidungen war in der Gesellschaft der 1870er Jahre kein Platz. Eine gewisse Gefühlskälte und eine militärisch propagierte Kraft des Stärkeren, die sich für die Männer im Krieg gegen Frankreich konkretisierte, ließen Nachsicht bei Schwäche und Verfehlungen nicht aufkommen.

### *Friedensschluss und Tod des neugeborenen Sohnes*

Das Jahr 1871 begann für die Bevölkerung im ganzen Land euphorisch und hoffnungsvoll. Nach dem gemeinsamen Sieg der deutschen Staaten über Frankreich vereinigten sich die Länder im Januar zum Deutschen Reich. Am 18. Januar wurde im Spiegelsaal des Schlosses von Versailles der preußische König Wilhelm I. zum Deutschen Kaiser proklamiert. Obwohl der bayerische König Ludwig II. stets auf die Unabhängigkeit seines Königreiches bedacht war, stimmte er letztlich der Reichsgründung zu. Nicht alle seine Untertanen waren darüber begeistert und viele taten ihre ablehnende Haltung kund: „Ich weiß nicht so recht, Franzi, was ich zum Zusammenschluss der deutschen Länder unter der Führung Preußens mit einem preußischen Kaiser Wilhelm I. und seinem machthungrigen Reichskanzler Otto von Bismarck sagen soll. Die Eigenständigkeit des Königreiches Bayern aufgeben, ist in meinen Augen ein nicht wieder gut zu machender Fehler. Hoffentlich rächt sich nicht einmal der im Siegesrausch ausgehandelte Staatenbund. Mitgehangen ist mitgefangen. Der Militarismus Preußens behagt mir überhaupt nicht; schließlich haben sie uns in den Krieg hineingezogen." „Da stimm' ich Dir voll und ganz zu, Franz, denn im Bayerischen Volksblatt habe ich kürzlich die hohen Verlustzahlen des Krieges gelesen. Allein auf deutscher Seite sind über 45.000 gefallene und 90.000 verwundete Soldaten zu beklagen. Das schreckliche Leid der Opfer und Hinterbliebenen zeigt die Sinnlosigkeit eines Krieges. Gott sei Dank ist unsere Familie verschont geblieben." „Du siehst, Franzi, ein höheres Alter hat auch Vorteile – dadurch musste ich nicht ins Feld ziehen." Der Friedensschluss im Mai 1871 und der damit verbundene Rücktransport der Truppen bereitete für die Bahnarbeiter abermals eine Mehrbelastung. Die Normalisierung des Bahnverkehrs und die Instandsetzung des beschädigten Fahrmaterials dauerten Monate. Zudem bereitete die Bevölkerung Regensburgs den heimkehrenden bayerischen Soldaten am Bahnhof einen enthusiastischen Empfang, so dass Franz und seine Kollegen nicht ungestört ihre Wartungsaufgaben bei den ankommenden Zügen erledigen konnten. Diesbezüglich kam es manchmal zu Reibereien zwischen dem Bahnpersonal und den ungestüm jubelnden Massen. Überhaupt entwickelte sich in diesen Zeiten ein disziplin- und rücksichtsloses Verhalten im Bahnhofsbereich. In den Bahnhofslokalitäten bürgerte sich eine bayerische Wirtshauskultur mit Stammtischen, Kartenspiel und Gesang ein – zum Missfallen des Reisepublikums, für das kaum ein Platz in den überfüllten Sälen blieb. Bessere Herrschaften fühlten sich von dem Lärm und Gesang massiv gestört und beschwerten sich bei der Direktion. Selbst der ansonsten ruhige, freundliche Franz handelte sich einmal eine Rüge seines Vorgesetzten ein, nachdem er einen drängelnden Passanten wüst im bayerischen Dialekt beschimpfte: „San Sie ganz verrückt wor'n, Sie Hornochs', Sie Depperter? Hab'n Sie koine Augen im Kopf oder a Brett vor'm Hirn? Jetzt ist der ganze Bahnsteig voll Schmieröl, bloß weil Sie so blöd sind und gegen die Ölkanne ham rempeln müss'n." Unter anderem solche und ähnliche Vorkommnisse und Missstände prägten damals sogar den bald allseits bekannten negativen Ausspruch: „Des is ächt ostbahnerisch". Doch Franz plagten andere Sorgen: Der am 3. Juni 1871 geborene Sohn Aloysius Antonius kam schwächlich und kaum lebensfähig auf die Welt. Er wurde noch am selben Tag zur Taufe getragen von seinem Taufpaten Felix Baierl, Brotbäcker aus Neustadt a. d. Donau, und von Kooperator Kederer in St. Rupert getauft. Allerdings musste die Familie bereits nach vier Wochen, am 29. Juni, den Tod des Neugeborenen beklagen. Das so scheinbar hoffnungsvoll begonnene Jahr mündete für die Familie in ein Wehklagen über den erneuten Verlust eines Kindes. Nach der Tochter Rosina und dem Sohn Johannes war Aloysius Antonius das dritte Kind, dem die Eltern ins Grab schauen mussten. Die Hebamme Amanndorfer riet deswegen den Eltern, von einem weiteren Kinderwunsch abzusehen, auch wegen einer möglichen gefahrvollen Schwangerschaft für die nun bereits 41-jährige Mutter. Die geschwächte Franzi brauchte mehrere Wochen, um sich von der schweren Geburt und dem Tod ihres Kindes zu erholen. Franz, der mehr in sich und kaum nach außen trauerte, wurde durch seine Arbeit bei der Bahn abgelenkt. Denn bereits am 10. August stand der hohe Besuch der kaiserlichen und königlichen Herrschaften bevor. Kaiser Wilhelm I., auf dem Weg mit der Eisenbahn ins österreichische Gastein, und der bayerische König Ludwig II. trafen in Regensburg zusammen. Das Bahnpersonal war angehalten, für einen reibungslosen Ablauf zu sorgen. Die Bevölkerung stand dicht gedrängt am Bahnsteig, am Bahnhofsvorplatz und bis weit in die Straßen Regensburgs hinein, um dieses historische Ereignis nicht zu versäumen. Für Franz galt es, Ruhe zu bewahren und im Hintergrund auf seinen Einsatz zu warten, bis die Majestäten außer Sichtweite waren. Spät nachts erzählte er seiner Frau, dass er tatsächlich einen Blick auf die Hoheiten werfen konnte.

*Trauer über den Tod der Ehefrau und Mutter*

Die im Jahre 1871 fertig erbaute Kreuzschule für Knaben mit Eingang Am Judenstein und für Mädchen mit separatem Eingang am Nonnenplatz besuchten bereits Franzl und Anna. Im Jahre 1872 wurde auch das dritte Kind, Josephus, dort eingeschult. Er lief mehr oder weniger mit den beiden größeren Geschwistern mit. Anfangs ließ er sich noch an der Hand seiner Schwester führen, doch

bald schüttelte er die fürsorgliche Begleitung auf dem Schulweg ab und gesellte sich zu seinen Klassenkameraden. Auch während der Pause hielten sich die Geschwister voneinander fern. Auf dem gemeinsamen Pausenhof waren die Knaben und Mädchen wie in den Klassen ohnehin jeweils unter sich – eine unsichtbare rote Linie markierte die Geschlechtertrennung. Keiner von den Buben wollte sich schließlich dem Gespött aussetzen, einem Weiberrock nachzulaufen, und keines von den Mädchen wollte in Verdacht geraten, sich zu einem Buben hingezogen zu fühlen. Mädchen waren im Schulalter für die Buben g'schnappige Henna oder Lausdearnd'l, und umgekehrt waren die Buben für die Mädchen grobe Lackeln oder Lausbuam. Mutter Franziska war heilfroh, dass ihre drei Schulkinder tagsüber, vormittags und nachmittags, von Montag bis Samstag, den Unterricht besuchten und somit mehrere Stunden versorgt waren. Als Anna abends einmal die Frage stellte, ob denn nicht einmal der Unterricht ausfallen könnte, gab ihr der Vater zur Antwort: „Zu meiner Schulzeit auf dem Land fiel mindestens einmal in der Woche an einem Tag der Unterricht aus, weil der Lehrer so arm war, dass er nur eine Hose hatte. Wenn Waschtag im Schullehrerhaus war, dann hatte er zu dieser Zeit keine Hose zum Anziehen. Hing die nasse Hose zum Trocknen auf der Leine, dann wussten alle im Dorf, dass kein Unterricht stattfand." „Gott sei Dank herrschen in der Stadt andere Sitten und Bräuche als auf dem Land", mischte sich die Mutter erleichtert in das Gespräch ein. „Mit Schulausfällen braucht Ihr mir nicht daherzukommen. Lieber schenke ich Euren Lehrern eine zweite Hose, bevor ich Euch Auftreiber am Rockzipfel habe." Sie hatte genügend Arbeit im Haushalt und zudem die beiden kleineren Mädchen Franziska und Catharina zu beaufsichtigen. Als Ehefrau und Mutter von fünf Kindern wusste sie nicht immer, wo ihr gerade der Kopf stand und welche ihrer zahlreichen Tätigkeiten sie zuerst erledigen sollte. Hinzu kam im Laufe des Jahres eine erneute Schwangerschaft, obwohl die Hebamme davon abgeraten hatte. Doch die fruchtbaren und unfruchtbaren Zyklustage der Frau sowie Empfängnisverhütung blieben damals meist unbekannte Wörter und für gut katholische Eheleute sowieso unhinterfragt.
Auch dieses Mal hoffte Franziska auf einen guten Verlauf von Schwangerschaft und Geburt. Da sie bereits acht Kinder geboren hatte, machte sie sich eigentlich keine großen Sorgen. Unheil drohte von anderer Seite: Als Franz eines Tages nach Dienstschluss zuhause seine Frau begrüßte, spürte er sofort ihre verdrieß-

liche Stimmung. „Was gibt es Neues, Franzi? Geht es Dir nicht gut oder ist etwas Unangenehmes vorgefallen?" „Letzteres kann man wohl sagen. Der Hausherr Walter Christian war heute hier und kündigte uns die Wohnung. Er will das Haus aufstocken und ausbauen. Deshalb müssen alle Mieter das Anwesen verlassen und ausziehen. Wir benötigen schnellstens eine neue Wohnung." „Da fällt mir ein, dass die Ostbahn gerade für ihre Mitarbeiter 16 Arbeiterhäuser mit 32 Wohnungen und sogar Gartenland an der Kumpfmühlerstraße zu einem Mietpreis von jährlich 90-120 Gulden errichtet. Soll ich da einmal nachfragen?" „Nein Franz, ich möchte lieber innerhalb der Stadtmauern wohnen bleiben – am besten wieder in der Westnerwacht, damit die Kinder weiterhin die Kreuzschule besuchen können und kein Schulhauswechsel nötig ist." Tatsächlich fanden sie sehr schnell und in unmittelbarer Nähe ein neues Zuhause, beim Ökonom Adam Rohrhuber, Am Singrün 3. Ende September/Anfang Oktober 1872 fand der Umzug statt. In einem geborgten Leiterwagerl packte Franzi untertags mehrmals die beweglichen Haushaltsgegenstände wie Geschirr, Töpfe, Pfannen, Besteck, Trinkbecker, Bierkrüge, Einmachgläser, Lebensmittelvorräte, Kleidung, Bettwäsche zusammen und zog das Wagerl die holprige Wollwirkergasse entlang, die Weitoldstraße hinauf bis zum gemieteten Anwesen ‚Am Singrün'. Beim Abbau und Transport der sperrigen Möbelstücke wie Esstisch, Stühle, Küchenbüfett und Betten war Franz der Hauptakteur. Franzi half auch mit und ging ihrem Mann zur Hand, so gut sie es in ihrem Zustand konnte. Nach Abschluss der Umzugsarbeiten schnauften Franz und Franzi erleichtert und zugleich erschöpft durch – über ihre neue Wohnstatt waren sie am Ende mehr als glücklich.

Dieser Zustand sollte jedoch nur wenige Tage anhalten: Franziska hatte sich bei den vielen, zum Teil schweren Arbeiten übernommen. In der zweiten Oktoberwoche setzte bei ihr ein Unwohlsein ein. Kopf, Brüste und Unterleib taten ihr weh; dazu kam eine erhöhte Körpertemperatur. „Du, Franz, ich mache mir ernsthaft Sorgen. Seit Tagen spüre ich keine Kindsbewegungen mehr. Früher hat es regelmäßig und täglich mit den Füßchen gestoßen." „Jetzt mach' Dir mal keine unnötigen Sorgen, Frau. Vielleicht rührt es sich nachts, wenn Du tief schläfst, ohne dass Du es bemerkst. Wart' noch einige Tage ab, dann kannst Du immer noch die Hebamme verständigen." Doch auch in den darauffolgenden Tagen waren keine Bewegungen der Leibesfrucht erkennbar. Zudem stellte sich erhöhter Pulsschlag und hohes Fieber bei Franzi ein. Sie brachte kaum noch einen Bissen hinunter; täglich musste sie sich übergeben und Galle brechen. Dadurch nahm sie erheblich an Gewicht ab, und ihr Körper zehrte immer mehr aus. Jetzt endlich verständigte Franz die Hebamme, die eilends vorbeikam. Sie untersuchte die Schwangere, tastete den Bauch ab und hörte diesen mit dem Stethoskop ab. Aus der Gebärmutter drang ein übler Geruch, und gelber Eiter trat aus dem bereits geöffneten Muttermund heraus. Mit einem ernsten Gesicht wandte sie sich an Franz: „Ich habe keine guten Nachrichten. Mit aller Wahrscheinlichkeit ist das Kind schon seit Tagen tot; es ist kein Herzschlag zu hören. Dadurch bedingt hat sich eine Entzündung des Unterleibes eingestellt. Das hohe Fieber und der gelbliche Ausfluss deuten darauf hin. Der tote Fötus muss schnellstens von einem Gebärarzt oder Chirurgen entfernt werden. Nur so ein Eingriff kann ihre Frau vielleicht noch retten."

Die Hebamme kam noch am gleichen Tag in ärztlicher Begleitung zurück – und damit auch mit der Bestätigung des Untersuchungsergebnisses. „Es sieht wahrlich nicht gut aus. Die Entzündung ist bereits in einen Brand übergegangen, der tote Fötus vergiftet den Körper Ihrer Frau, der Eiter deutet auf ein geplatztes Geschwür hin. Ich kann versuchen, den Fötus aus der Gebärmutter herauszuholen. Dazu müsste Ihre Frau mit starken Presswehen den Eingriff unterstützen. Allerdings bezweifle ich, ob meine Bemühungen bei dem schwachen Zustand Ihrer Frau von Erfolg gekrönt sein werden. Es ist das Allerschlimmste zu befürchten. Sie sollten den Pfarrer verständigen zur Spendung der Letzten Ölung."

Ein Kooperator in liturgischer Kleidung, mit schwarzem Talar, weißem Chorrock und Stola, kam noch spätabends in Begleitung des Mesners, der eine Laterne mit einer brennenden Kerze trug, und spendete der Schwerkranken das Sakrament der Letzten Ölung. Diese konnte kaum mehr der heiligen Handlung folgen – peinigende Schmerzen ließen sie immer wieder in ein ohnmachtsähnliches Delirium fallen. Währenddessen saßen immer noch die fünf Kinder, Franz (10), Anna (9), Josephus (6), Franziska (5) und Catharina (2), mit verweinten Gesichtern, ängstlich und stumm, am Küchentisch. Eine Nachbarin brachte die Kinder vor Mitternacht ins Bett. Sie krochen eng aneinander geschlungen unter die Bettdecke und hielten sich die Ohren zu. Das Jammern und die Schmerzensschreie der Mutter waren nicht zu überhören. Nach der Sakramentenspendung des Geistlichen machte sich der Arzt unter Mithilfe der Hebamme an den schwierigen Eingriff. Doch alle ärztliche Kunst war vergebens: Frühmorgens, um 3:45 Uhr am Freitag, den 25. Oktober 1872, starb Franziska im Alter von 42 Jahren. Im Totenbuch der Pfarrei St. Rupert wurde als Todesursache vermerkt: „Entzündung der Leibesfrucht". Eine herbeigerufene Leichenfrau wusch die Verstorbene, kleidete sie ein und drückte ihr einen Rosenkranz in die in Gebetshaltung verschränkten Hände. Den ganzen Tag über, bis zum Abend, wurde Totenwache gehalten. Abwechselnd wurden von den anwesenden Verwandten, Bekannten und Nachbarn der schmerzhafte und glorreiche Rosenkranz sowie die Totenlitanei gebetet. Am 27. Oktober wurde Franziska auf dem Oberen Katholischen Friedhof zur letzten Ruhe gebettet. Bitterliche Tränen vergoss Franz am offenen Grab seiner Gattin. Und nicht nur dieser schmerzliche Verlust quälte ihn, sondern auch der Gedanke, wie er mit fünf unmündigen Kindern ohne Frau im Hause auskommen sollte. Alle fünf Kinder blickten mit verweinten Augen auf den Sarg der geliebten Mutter und brachen in heftiges Schluchzen aus, als die Totengräber diesen in die Grube hinabsenkten. Catharina, das Nesthäkchen, auf dem Arm ihrer Patin Catharina Kappel, warf ebenso wie ihre größere Schwester Franziska, diese an der Hand ihrer Patin und Tante Maria Peierl, ein kleines Sträußchen Blumen ins Grab. Die drei eingeschulten großen Kinder traten hinzu und besprengten, wie die Erwachsenen, mit dem Weihwasser den Sarg. Von einem anschließenden, größeren Leichenschmaus sah Franz ab, da die Beerdigungskosten für Sarg, Totengräber, Friedhofs- und Kirchengebühren erheblich die Haushaltskasse sprengten.

*Das Leben danach*

Trotz des schweren Schicksalsschlags ging bei der Familie Diller das Leben weiter. Sehr schnell merkte Franz, dass es im Alltag ohne eine Haushaltshilfe nicht ging. Darum musste er zunehmend sparsam sein und jeden Kreuzer und Gulden zweimal umdrehen, um sich eine Hilfe leisten zu können. Eine neue Ehefrau wäre ihm womöglich billiger gekommen; eine erneute Eheschließung, auch im Hinblick auf die Erziehung der Kinder, schloss er aber kategorisch aus. Bereits zweimal musste er einer geliebten Ehefrau ins Grab schauen. Das Eingehen einer dritten Ehe wäre für ihn ein zu großes Wagnis gewesen. Und welche Frau, so dachte er sich, würde schon einen Witwer mit fünf Kindern nehmen und sich eine unnötige Arbeit aufhalsen? Außerdem wollte er seinen Kindern eine Stiefmutter ersparen. Denn würde diese sie genauso lieb behandeln und versorgen wie die leibliche Mutter? Schon so manches Zerwürfnis zwischen Stiefmutter und Stiefkinder kam ihm beim Plaudern mit Kollegen zu Gehör. Franz war ein harmoniebedürftiger Mensch, und Streit im Hause wollte er unter allen Umständen vermeiden. Da er tagsüber auf der Arbeit war, konnte er aber auch kein wachsames Auge auf die Haushaltshilfe und deren Erziehungsmethoden werfen. Bald kam Franz infolgedessen auf eine geniale Idee: Er bewarb sich bei der Eisenbahn für die Stelle als Nachtfeuermann. In dieser Stellung musste er nachts dafür sorgen, dass das Feuer in den Dampflokomotiven nicht ausging und diese am Morgen in fahrbereitem Zustand waren. Dies war zwar ein beruflicher Abstieg, aber diese Arbeit konnte er nachts ausüben und so tagsüber zuhause sein. Nachts schliefen die Kinder und eine hilfsbereite Nachbarin wäre sicherlich bereit, bei Bedarf in einem Notfall helfend einzugreifen, dachte Franz. Und tagsüber einige Stunden schlafen wäre ebenfalls kein Problem, da vier der Kinder in der Schule weilten. Eine Haushälterin würde dadurch wiederum behutsamer mit der kleinen Catharina umgehen und verantwortungsvoller ihrer Aufgabe nachgehen, wenn er anwesend wäre. In ein Kinderheim oder in eine Pflegefamilie wollte er seine Sprösslinge auf keinen Fall geben. Deshalb versammelte Franz seine Kinder eines Tages um sich und teilte ihnen seine Entscheidung mit: „Ich möchte mich mehr um Euch kümmern, darum habe ich mich dazu entschlossen, den Beruf zu wechseln. Als Nachtfeuermann bei der Bahn kann ich tagsüber zuhause sein und mich um Euch und die Haushaltsführung kümmern. Die Mutter kann ich Euch nicht ersetzen. Aber in Zukunft habe ich mehr Zeit für Euch und es soll Euch an nichts fehlen." Die fast zehnjährige Anna blickte trotzdem noch skeptisch und verzagt in die Runde. „Wirst Du Dir wieder eine Frau suchen und sie heiraten?" „Nein, Anna, mach' Dir diesbezüglich keine unnötigen Gedanken. Eine erneute Heirat kommt nicht in Frage. Wer, wie ich, schon zweimal eine Ehefrau verloren hat, lässt von einem weiteren Versuch die Finger." Erleichtert atmeten die Kinder auf. Besonders die älteren Schulkinder hatten schon Einiges von bösen Stiefmüttern aus dem Munde der Schulkameraden gehört. Und das Märchen „Schneewittchen" hatte bei den jüngeren Geschwistern für Zukunftsängste gesorgt. War es doch die Stiefmutter, die das Schneewittchen vergiften wollte. Nun konnten alle Kinder beruhigt sein, denn das hatten sie schon immer gewusst, dass sie sich auf das

Wort des Vaters verlassen konnten. Franz Diller heiratete kein drittes Mal mehr. Auch sein Versprechen, sich beruflich zu verändern, um sich bestmöglich um die Kinder kümmern zu können, hielt er ein.

Doch die eigentlich geniale Idee als Nachtfeuermann zu arbeiten und bis nachmittags zu schlafen, um dann für die Kinder da zu sein, entpuppte sich für Franz als Trugschluss. Drei seiner Kinder waren zwar schon in der Schule – jedoch war von Ruhe und Stille keine Rede: Die Haushaltshilfe klapperte mit dem Geschirr, oder Franziska und Catharina stritten lauthals; mal fiel eine offen gelassene Tür durch die Zugluft krachend zu oder die schlecht schließenden Fenster ließen Geräusche von draußen herein; und zudem waren ja alle fünf Kinder an den Sonn- und Feiertagen sowie in den Ferien zuhause, oder eines der Kinder war krank und blieb jammernd im Bett. All diese störende Unruhe hatte Franz bei seinen Überlegungen nicht bedacht. An einen erholsamen Schlaf war daher selten zu denken. Genervt und ungehalten schrie er bisweilen bei einer Störung das ein oder andere seiner Kinder an. Bestes Beispiel: An einem schönen Märztag – die Sonne hatte den Schnee bereits schmelzen lassen und die Kinder hatten wegen des Josefifeiertages schulfrei – wollten Anna und Franziska auf der Gass'n Seilhüpfen. Doch Franzl, ihr großer Bruder, verbot es ihnen. Der Vater hatte sich nach der anstrengenden Nachtschicht gerade auf's Ohr gelegt und schlummerte selig ein. Da wollte ihn Anna wachrütteln. Schlaftrunken brummte Franz erbost: „Was willst? Stör' mich nicht!" „Franziska und ich wollen draußen Seilhüpfen, aber der Franzl lässt uns nicht, das ist gemein", gab Anna zur Antwort. Schon lauter und gereizter erwiderte der Vater: „Und deswegen stört Ihr mich? Solche Sachen müsst Ihr unter Euch Geschwistern schon selber regeln. Lasst mich jetzt in Ruhe." Doch Anna gab nicht so schnell klein bei und rüttelte weiter an seinem Arm: „Komm', steh' auf und sag' dem Franzl, dass Du nichts dagegen hast." Nun war für Franz das Fass übergelaufen und er brüllte so laut, dass selbst die Nachbarn den Ärger mitbekamen: „Seid Ihr denn von allen guten Geistern verlassen? Ich schufte tagtäglich nachts auf der Bahn, um Euch zu ernähren, und Ihr nehmt keinerlei Rücksicht auf mich und habt nichts anderes zu tun, als wegen einer Lappalie mich zu wecken. Wenn Ihr nicht sofort verschwindet und Ruhe gebt, dann knallt es gewaltig und jede von Euch bekommt eine saftige Watsch'n." Jetzt wussten die beiden Mädchen was die Stunde geschlagen hatte. Weinend und schluchzend rannten sie aus der Schlafkammer und gaben vorläufig Ruhe.

Als sich alle am Mittagstisch versammelten griff der Vater das Geschehen wieder auf, schlug mit der Faust auf den Holztisch und schrie: „Rücksichtnahme ist bei meinen Kindern wohl ein Fremdwort? Bis heute Abend hat sich jeder und jede von Euch mucksmäuschenstill zu verhalten. Wenn nicht, dann kommt Ihr morgen ins Kinderheim." Die Drohung hatte gesessen. Stillschweigend löffelten alle Kinder ihren Teller mit Brei aus und verhielten sich leise, um den Vater nicht weiter zu reizen. Franzl jedoch musste dem Vater noch Rede und Antwort stehen: „Nun sag' schon, wieso hast Du der Anna und Franziska das Seilhüpfen verboten?" Franzl druckste herum und sagte: „Weil, weil... morgens trotz des Sonnenscheins es im März noch zu kalt ist und die Mädchen könnten sich verkälten, wenn sie ins Schwitzen kommen. Und außerdem ist Feiertag und zudem noch das Trauerjahr." Der Vater war erstaunt über die begründeten Überlegungen seines Sohnes: „All Deine gutgemeinten Aussagen scheinen tatsächlich Dein Verbot zu rechtfertigen. An einem Feiertag soll Ruhe vorherrschen, damit sich die Leute erholen können. Aber Seilhüpfen dürfte doch niemand in der Nachbarschaft stören. Zudem gehört das Spielen auch zur Erholung. Und betreff Deines Einwandes zum Trauerjahr: Natürlich soll man, wenn ein naher Angehöriger gestorben ist, das Trauerjahr einhalten und auf Tanz, Faschingsgaudi und Lustbarkeiten während dieser Zeit verzichten, doch so einfache Spiele wie Seilhüpfen sind sicherlich davon ausgenommen. Bei all der Trauer über den schmerzhaften Verlust Eurer Mutter dürfen wir nicht die Freude vergessen, damit wir nicht trübsinnig werden. Ihr müsst lernen, im Leben abzuwägen, was der jeweiligen Situation angemessen ist – was richtig oder falsch, was sinnvoll oder unnötig ist. Eure Mutter freut sich im Himmel, wenn sie auf Euch herabschaut und sieht, wie Ihr Euch prächtig entwickelt und versucht, das Leben auch ohne sie zu meistern."

### *Brandbrief*

In solchen Situationen merkte Franz trotz seines Berufs- und Arbeitszeitenwechsels das Fehlen einer Frau im Haushalt. Die stundenweise Hilfskraft konnte die stete Anwesenheit einer Mutter nicht ersetzen. Die Arbeitsbelastung im Beruf, im Haushalt und bei der Kindererziehung erforderten von dem mittlerweile 56-Jährigen seine ganze Kraft und zehrten an seiner Gesundheit. Er suchte deshalb verzweifelt nach einer neuen Lösung, um dem Problem Herr zu werden. Eine Weibsperson, wenn auch keine Ehefrau, musste dauerhaft ins Haus. Da kam ihm, so dachte er zumindest anfänglich, eine glänzende Idee: Seine 22-jährige Tochter Maria aus erster Ehe könnte doch aus Taufkirchen zu ihm kommen, bei ihnen wohnen und die Hausarbeit verrichten. Deshalb schrieb er ihr im Frühjahr 1873 einen Brandbrief mit der dringenden Bitte: „Liebe Tochter Maria! Heute wende ich mich mit einem Hilferuf an Dich. Im Herbst letzten Jahres ist die Mutter meiner fünf Kinder verstorben. Ich kann ihnen die Fürsorge einer Mutter nicht ersetzen. Deshalb benötige ich schnellstens eine helfende Hand im Haus. Gib Deinem Herzen einen Stoß und komm' zu uns nach Regensburg, um zu helfen. Du kannst bei uns wohnen und hast es bei mir im Haushalt sicherlich besser. Als Magd auf einem Bauernhof musst Du vermutlich schwerer arbeiten. Komm' doch zu Deinem Vater und greif' ihm willig unter die Arme. Erwarte schnellstens Deine Antwort. Herzliche Grüße, Dein Vater Franz." Gut vier Wochen musste er auf die Antwort seiner Tochter warten. Da Maria die Stellung mehrmals wechselte, war es für den Postboten nicht leicht, den Brief zuzustellen. Erst nach tagelangen Erkundigungen bei verschiedenen Landwirten bekam er die Zustelladresse von der Magd Maria heraus. Da sie sich nach wie vor im weitläufigen Zustellbezirk von Taufkirchen aufhielt, konnte der Postbote das Schreiben einige Tage verspätet aushändigen. Maria war überrascht, nach so vielen kontaktlosen Jahren einen Brief von ihrem Vater zu bekommen. Seiner Bitte um Hilfe konnte sie jedoch nicht entsprechen. Die Gründe dafür schrieb sie in ihrem Antwortschreiben: „Geehrter Herr Vater! Mein Beileid zum Heimgang Ihrer Ehefrau und mein Mitgefühl für die fünf nun mutterlosen Waisen seien Ihnen gewiss. Ihrer Bitte um Hilfe durch meine Person in Ihrem Haus kann ich jedoch nicht entsprechen. Dies dürfen Sie nicht als Heimzahlung für meine damals zurückgewiesene Bitte als 13-Jährige um Aufnahme bei Ihnen verstehen. Die Gründe sind vielmehr zweifacher Natur: Das Bauernjahr endet an Lichtmess – und nur zu diesem Datum ist ein Wechsel der Dienstboten gestattet. Dafür ist es jetzt zu spät. Ich kann nicht ungestraft meinen Arbeitsplatz verlassen oder kündigen. Zudem bin ich in guter Hoffnung und erwarte in einigen Wochen die Niederkunft. Ich muss meinem Dienstherrn dankbar sein, dass er mich, ledigen Standes und hochschwanger, weiterhin beschäftigt und mir Wohnstatt gewährt. In meinem derzeitigen Zustand wäre ich keine große Hilfe für Sie. Und ein zusätzliches Kind zu Ihren ‚Fünfen' werden Sie nicht wollen, Herr Vater! Es tut mir leid, aber es geht nicht! In Gott's Nam', eine gute Zukunft Euch in Regensburg und mir hier in Taufkirchen wünscht Eure Tochter Maria." Mit dieser Abfuhr hatte Franz nicht gerechnet, als er den Brief las. Zu den Sorgen um seinen Hausstand und seine fünf kleinen Kindern gesellte sich nun auch noch die Sorge um sein ältestes Kind. Ein mulmiges Gefühl beschlich ihn, wenn er an sie dachte und seine Gedanken Richtung Taufkirchen schweifen ließ.

*Anonymus*

Dort im Taufkirchener Land, war Maria – wie schon vor einigen Jahren – erneut auf das Drängen eines Mannes hereingefallen. Unbedarft vollzog die Magd den ungeschützten Geschlechtsverkehr, der nicht ohne Folgen bleiben sollte. Die Wölbung ihres Leibes verriet bald die wachsende Leibesfrucht, und sie musste deshalb den Fehltritt ihrem Dienstherrn sowie dem Ortspfarrer bekennen. Im Beichtstuhl, auf dem Schemel kniend, sprach sie durch die vergitterte Öffnung zum Pfarrherrn: „In Demut und Reue bekenne ich meine Sünden. Gegen das sechste Gebot habe ich als Unverheiratete verstoßen, denn ich trage ein Kind unter dem Herzen." Weiter kam Maria nicht mit dem Sündenbekenntnis, denn Hochwürden polterte sogleich los: „Du gehörst zu den schwarzen Schafen meiner Gemeinde. Kannst Du Dich nicht mäßigen und zurückhalten? Musst Du jedem Manne gefügig sein und den Rock heben? Schäm' Dich zutiefst. Wie oft willst Du noch in diesen unwürdigen sündhaften Zustand kommen? Du musst Dich mehr beherrschen und nicht Deinen Gelüsten nachgeben." Maria wollte sich rechtfertigen: „Aber es sind doch die Männer, die so triebgesteuert sind. Da ist man als hilfloses Weib machtlos den Mannsbildern ausgeliefert. Als schwaches Weib ist man wehrlos, wenn der Knecht oder gar der Bauer über einen herfällt." Empört reagierte der Beichtvater: „Sag' bloß, Du hast es mit beiden getrieben und kannst nicht einmal den Kindsvater benennen? Du willst von Deiner Schandtat nur ablenken und die Schuld auf die Männer wälzen. Es ist die Eva, die den Adam verführt hat, und nicht umgekehrt. Merk' Dir das! Du wirst sie schon gereizt haben mit Deinen Verführungskünsten. Wenn ich Dich jetzt trotzdem von Deiner schweren Sünde lossprechen, dann nur deshalb, weil unser Herr Jesus Christus selbst der Ehebrecherin verziehen hat. Aber zugleich muss ich Dich mit Jesu Worten aus dem Beichtstuhl mahnend entlassen: ‚Geh' hin und sündige nicht mehr!' Erst wenn das Kindlein auf der Welt ist und Du nicht mehr sichtbar die Sünde in Deinem Leib vor Dir herträgst, kannst Du wieder den Leib des Herrn empfangen und zur Kommunion gehen. Und dies auch nur, wenn Du nicht wieder ein sündhaftes Verhältnis mit einem wildfremden Manne anfängst." Maria verließ nach der Lossprechung einerseits erleichtert über den Sündennachlass, andererseits tieftraurig wegen der anklagenden, hartherzigen Worte des Pfarrers, den Beichtstuhl.

Am 14. Juni 1873 um ein Uhr nachts kam das in Sünde gezeugte Kind zur Welt. Die assistierende Hebamme Anna Großmann von Reicheneibach stellte jedoch trotz aller Bemühungen fest, dass das Neugeborene kein Lebenszeichen von sich gab. Die leichten Schläge auf den Rücken, das Kopfüberhalten nach unten und auch Wechselbäder waren erfolglos. Nach einer Viertelstunde stellte die Hebamme ihren Kampf um das Leben des Säuglings ein: „Es ist tot, eine Totgeburt, da kann ich nichts mehr machen." Kraftlos, mit schwachen Worten, bat Maria die Hebamme inständig: „Bitte spende noch die Nottaufe, sonst beerdigt der Pfarrer das Kindlein nicht auf dem geweihten Gottesacker." Frau Großmann zögerte zuerst und sprach: „Aber eine Totgeburt kann nach der Lehre der Kirche keine Taufe empfangen." „Bitte, bitte", flehte die Gebärende, sonst kommt es nicht in den Himmel, sondern in die Vorhölle." Die Hebamme erbarmte sich schließlich und erfüllte den Wunsch von Maria, indem sie das neugeborene, tote Kind ins Wasser der bereitgestellten Wanne eintauchte und die Taufworte sprach: „Ich taufe Dich im Namen des Vaters und des Sohnes und des Heiligen Geistes. Amen." „Und was sagst Du zum Pfarrer?", wollte Maria noch wissen. „Dass es noch kurzzeitig gelebt hat und bald darauf verstarb, weil es nicht lebensfähig war. Jedoch hat der Säugling von mir noch die Nottaufe empfangen. Deshalb dürfte einer kirchlichen Beerdigung in geweihter Erde nichts mehr entgegenstehen." Und so geschah es: Das zweite Kind der ledigen Magd Maria wurde noch am selben Tag auf dem Gottesacker bestattet. Allerdings schrieb der Pfarrer von Taufkirchen, zur Enttäuschung der Mutter, keinen Namen ins Taufbuch, sondern bezeichnete das Neugeborene als ‚Anonymus', als namenloses Kind, dessen Erzeuger von der Gebärenden nicht benannt und deswegen auch nicht im Taufbuch vermerkt wurde.

*Krisenstimmung*

Von der Totgeburt des zweiten unehelichen Kindes seiner Tochter Maria aus erster Ehe hatte Franz, Gott sei Dank, keine Kenntnis. Er hatte genügend Sorgen als Witwer mit seinen fünf Kindern und seiner schweren Arbeitsbelastung als Nachtfeuermann bei der Eisenbahn. Darüber hinaus quälten ihn in den Jahren 1873 bis 1875 immer wieder die schlechten Nachrichten über den miserablen Zustand der Ostbahnanstalt. Allein im Jahre 1874 gab es in deren Bereich 18 Betriebsunfälle. Darunter waren sieben Zugentgleisungen und fünf Zusammenstöße von Zügen. Diese Unfallereignisse sorgten natürlich für Negativschlagzeilen und führten zu einem Imageverlust, so dass die Reisenden das Vertrauen in die Ostbahn verloren. Deshalb wurde bereits im selben Jahr die Übernahme derselben durch den bayerischen Staat diskutiert. Dies sorgte natürlich unter den Betriebsangehörigen wiederum für sorgenvolle Unruhe. „Was meinst Du, Franz", fragte ihn eines Tages ein befreundeter Weichensteller, „werden wir wohl als Mitarbeiter der Ostbahn in die bayerische Staatseisenbahn übernommen? Und wenn Ja, werden wir dann alle Privilegien behalten, wie zum Beispiel die kostenlose Krankheitsversorgung?" Franz wiegte bedächtig gleich wie sorgenvoll seinen Kopf und erwiderte: „Hoffentlich müssen wir Mitarbeiter nicht unter dieser Krise leiden. Die Aktionäre werden sicherlich nicht unter einem Verkauf bluten müssen. Auch die hohen Beamten werden ihren Kopf rechtzeitig aus der Schlinge ziehen und ihre lukrativen Posten behalten. Aber was ist mit uns, den einfachen Arbeitern? Wir brauchen unseren Arbeitsplatz, um uns und unsere Lieben zu versorgen. Wir können keine Abstriche hinnehmen. Aber ich bin zuversichtlich, dass wir bei einem Verkauf übernommen werden." Die unter den Ostbahnlern herrschende Krisenstimmung trug zusätzlich zu einem negativen Betriebsklima bei. Im Jahre 1875 gingen tatsächlich alle Bahnlinien der privaten Ostbahn, mit allen Dienst- und Wohngebäuden, allen Bahnhöfen, Grundstücken und Fahrmaterial, durch Kauf in den Besitz des Staates über. Die Beamten, die Bediensteten und die Pensionäre der Ostbahn wurden unter denselben Bedingungen vom bayerischen Staat übernommen. Auf liebgewordene Vergünstigungen wie kostenfreie ärztliche Behandlung und kostenfreien Medikamentenbezug mussten sie allerdings verzichten. Franz atmete hörbar auf, als am 1. Januar 1876 die endgültige organisatorische Vereinigung von Staats- und Ostbahn erfolgte. Seine miese Stimmung wich einer erleichterten Zuversicht.

Als bayerischer Staatsbahnbediensteter und beschäftigter Nachtfeuermann konnte er nun beruhigt den letzten drei Arbeitsjahren entgegensehen.

## *Illegitim*

Ganz ungetrübt verlief diese Zeit jedoch nicht, denn beunruhigende Nachrichten aus Taufkirchen bereiteten ihm vermehrt schlaflose Nächte. Seine Tochter Maria, als Magd in Stellung bei einem Bauern, erwartete abermals ein uneheliches Kind. Wie sie in einem Brief an ihren Vater schrieb, hoffte sie diesmal auf eine Eheschließung. Doch der Hofbesitzer legte vehement Einspruch gegen eine Heirat seines Sohnes mit einer Magd ein, da das nicht standesgemäß sei. Sogar bis in den Hausgang konnte Maria den tobenden Bauern hören, als er seinen Sohn zur Rede stellte: „Bist Du von allen guten Geistern verlassen? Du als Bauernsohn und Hoferbe willst eine Magd ehelichen? Schlag' Dir das sofort aus dem Kopf! Meine Zustimmung erhältst Du nicht. Solltest Du es dennoch wagen, dann werde ich Dich enterben." „Aber, die Maria erwartet doch ein Kind von mir", erwiderte der Sohn. „Na und! Deswegen musst Du sie noch lange nicht heiraten. Es laufen genügend uneheliche Kinder herum. Auf eines mehr oder weniger kommt es nicht an. Einen Vorschlag zur Güte unterbreite ich Dir: Wenn Du auf eine Heirat verzichtest, dann kann sie auf dem Hof bleiben und ihr Kind hier zur Welt bringen. Wenn nicht, dann werfe ich sie heute noch vom Hof hinaus." Schweren Herzens musste der Sohn dem Vorschlag seines Vaters zustimmen. Da Maria das Wortgefecht im Flur mitanhörte, war sie bereits informiert, ehe der Vater ihres ungeborenen Kindes ihr die Entscheidung darlegte.

Doch, wie war es überhaupt zu der erneuten Schwangerschaft gekommen? Es war an einem Wechseltag, als sich der Sohn Josef sofort in die neue Magd Maria auf dem elterlichen Schmidhuberschen Bauernhof im Gebiet der Pfarrei Falkenberg verguckte. Sie gefiel ihm ausnehmend gut, weshalb er bei jeder Gelegenheit ins Gespräch mit ihr zu kommen versuchte, meist ungesehen vom Vater, damit dieser nicht das Anbandeln verhindern konnte. Er folgte ihr in den Viehstall, in den Heustadel, auf die Tenne, in den Kartoffelkeller oder in die Remise, um ihr sein Interesse zu bekunden. Meist begann er sein Gespräch mit den Worten: „Du gefällst mir, Maria. So gut, dass ich Dich zum Traualtar führen möchte. Komm', sag' Ja, und aus uns beiden wird ein Liebespaar." Maria war nicht abgeneigt, denn sie war von seinen Liebesschwüren überzeugt. „Wenn Du es ernst meinst, Sepp, dann wäre ich nicht abgeneigt, Deine Frau zu werden. Bist ein gutaussehender Bursche und könntest mich wohl auf Händen tragen. Aber Du als Bauernsohn wirst wohl schlecht eine Magd zur Ehefrau nehmen können." Lange blieb das zunehmende Werben allerdings nicht erfolglos. Es blieb bald nicht mehr nur bei dem Austausch von Liebesworten. Zärtliche Berührungen folgten, und zuerst im Heustadel und dann in der Schlafkammer steigerte sich das Liebesspiel und gipfelte in der geschlechtlichen Vereinigung. So sah Maria der Geburt ihres dritten Kindes entgegen, das sie am 13. Februar 1876 um vier Uhr früh unter der Mithilfe der Hebamme Anna Großmann gebar. Ganz bewusst wählte sie für ihren neugeborenen Sohn den Vornamen des Taufpaten und nannte ihn nicht, wie es damals bei erstgeborenen Stammhaltern üblich war, nach dem Vornamen des Vaters. Einen Tag später wurde der Neugeborene auf den Namen ‚Anton' von Pfarrer Sebastian Eckert in der Pfarrkirche zu Taufkirchen getauft. Taufpaten waren der Bäckermeister Anton Hödl und dessen Ehegattin Eva. Ins Taufbuch schrieb der Pfarrer neben dem Geburts- und Taufdatum folgende Angaben: „Anton Diller, illegitim, Vater Josef Schmidhuber, Bauerssohn aus der Pfarrei Falkenberg, Mutter Maria Diller, Nagelschmiedtochter und Dienstmagd". Unter der Rubrik ‚Bemerkung' konnte sich der Pfarrherr nicht verkneifen zu schreiben: „dieses Kind ist bereits das 3. dieser jetzt 24-jährigen Mutter." Bereits dreieinhalb Monate später musste der Geistliche das Taufbuch um folgenden Eintrag ergänzen: „verstorben am 25. Mai 1876". Als Maria den Sohn zur Welt gebracht hatte, hatte sie anfangs noch gehofft, dass es doch noch zu einer Eheschließung zwischen ihr und dem Kindsvater kommen würde, hatte sie doch schließlich durch den Enkelsohn die Tradition der Hofnachfolge in der Bauersfamilie sichergestellt. Doch durch den frühen Tod von Anton musste sie diesen Gedanken bald verwerfen. Und auch ansonsten kühlte sich durch das Ableben des Sohnes ihr Verhältnis zum Kindsvater erheblich ab. So beschloss sie, den Hof beim nächsten Wechseltag zu verlassen.

Doch auch an ihrem nächsten Aufenthaltsort in Gmain wurde sie wieder schwanger. Am 17. Oktober 1877 gebar sie mit Hilfe der Hebamme Theresia Angermaier von Eggenfelden um halbelf Uhr morgens eine Tochter mit Namen Theresia. Die Taufe fand am nächsten Tag in Taufkirchen statt und wurde vollzogen von Kooperator Cornelius Wasner. Taufpatin war abermals Eva Hödl, Bäckermeistersfrau von Taufkirchen. In der Rubrik ‚Bemerkung' findet sich dazu wieder ein Eintrag: „bereits das 4. Kind dieser 26-jährigen Mutter… wieder illegitim". Der Name des Kindsvaters wurde mit Josef Waldhauser, Taglöhnerssohn, angegeben. Ob auch dieses vierte uneheliche Kind in Liebe oder durch Überredungskunst des Kindsvaters gezeugt wurde, ist nicht überliefert.

*Eintritt in den Ruhestand*

Am 6. Oktober 1877 konnte Franz seinen 60. Geburtstag feiern. Nun konnte er bei der königlich bayerischen Eisenbahndirektion sein Gesuch um Eintritt in den Ruhestand einreichen. Über sein Ansinnen wurde wohlwollend entschieden und seine Pensionierung zum 2. März 1878 gewährt. Sein altersbedingtes Ausscheiden aus dem Bahndienst fiel ihm aber nicht leicht, da er mit Leib und Seele ein Eisenbahner war. Die Leidenschaft für die Eisenbahn hatte er auch seinem mittlerweile 16-jährigen Sohn Franz Seraph vererbt, der nach Abschluss der Schule ebenfalls zur Bahn ging. Nach einer Einarbeitungs- und Ausbildungszeit war Franz Seraph zunächst Stationsdiener und brachte es später sogar bis zum Reichsbahnzugführer. Da zeitgleich auch die 15-jährige Anna eine Stellung antrat und der 12-jährige Josephus ebenfalls bald ins Berufsleben einstieg, war Franz nun finanziell ein wenig entlastet – nur mehr für die zwei Jüngsten hatte er zu sorgen. In dieser Zeit blickte er des Öfteren zurück – teils leidvoll über die viel zu frühen Verluste seiner Lieben und anstrengenden arbeits- und entbehrungsreichen Jahre, teils stolz auf das, was er, zum Teil alleine, geleistet hatte und Freudiges erleben durfte. Jetzt blickte er einem neuen, freilich dem letzten Lebensabschnitt entgegen, der schon allein aufgrund seiner Pensionierung geruhsamer verlaufen dürfte. Nach langem Säen kam für ihn nun die Zeit der Ernte.

**Nachtrag**

Mein Urgroßvater (Johannes Franziskus) Franz Diller (*06.10.1817 in Merkendorf), pensionierter Nachtfeuermann bei der Bayerischen Staatseisenbahn, verstarb im 74. Lebensjahr am 14.07.1891 in Regensburg. Er wurde am 16.07.1891 auf dem Oberen Katholischen Friedhof in Regensburg beerdigt. Der Trauergottesdienst fand am 17.07.1891 in St. Emmeram statt.

### **Anhang**

*Personenverzeichnis der real existierenden Personen*

#### *Könige von Bayern*

| | |
|---|---|
| Maximilian II. | König von Bayern (*28.11.1811,†10.03.1864) nach der Abdankung seines Vaters Regent von 20.03.1848 bis 10.03.1864, Sohn Ludwigs I. |
| Ludwig II. | König von Bayern (*25.08.1845, †13.06.1886), nach dem Tod seines Vaters Regent von 10.03.1864 bis 10.06.1886, am letztgenannten Datum für amtsunfähig erklärt, ältester Sohn Maximilians II. |

#### *Bürgermeister der Stadt Regensburg*

| | |
|---|---|
| Johann Georg Satzinger | (?./?).1848 - (?).01.1856 |
| Friedrich Schubart | 03.04.1856 - 14.02.1868 |
| Oskar Stobaeus | 27.04.1868 - 01.12.1903 |

#### *Bischof von Regensburg*

| | |
|---|---|
| Ignatius von Senestrey | *1818 / Bischof von Regensburg 1858 - 1906 |

#### *Pfarrer von Taufkirchen*

| | |
|---|---|
| Mathias Steckermeier | 1849 - 11.05.1851 (Sterbedatum) |
| Johann B. Fischer | 1851 - 25.07.1868 (Sterbedatum) |
| Sebastian Eckert | 1869 - 1881 |

#### *Kooperatoren in Taufkirchen*

| | |
|---|---|
| Stephan Reger | 1850 - 1851 |
| Thomas Haider | 1849 - 1852 |
| Joh. Bapt. Hinterwimmer | 1850 - 1853 |
| Rupert Schreiber | ca. 1865 - 1871 |

|  |  |
|---|---|
|  | *Kooperatoren von St. Ulrich/Dompfarrei Rgbg.* |
| Gleissner | Taufspender von **Franziskus Seraph** |
|  | *Kooperatoren von St. Rupert/St. Emmeram Rgbg.* |
| Sturm | Taufspender von Anna und Rosina |
| Sickert | Taufspender von Johannes |
| Haarlander | Taufspender von Josephus und Franziska |
| Hofstetter | Taufspender von Catharina |
| Kederer | Taufspender von Aloysius Antonius |
| Johannes Baptist Koenig | Traupriester der Brautleute Diller/Peierl |
|  | *Nagelschmiede von Taufkirchen* |
| Albanbauer | ab 1818 |
| **Diller Franz** | **ab 1846** |
| Gerhartsreiter | ab 1852 |
|  | *Hebamme von Taufkirchen* |
| Kufmiller Kunigund | Hebamme bei der Geburt von Anna Maria, Franziskus Xaverius und Maria |
|  | *Hebammen in Regensburg* |
| Theres Obermaier | Hebamme bei der Geburt von **Franziskus Seraph** |
| Amannsdorfer | Hebamme bei der Geburt von Anna, Rosina, Johannes, Josephus, Franziska, Catharina und Aloysius Antonius |

*Stammbaum/rückwirkend vom Autor aus gesehen*

|  |  |
|---|---|
| **Urgroßvater** | **(Johannes Franziskus) Franz Diller** (*06.10.1817 in Merkendorf, †14.07.1891 in Regensburg) |
| dessen 1. Ehefrau | Therese Huber (*25.11.1827 in Wickering) ∞12.05.1846 in Taufkirchen |
| deren Kinder | Anna Maria (*28.02.1848, †23.08.1848) Franziskus Xaverius (*31.03.1849, |

|  |  |
|---|---|
| | †07.09.1850) |
| | Maria (*16.03.1851) |
| dessen 2. Ehefrau | M. Franziska Peierl (*23.09.1830 in Neustadt/Do., †25.10.1872 in Regensburg) |
| | ∞18.01.1869 in Regensburg |
| deren Kinder | |
| **Großvater** | **(Franziskus Seraph) Franz Diller** (*27.03.1862, †22.05.1931) |
| | Anna (*29.04.1863) |
| | Rosina (*23.06.1864, †14.09.1864) |
| | Johannes (*01.06.1865, †03.07.1865) |
| | Josephus (*04.06.1866, †13.12.1939) |
| | Franziska (*16.12.1867) |
| | Catharina (*02.04.1870, †19.02.1939) |
| | Aloysius Antonius (*03.06.1871, †29.06.1871) |

*Berufe des Urgroßvaters (Johannes Franziskus) Franz Diller*

| | |
|---|---|
| Nagelschmied | ab 1846 bis ca.1852 in Taufkirchen |
| Maschinenwärter | ab ca.1862 bis 1875 in Regensburg bei der Ostbahn und nach deren Enteignung ab 1876 bei der Bayerischen Staatsbahn |
| Nachtfeuermann | ab (?) in Regensburg bei der Bayerischen Staatseisenbahn bis zur Pensionierung am 02.03.1878 |

*Wissenswertes*

| | |
|---|---|
| Abzehrung | Auszehrung, Abmagerung, Schwindsucht |
| Annamirl, Zuckerschnürl | Volkslied/Text: „Annamirl, Zuckerschnürl, geh' mit mir in'n Keller, trinken wir ein Glaserl Wein, Muskateller soll es sein!" |
| ausg'schamt | unverschämt, frech, unverfroren, gemein |
| Bache | weibliches Wildschwein |
| Batzi | Lump, Übeltäter; tadelnde Bedeutung auf nett gemeinte Art; im Bayerischen auch Name für einen lieben Menschen: Schatz, Liebling |
| Bayerwein | Bezeichnung für gekelterten Wein der geernteten Trauben von den sonnenbeschienenen Hängen des nördlichen Donauufers von Kager über Ober- und Niederwinzer bis nach Bach und Kruckenberg |

| | |
|---|---|
| Bierdimpfel | abwertend für jemand, der regelmäßig in einer Wirtschaft sitzt und dabei viel Bier trinkt; auch genannt: Säufer, Trinker, Zechbruder |
| Bixn/Büchsn | Bezeichnung für Mädchen |
| Bratwürste | auf einem Holzkohlenrost gebratene Würste, Spezialität der Regensburger Bratwurstkuch'l |
| Brauerei Bischofshof | seit 1649 in Regensburg neben dem Dom |
| Bratzen | Schimpfwort für die große Hand eines Menschen |
| Bremser | Eisenbahner, die für das Bremsen von Eisenbahnzügen verantwortlich waren; saßen als solche auf Bremssitzen oder im Bremserhaus und wurden durch Pfeifsignale der Dampflokomotive zum Bremsen veranlasst; nach Einführung der Druckluftbremse wurden sie nicht mehr benötigt |
| Bruckmand'l | steinerner Jüngling, auf dem Dach einer Säule sitzend, das Gesicht dem Dom zugewandt, in der Mitte der Steinernen Brücke |
| Bürgerrecht | früher in Regensburg an die Ausübung eines besteuerten Gewerbes oder an den Besitz eines Grundstücks gebunden. So war der Besitz des Bürgerrechts und des Wahlrechts auf die ansässigen Gewerbetreibenden und Hausbesitzer beschränkt. Erst durch die Änderung der Gemeindeordnung 1869 konnten auch Berufstätige, die Einkommenssteuer auf Lohnarbeit zahlten, und durch die Bezahlung einer Aufnahmegebühr das Bürgerrecht erwerben. Die Höhe der Aufnahmegebühr betrug jedoch einen mehrfachen Monatslohn und war dadurch eine gewollte Schranke für finanziell weniger gut Gestellte. |
| Butzerl | kleines Kind, Baby |
| Cholera | bakterielle Infektionserkrankung des Darmes durch verunreinigtes Trinkwasser, hauptsächlich in armen Ländern, wo Trinkwasser- und Abwassersysteme nicht getrennt sind; Folge: hoher Flüssigkeitsverlust, Durchfälle, Austrocknung, Erbrechen, Nierenversagen; Erreger 1883 von Robert Koch entdeckt; Epidemie 1854 in München mit 2.220 Toten, in ganz Bayern 7.370 Tote |

| | |
|---|---|
| Delirium | Bewusstseinsstörung |
| derblecken | verspotten |
| der lachende Engel | Steinfigur im Regensburger Dom, geschaffen von Meister Ludwig 1280 - 1285 |
| Diana | Göttin der Jagd, meist dargestellt mit Pfeil und Bogen |
| Dorfen | Markt in Oberbayern im Tal der Isen |
| Eheschließungsgesetz | Der Besitz des Heimatrechts war bis 1868 Voraussetzung für den Erhalt der Heiratserlaubnis. Besitzlose, Arme und einfache Arbeiter sollten von einer Ehe- und Familiengründung ausgeschlossen bleiben, um so die Gemeinden vor dem Anwachsen der Armenkosten zu bewahren. Die Ehe zwischen Unbemittelten wurde deshalb nicht gestattet. Ein Vermögen von mindestens 300 Gulden war nachzuweisen. Mit dem Heimatgesetz von 1868 wurde das Erfordernis der Ansässigkeit (Heimatrecht) und damit auch die Bindung der Eheschließung an diese abgeschafft. Seitdem war die Eheschließung an keine Bedingung mehr geknüpft. Vor allem ältere Personen nutzten sofort die neuen Regelungen; so wurden in Regensburg 1868 schon 284 Ehen geschlossen und 1869 sogar 504 Ehen. Dadurch sank auch die hohe Zahl der unehelich Geborenen von 34,9 Prozent (1866/67) auf 20,3 Prozent (1869/70) und schließlich auf 15,6 Prozent (1875). |
| Englischer Garten | am Westufer der Isar von Kurfürst Carl Theodor neben den Militärgärten am 01.04.1792 als Park für die 40.000 Münchner Bürger eröffnet |
| Fanggei | Fangen spielen |
| Fierant | Warenhändler, Marktbeschicker |
| Fuchtel | unter strenger Aufsicht stehen, bevormundet werden |
| Funsel | schlecht brennende Lampe |
| Forsthaus Diana | ein bei Kirchseeon 1854 erbautes Wohnhaus für Jäger |
| Fürst-Anselm-Allee | Fürst Karl Anselm von Thurn und Taxis hat diesen Grüngürtel von 1779 bis 1781 in Regensburg an- |

| | |
|---|---|
| | legen lassen. Er umschließt als eine der ältesten Parkanlagen Deutschlands die Regensburger Altstadt vom Herzogspark im Westen bis zur Maximiliansstraße im Süden. |
| Galgenberg | Stadtbezirk von Regensburg, südlich der Innenstadt und des Bahnhofs, bis 1803 Standort des Galgens; Kneitinger Keller um 1836 von Johann Islinger dort erbaut |
| Gemeindebevollmächtigte | Diese (ca. 36 Pers.) gehörten zu den Gremien der Stadt Regensburg und mussten in allen wichtigen Gemeindeangelegenheiten, insbesondere in Personal-, Vermögens- und Finanzfragen gehört werden. Sie wählten den Magistrat und den Bürgermeister. Die Gemeindebevollmächtigten wurden von ca. 50 Wahlmännern bestimmt, die ihrerseits von den wahlberechtigten Bürgern gewählt wurden. Nur Bürgerrechtsinhaber waren Wahlberechtigte (1869 waren dies erst 1.592 Bürger). Die Zahl der Bürgerrechtsverleihungen hielt sich bewusst stark in Grenzen, so dass auch noch 1869 das Besitzbürgertum zahlenmäßig bestimmend war. |
| Gnadenmutter v. Dorfen | früher zweitgrößter Wallfahrtsort Bayerns nach Altötting, Wallfahrtskirche Maria Himmelfahrt |
| Grips | Verstand, Auffassungsgabe, Klugheit |
| G'spusi | Liebschaft, Liebster, Angebeteter, Schatz |
| Hallodri | Bezeichnung für einen unberechenbaren Windhund, Taugenichts, Spitzbuben |
| har oder hüst | Zuruf zum Linksabbiegen der Pferde |
| Hauptsünden | sieben Hauptsünden (Todsünden): Stolz, Habsucht, Neid, Zorn, Unkeuschheit, Unmäßigkeit und Trägheit |
| Heimatrecht | Die Gemeinden konnten den Zuziehenden das Heimatrecht verweigern. Von diesen Ablehnungen waren überwiegend zuwandernde Lohnabhängige, also Gesellen, Taglöhner und Arbeiter, betroffen. Vor 1868 hatten Anspruch auf Verleihung des Heimatrechts auch nur jene, die in den letzten vier Jahren ununterbrochen in der |

| | |
|---|---|
| | Gemeinde sich aufgehalten haben. Für Inländer betrug 1869 die Heimatgebühr 48 Gulden. |
| Heizer | Eisenbahner, die auf der Dampflokomotive für das Anfachen und Schüren des Feuers sowie für die Kesselwasserüberwachung zuständig waren; schaufelten aus dem Schlepptender die Kohle in das Feuerloch auf den Feuerrost |
| Hirschtalg | weißer Talg aus ausgeschmolzenem Fett von Hirschen, Zutat zu Salben für die Behandlung von Wunden |
| hott | Zuruf zum Rechtsabbiegen der Pferde |
| Hubertus | Einsiedler, Priester, Bischof, Heiliger, (*656/658, †727) |
| Hubertuskapelle | im Zentrum des Ebersberger Forstes; auf einer Landkarte aus dem Jahre 1783 dokumentiert |
| Hundsumkehr | eine Sackgasse ‚bis zur Umkehr' beim Herzogspark; im Mittelalter führte über die Hundsumkehr durch das Prebrunntor der Weg nach Nürnberg |
| hü | Zuruf zum Vorwärtsgehen der Pferde |
| Inbrunst | Leidenschaft, Hingabe, Ergriffenheit |
| Jahrmarktstage | St. Erhard am 08.01., St. Georg am 23.04. und St. Emmeram am 22.09. |
| Joch | ein Zuggeschirr, mit dem Ochsen vor einen Pflug eingespannt wurden, oder eine Schultertrage (Tragjoch); im übertragenen Sinn eine als bedrückend empfundene Fremdherrschaft |
| Katechet | Religionslehrer |
| Kirb'n/Kirm | Tragekorb/Weidenkorb |
| Kloster Hl. Kreuz | Dominikanerinnenkloster, gegründet 1233 im Westen der Stadt, Am Judenstein 10; niemals zerstört und niemals aufgehoben, Klosterkirche gilt als „Juwel des bayerischen Rokoko" |
| Kneitinger | Brauerei (und Gaststätte) in Regensburg am Arnulfsplatz/Ecke Kreuzgasse seit 1649; durch Heirat 1861 in den Besitz von Johann Kneitinger gemeinsam mit dem damals schon bestehenden Sommerkeller am Galgenberg gekommen |
| Königinmutter Therese | evangelische Königinmutter Therese, am 26.10. |

| | |
|---|---|
| | 1854 an der Cholera verstorben; am 31.10.1854 vorübergehend in der Gruft der Theatinerkirche beigesetzt |
| Köpfl | Maßeinheit: 0,83 Liter; Bewohnern des Spitals steht das verbriefte Recht auf ein tägliches „Köpfl" Bier als Schlaftrunk zu. |
| Kreuzschule | Errichtung des Doppelschulhauses am Nonnenplatz, beim Dominikanerinnenkloster Hl. Kreuz, im Jahre 1872. Die Kreuzschule war für die katholischen Buben und Mädchen der Oberen Stadt. Die Mädchen wurden von den Ordensschwestern unterrichtet. Jede Klasse hatte im Durchschnitt 60 Kinder, die Mädchenklassen sogar 70-80 Schülerinnen. |
| Krieg 1870/71 | Am 19.07.1870 erklärte der französische Kaiser Napoleon III. den Krieg an Preußen; Beistandsverpflichtung der süddeutschen Staaten; am 02.09. Gefangennahme Kaiser Napoleons III.; innerhalb weniger Wochen wurden große Teile der französischen Armee besiegt; Beendigung des Krieges am 10.05.1871 |
| Kuhgässel | schmale Gasse in der Westnerwacht. Der Legende nach wurde ein Bäckerjunge von einer Kuh an die Hausmauer gedrückt und dadurch getötet; zur Erinnerung wurden an einem Eckhaus zwei steinerne Semmeln angebracht. |
| Lackel | unbeholfener, ungehobelter Bursche; Tölpel |
| Lakai | früher herrschaftlicher Diener; abwertend: Kriecher |
| Lederergasse | Gasse mit Ansiedlung von Leder verarbeitenden Gewerbebetrieben |
| Letzte Ölung | früher fälschlicherweise als Sakrament der Krankensalbung bezeichnet |
| Ludwig-Süd-Nord-Bahn | Königlich Bayerische Staatseisenbahn, gebaut in fünf Etappen 1843 - 1854 vom südlichen Lindau ins nördliche Hof über Kempten, Augsburg, Donauwörth, Nürnberg und Bamberg |
| Maffei | Joseph Anton Ritter von Maffei (*04.09.1790, †01.09.1870) baute in München-Hirschau am |

| | |
|---|---|
| Magistrat | Englischen Garten ein Eisenwerk zur Lokomotivenherstellung. Die erste Dampflok wurde 1841 mit dem Namen ‚Der Münchner' für die München-Augsburger Eisenbahngesellschaft gefertigt Magistratsräte (ca. 16 Pers.) gehörten zu den bürgerlichen Gremien in der Stadt Regensburg. Sie waren grundsätzlich auf die Wahrung und Sicherheit der bestehenden sozialen Strukturen bedacht. Sie hatten die Aufsicht über alle Gemeindeinstitutionen, verwalteten das Gemeindevermögen, erteilten die Heiratsbewilligungen, wirkten bei der Armenpflege mit usw. |
| Mariensäule | Kurfürst Maximilian I. ließ 1638 die Mariensäule auf dem Marktplatz in München wegen der Schonung der Stadt im Dreißigjährigen Krieg errichten. |
| Maschinist | verantwortlicher Facharbeiter, der bei der Bahn Maschinen (Lokomotiven) bediente, überwachte und wartete; eventuell sogar Führer einer Lokomotive, auch eingesetzt in Reparaturwerkstätten |
| Massing | Markt im niederbayerischen Landkreis Rottal-Inn, 13 Kilometer westlich von Eggenfelden |
| Möpse | Bezeichnung für den Busen einer Frau |
| Nachtfeuermann | zuständig für die Überwachung des Feuers in den Dampflokomotiven während der Nacht |
| Nagelschmied | Berufsbezeichnung für den Zweig des Schmiedehandwerks, der sich mit der Herstellung von Nägeln beschäftigte; heutzutage ausgestorben |
| Neigerl/Noagal | Rest einer Maß Bier |
| Neumarkt an der Rott | seit 1934 Umbenennung in ‚Neumarkt Sankt Veit' |
| Obere Stadt | Stadtgebiet westlich der Bachgasse mit der kath. Pfarrei St. Rupert; dazu gehört z.B. die Westnerwacht (Lit. A) und die Donauwacht (Lit. D) |
| Ostbahn (B.O.B.) | Königlich privilegierte Aktiengesellschaft der bayerischen Ostbahnen von 1856 bis 1875. In ihre Zeit fielen Bau und Betrieb der Eisenbahnen von Nürnberg über Amberg nach Regensburg, von München über Landshut an die Donau, von Regensburg über Schwandorf an die Landesgren- |

| | |
|---|---|
| | ze bei Furth und von Regensburg über Straubing nach Passau; Bahnnetz im Endausbau mit 905 Kilometern Länge; Verstaatlichung durch den bayerischen Staat 1875 und am 01.01.1876 mit den bayerischen Staatsbahnen zusammengeführt |
| Paul Camille von Denis | Eisenbahningenieur (*1795, †1872), der für den Bau und Betrieb der bayerischen Ostbahnen als Leiter verpflichtet wurde. |
| Patrona Bavariae | Schutzfrau Bayerns |
| Prinzess Konditorei | 1686 Deutschlands erstes Caféhaus gegenüber dem Regensburger Alten Rathaus, in dem von 1663 bis 1803 der Immerwährende Reichstag tagte; Hoflieferant des Fürsten von Thurn und Taxis |
| Regensburg | am nördlichsten Punkt des 2.850 Kilometer langen Laufes der Donau gelegene Stadt mit den von Norden einmündenden Flüssen Naab und Regen; als ‚Ratisbona' vom römischen Kaiser Marc Aurel im Jahre 179 n.Chr. gegründet (Heerlager „Castra Regina"); einst freie Reichsstadt und Sitz des Immerwährenden Reichstages; 1810 Eingliederung in den Bayerischen Staat |
| Regensburger | Fleischwurst, bei den Einheimischen als „Knacker" bekannt |
| Rengschburg | Regensburg im Regensburger Dialekt; ausgesprochen: Rengschbuarg |
| Salär | Honorar, Gehalt, Lohn; Entlohnung in Naturalien oder Geld |
| St.-Katharinen-Spital | Armenkrankenhaus und Herberge seit 1220; nach dem Dreißigjährigen Krieg bis heute ein Altenheim |
| Schmai | Schnupftabak |
| Schnupfe | Die Gebrüder Bernard stellten seit 1733 Schnupftabak her – von 1812 bis 1998 in der Schnupftabakfabrik, im Volksmund genannt ‚Schnupfe', in Regensburg an der Gesandtenstraße. |
| Schulpflicht | Die allgemeine Schulpflicht war in Bayern im Jahre 1802 – in Regensburg durch Dalberg im Jahre 1803 – für alle Kinder vom vollendeten 6. bis zum |

| | |
|---|---|
| | vollendeten 12. Lebensjahr eingeführt worden. 1856 wurde die Schulpflicht auf sieben Jahre, also bis zum 13. Lebensjahr, ausgedehnt. Dazu kam die Sonntagsschule bis zum 16. Lebensjahr. |
| Seidl | Hälfte einer Maß Bier, Halbe |
| Sommerbier | gebraut von November bis Dezember, ausgeschenkt von Mitte April bis Ende September; höherer Gehalt an Hopfen und Alkohol, da es länger halten sollte |
| Sommerkeller | während der heißen Jahreszeit musste das Bier tief in der Erde kühl gelagert werden |
| Speitlwerfen | flache Steine über die Wasseroberfläche gleiten lassen; Sieger ist, wer die meisten Sprünge wirft |
| Spital-Brauerei | älteste Brauerei Regensburgs, älteste Stiftungsbrauerei der Welt; seit 1226 in Stadtamhof |
| Steinerne Brücke | Steinbogenbrücke über den Donaufluss, verbindet die Regensburger Altstadt mit dem nördlichen Stadtamhof; älteste erhaltene Brücke Deutschlands, erbaut 1135 bis 1146; jahrhundertelang einzige Donaubrücke zwischen Ulm und Wien |
| Tann | dunkler Tannenwald |
| Theresienwiese | benannt nach Prinzessin Therese von Sachsen-Hildburghausen, Gemahlin des späteren Königs Ludwig I.; zunächst dort am 17.10.1810 Pferderennen zum Abschluss der Hochzeitsfeiern, 1811 dann erstes Landwirtschaftsfest und ab 1818 erste Karussells und Schaukeln |
| Tirade | Wortschwall |
| Untere Stadt | Stadtgebiet östlich der Bachgasse mit der kath. Pfarrei St. Ulrich; dazu gehört z.B. die Wahlenwacht (Lit. E), Wittwangerwacht (Lit. F), Pauluserwacht (Lit. G) und Ostnerwacht (Lit. H) |
| verfranzen | verirren |
| Versehgang | Sakramentenspendung der Krankensalbung (früher ‚Letzte Ölung' genannt), soweit möglich mit der Wegzehrung (Kommunion) verbunden |
| Viktualienmarkt | Markt in der Altstadt Münchens seit 1807 (Viktualien = Lebensmittel) |

| | |
|---|---|
| Virginia | Zigarre aus Virginia-Tabak mit Strohrohrmundstück |
| Visitation | Besuch eines Oberen mit Aufsichtsbefugnis |
| Volksschule | Die siebenklassige Volksschule war auch in Regensburg nach Geschlecht und Konfessionen getrennt. Die Schulsprengel waren nach den Pfarrsprengeln der Pfarrbezirke Obere Stadt (Westen) und Untere Stadt (Osten) eingeteilt. |
| Wachten | Die Stadt Regensburg wurde in acht Bezirke (Wachten) eingeteilt. Weil es keine Straßennamen gab, wurden die Wachten mit einem Buchstaben (Litera, abgekürzt: Lit.) bezeichnet und die Häuser innerhalb jeder Wacht durchnummeriert (z.B. Westnerwacht = Lit. A/Hausnummer z.B. Lit. A. 108 = heute: Winklergasse 10) |
| Wegzehrung | Empfang der Kommunion für Sterbende |
| Weißgerbergraben | dort geballte Ansiedlung von weißem Leder verarbeitenden Gewerbebetrieben |
| Winklergasse | bereits in Regensburger Urkunden des 14. Jahrhunderts erwähnter Straßenname, nach dem Familiennamen Winkler benannt |
| Winterbier | gebraut von September bis März, ausgegeben von Anfang Oktober bis Mitte Mai; vom Alkoholgehalt schwächer |
| Wirt zu Trudering | Tafernwirtschaft/Herberge an der Salzstraße zwischen Wasserburg und München; urkundlich bereits im 12./13. Jahrhundert erwähnt; wurde 1848 dem Wirt vom Bayerischen Staat übereignet; seit 1863 im Besitz der Wirtsfamilie Obermaier |
| Witfrau | Witwe |
| Wollwirkergasse | Gasse mit hauptsächlich Wolle verarbeitenden Gewerbebetrieben |
| Zenit | mittäglicher Sonnenhöchststand |
| Z'widerwurzn | grantige, unangenehme, unausstehliche Person |
| Zwistl | Schleudergabel aus Holz, gefährliches Spielgerät |

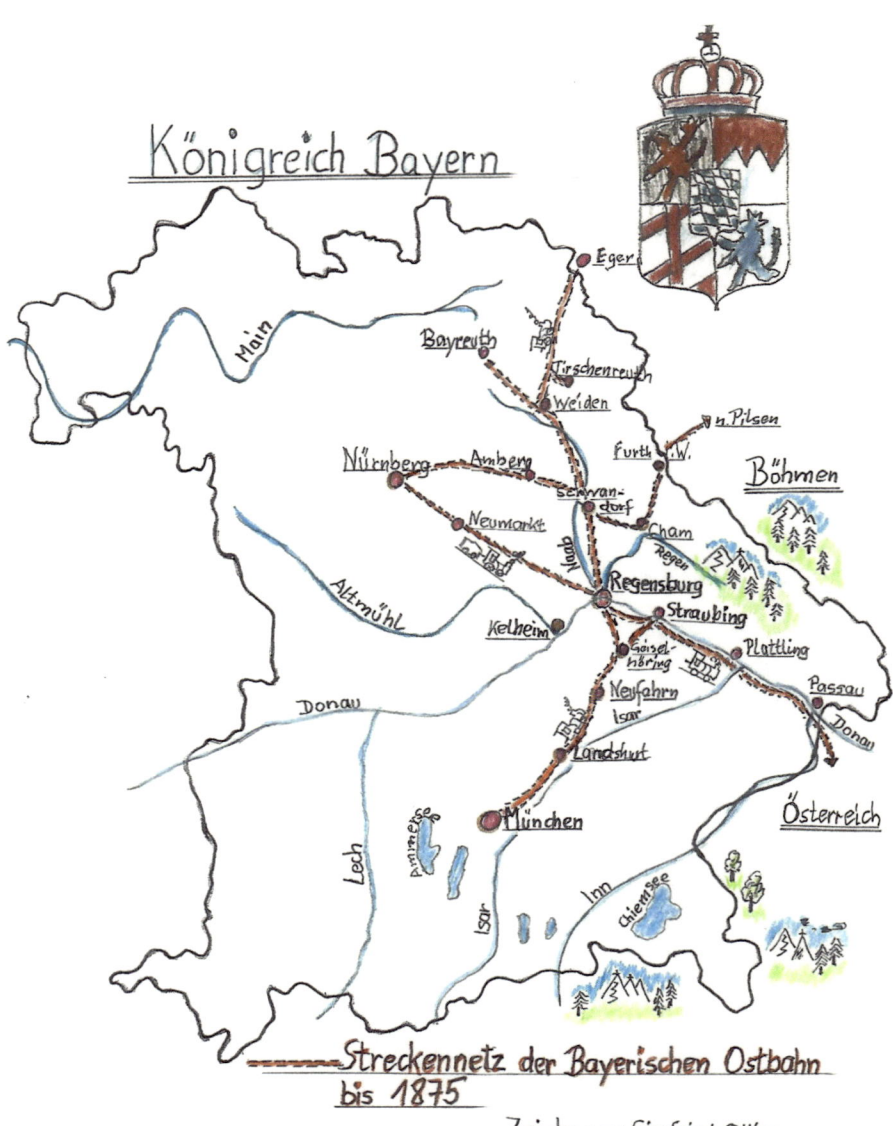

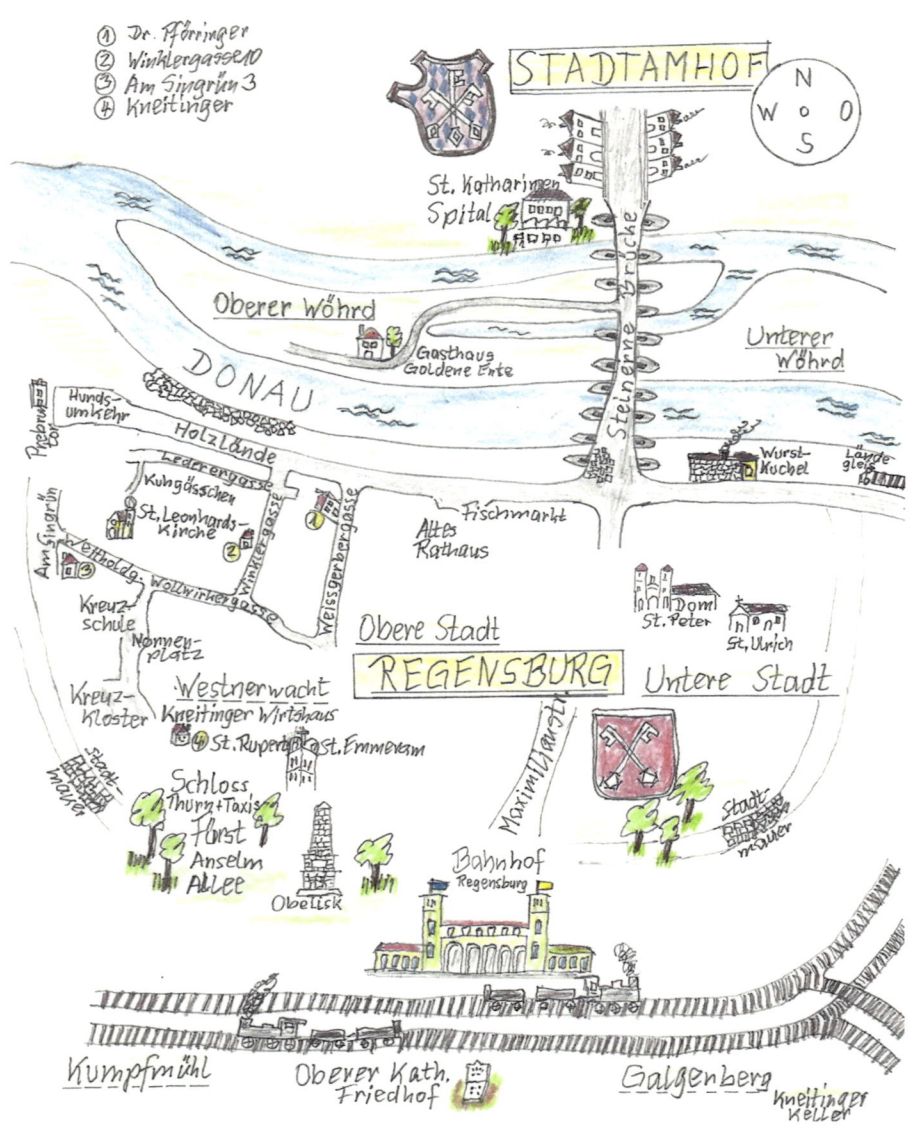

Zeichnung: Siegfried Diller

*Literaturverzeichnis*

Dieter Albrecht: „Regensburg im Wandel". Studien zur Geschichte der Stadt im 19. und 20. Jahrhundert. Buchverlag der Mittelbayerischen Zeitung, Regensburg 1984.

Heinz Gassner: „Kleine Regensburger Volkskunde". Brauch und Glaube im alten Regensburg. Buchverlag der Mittelbayerischen Zeitung, Regensburg 1996.

Martin Angerer/Heinrich Wanderwitz: „Zu Gast im alten Regensburg". Heinrich Hugendubel Verlag, München 1992.

Helmut von Sperl: „Hopfen und Malz, Gott erhalt's." Die Regensburger Brauereien im 19. und 20. Jahrhundert. Herausgegeben vom Stadtarchiv Regensburg, Band 20. Verlagsdruckerei Schmidt, Neustadt a. d. Aisch 2013.

Josef Dollhofer: „Feuerross und Flügelrad in Ostbayern". Die Ära der Bayerischen Ostbahnen. Verlag Friedrich Pustet, Regensburg 2010.

Johann W. Hammer/Peter Loeffler: „Regensburger Straßennamen". Hundsumkehr & Roter Herzfleck. 3. verbesserte und erweiterte Auflage. Mittelbayerische Druckerei- und Verlagsgesellschaft GmbH, Regensburg 1989.

Sybille Hösl: „Vom Kramwinkel zum Entengang". Alte Regensburger Straßennamen und ihre Deutung. Universitätsverlag, Regensburg 2008.

*Fotos*

Buchdeckel Vorderseite: Führerstand einer Dampflokomotive mit ovalen Sichtfenstern, Instrumenten und Heizkesselklappe (Fotografiert im Bayerischen Eisenbahnmuseum e.V. Nördlingen; Foto: Anna Diller)

Buchdeckel Rückseite: heutiges Regensburger Bahnhofshauptgebäude von 1892 (zu sehen: Portikus mit fünf Bögen, die auch bereits beim Vorgängerbau von 1859 vorhanden waren) (Foto: Anna Diller)

S. 163: Modell einer Dampflokomotive der Bayerischen Ostbahn (Fotografiert im DB Museum Nürnberg; Foto: Anna Diller)

S. 163: Modell eines Güterwagens der Königlich Bayerischen Staatseisenbahn (Fotografiert im DB Museum Nürnberg; Foto: Anna Diller)

S. 164: Großaufnahme der Dampflokomotive „Füssen" (Fotografiert im Bayerischen Eisenbahnmuseum e.V. Nördlingen; Foto: Anna Diller)

Ostbahn-Bahnhof Regensburg 1859

Zeichnung: Siegfried Diller

Modell einer Dampflokomotive (ohne überdachten Führerstand mit Tender) der Bayerischen Ostbahn von 1857 (ausgestellt im Modellarium des DB Museum Nürnberg)

Modell eines Güterwagens (mit Bremserhäuschen) der Königlich Bayerischen Staatseisenbahn (ausgestellt im Modellarium des DB Museum Nürnberg)

Dampflokomotive „Füssen" (Baujahr 1889): älteste betriebsfähige Normalspurdampflok Deutschlands (ausgestellt im Lokschuppen des Bayerischen Eisenbahnmuseums e.V. Nördlingen)